JN044800

婚約破棄系悪役令嬢に転生したので、保身に走りました。2

灯乃

Tohno

Regina

RB

レジーナ文庫

クリステル
とある少女漫画世界の悪役令嬢に
転生した元女子高生。漫画のヒロインに
婚約者を奪われずに済んだものの、
かわりにイケメン人外たちの
面倒を見ることになって――？
ウォルター
クリステルの婚約者で
スティルナ王国の王太子。
強大な魔力を持つ。
一見穏やかだが、
実際は激情家で
キレると怖い。
登場人物紹介

オルドリシュカ
東の人狼の里
における
最有力後継者候補。
ワケあって里から
出奔中。
カークライル
ウォルターの
側近候補筆頭。
時折、主《あるじ》に対する
遠慮がなくなる。
ネイト
ウォルターの
側近候補。
武門貴族の出身で
豪胆《ごうたん》な性格。
フランシェルシア
ピュアな心を持つ
五歳のヴァンパイア。
シュヴァルツ
禁域の森に住むドラゴン。
フランシェルシアの保護者役。
ソーマディアス
純血種のヴァンパイア。
フランシェルシアの兄貴分。

目次

婚約破棄系悪役令嬢に転生したので、保身に走りました。2

第一章　その服の名は

クリステル・ギーヴェ、十七歳。

人の目を引く豊かなチェリーブロンドの髪に、輝くエメラルドグリーンの瞳。十七歳という年齢らしからぬ、大人っぽく妖艶《ようえん》な雰囲気を持つ超絶美少女である。

そんなクリステルの生家は、スティルナ王国でも有数の名門公爵家。幼い頃から厳しい正妃教育を受けてきた彼女は、王太子ウォルター・アールマティの婚約者になったあとも、国や民《たみ》のことを一番に考えている。

次期王妃として完璧。多くの崇拝者までいる彼女だが、実はとある秘密を抱えていた。

それは、彼女が前世の記憶を持つ『転生者』であること。どうやらこの世界は、彼女が前世で読んだ少女漫画の世界らしい。ちなみにその漫画で、クリステルはヒーローであるウォルターから捨てられてしまう、悪役令嬢の役回りだった。

クリステルがその事実に気がついたのは、三ヶ月ほど前のこと。この春、彼女が通う魔導学園に、少女漫画のヒロインであるマリアが新入生として現れたのだ。クリステルは、ヒロインが精神干渉系の魔術で人の心を操《あやつ》れる危険人物だと気がつき、早々に彼女をログアウトさせた。

ヒロインはいなくなってしまったが、仕方がない。今のクリステルにとって、この世界は現実だ。婚約者である王太子ウォルターを守るためにも、国民を守るためにも、それでよかったと思っている。

そんなこんなで、クリステルは少女漫画のストーリーとは違う展開の学園生活を過ごしていた。

彼女が通う王立魔導学園は、魔力持ちの人間が入学することを定められている、全寮制《ぜんりょうせい》の学園だ。

この学園では、最終学年のウォルターが学生会の会長を、同学年のクリステルが副会長を務めている。

そのほかの学生会メンバーは、未来の国王であるウォルターの側近候補が占める。彼らはみな個性的で有能な青年たちである。頼りがいのある仲間に恵まれているというのは、ありがたいことだ。

そして現在、学生会は任期中で最も重要な仕事に取りかかろうとしていた。

一ヶ月後、来月はじめの週末に、夏の休暇前の一大イベント――学生交流会が開催されるのである。

学生交流会で行《おこな》うのは、「これぞ乙女の夢！」というような、華麗《かれい》なダンスパーティーだ。

貴族出身の生徒は、卒業と同時に、正式に社交界デビューすることになる。

この国の貴族社会において、女性のエスコートもできない男は一人前と認められないし、公《おおやけ》の場で適切な振る舞いができない女性は白い目で見られてしまう。学生交流会は、そうならないための予行演習のようなものである。

学生交流会のダンスパーティーは、かなり本格的だ。クリステルの友人であるドラゴンのシュヴァルツが、全長十五メートル以上ある本来の姿になっても、平気で歩き回れるほど大きな屋内訓練場が会場になり、そこを豪華絢爛《ごうかけんらん》に飾りつける。

そして、ダンスパーティーに参加するにあたって、重要になるのはパートナーとドレスコード。

クリステルは、学園に入学した二年前には、ウォルターとの婚約がほぼ内定していた。そのため、第一学年のときからずっと、彼がパートナーだ。

婚約者が学園内にいる者は、パートナー選びに苦労しない。

一方、そうでない者たちは、この時期になるとみんなそわそわと落ち着かない様子になる。

これぞ青春。素晴らしい。

また、普段はかっちりとした制服姿の生徒たちも、その日ばかりは盛装をする。特に、女子のドレス姿は実に可愛らしい。

この学生交流会の成否には、学生会会長であるウォルターの名誉がかかっている。失敗など断じて許されない緊張感の中、クリステルたちは大変気合を入れて準備に取りかかるところだったのだが――

(せっかくのダンスパーティーですもの。貴族階級でない生徒たちにも、参加してもらいたいわ)

――いざ、学生会を中心とした実行委員会を立ち上げようという頃、彼女はふとそんなことを考えてしまったのである。

この学園には、二つの科が存在する。一つが、実践的な戦闘訓練を行《おこな》い、貴族出身の生徒が多い幻獣対策科。もう一つが、魔術の平和的、家庭的活用術を学び、ほとんどの生徒が平民階級出身の生活魔術科だ。

学生交流会は、在籍する科を問わない自由参加のイベントである。

しかし、高価な盛装を用意しなくてはいけないため、金銭的に余裕のない生活魔術科の生徒たちは、毎年ほとんど参加していなかった。

もしクリステルが『普通』の公爵令嬢だったなら、その事実をごく当たり前に受け止め、疑問を感じることもなかったはずだ。

だが彼女は、自分が現代日本で美声萌《も》えのオタクな女子高生だった前世の記憶を持っている。

そのせいか、参考資料として去年の要綱《ようこう》を確認していたとき、彼女の中に息づくオタク魂《だましい》が、コッソリと囁《ささや》いたのだ。

お姫さまドレスの素敵なコスプレに興味のない女子生徒なんて、いないよね——と。

……もちろん、オタク系女子高生の魂《たましい》を持つクリステルが考える『女子生徒』と、この世界で生きる『女子生徒』が、イコールで結ばれると考えているわけではない。

しかし、気になってさりげなく生活魔術科で話を聞いてみたところ、学生交流会に参加したいが経済的な理由で難しい生徒は、やはり相当数いるらしかった。彼女たちは、それを非常に残念に思っているという。

クリステルは、悩んだ。

このまま、今まで通り貴族階級の生徒たちだけで行《おこな》う交流会にするのか。

それとも、どうにか生活魔術科の生徒たちも参加できるように策を練り、真の意味で生徒たちが『交流』できる催《もよお》しにすべく努力するか――

同じ年頃の少女として、クリステルは思った。

ぜひ生活魔術科の女生徒たちにも、素敵なドレス姿で交流会に参加してもらいたい、と。

その決意とともに、彼女はぐっと拳《こぶし》を握《にぎ》りしめる。

（……うん。ここは、わたしの立場と肩書の使いどころではないかしら）

何しろ彼女は、『ギーヴェ公爵家の愛娘《まなむすめ》』で、『王太子の婚約者』なのだ。

連綿と受け継がれてきた慣例を打ち破り、新たな道へ最初の一歩を踏み出すには、それを望む者のやる気と根性だけでは少々つらい。

そういったことをする場合には、それなりの反発があるものだからだ。

だが幸い、彼女は今回の交流会を取り仕切る学生会の副会長。仲間たちの同意を得て、生活魔術科の生徒たちにも気軽に交流会に参加してもらえるよう話を通すのは、ほかの者より簡単である。

そう考えたクリステルは、仲間たちに相談することにした。

放課後の学生会室で、仲間が揃った頃合いを見て「今回の学生交流会に、生活魔術科の生徒たちも参加できるようにしたい」と言ったのだ。

彼女の意向を聞いたウォルターたちが、揃って驚いた顔になる。

クリステルは、少々申し訳ない気分になった。

彼らには彼らなりの、交流会に対する気構えや予定があったはずだ。

そこに突然、こんな要望を突きつけられては戸惑うだろうし、はっきり言ってしまえばかなり迷惑に違いない。

だが、今期の学生会は男所帯で、乙女の気持ちを理解できるのはクリステルだけである。できることなら、トライさせてもらいたい。

クリステルはあわてず騒がず、ゆっくりとした口調で意見を述べる。

「もちろん、生活魔術科の生徒が交流会に参加できるようにするには、クリアしなければならない問題がたくさんあるのは、わかっています。その最たるものは、やはり女生徒のドレスでしょう」

クリステルの言葉に、仲間たちがうなずく。

「そうですね」

真っ先に口を開いたのは、ウォルターの側近候補筆頭であるカークライルだ。艶《つや》やかな黒髪と鋼色《はがねいろ》の瞳を持つ、怜悧《れいり》な印象の青年である。

「男子生徒は、学園支給の礼服で問題ないでしょうが……。生活魔術科の女生徒も礼服

を着るとすると、華やかなドレス姿の幻獣対策科の女生徒の中で、寂しい思いをしてしまうかもしれませんね」

カークライルの言葉に、まったくその通りだ、と全員がうなずく。

学園の公式行事の際に着用が義務付けられている礼服は、学生交流会にも参加できるフォーマルなデザインだ。幻獣対策科の男子生徒も、『この礼服を着られるのは学生でいる間だけだから』と、多くの者がそれを着用して交流会に参加する。男子生徒の装いはそれでよいと思う。

一方、問題は女生徒だ。

ドレスを作るのにはやっぱり多額の資金が要る。しかも、ダンスパーティー仕様のドレスなど、作ったところで平民出身の女生徒たちは交流会でしか使わず、いずれ持て余すだけだろう。

かといって、せっかくのダンスパーティーに堅苦しい礼服姿で参加するというのも、味気ない。

そんなことを考えていた彼女に、同じ三年生の学生会役員であるネイト・ディケンズが声をかける。

ネイトはギーヴェ公爵家とも親しい武門貴族の子弟のため、クリステルも幼い頃から親しくしている幼馴染《おさななじみ》だ。

質実剛健《しつじつごうけん》を絵に描いたような容貌《ようぼう》をしている彼も、気遣わしげな様子である。

「クリステルさま。学生交流会の予算から、生活魔術科の女生徒たち全員のドレスを用意するための資金を捻出するのは、さすがに難しいかと。我々の個人資産で賄《まかな》うことは可能でしょうが、それは彼女たちの矜持《きょうじ》を傷つけることになりましょう」

これまた、もっともな指摘である。

だが、クリステルにはその問題を解決できる心当たりがあった。

生活魔術科の生徒たちが学んでいるのは、生活に根付いた魔術の活用方法――すなわち、衣食住のすべてに関わるものである。

魔術の基本を学ぶだけの基礎学部に在籍している一般の生徒たちに、ダンスパーティーのドレスコードに適《かな》うレベルのドレスを作れるとは思わない。

しかし、去年基礎学部を卒業し、奨学金で高等学部に進学した生活魔術科の生徒の中に、天才と呼ばれる人物がいた。

彼女の名は、ミリンダ・オットー。

彼女が基礎学部の卒業制作で作ったタペストリーは、王宮の壁を飾っていてもおかしくない、まさに芸術品と呼ぶにふさわしいものだった。

ミリンダが主催したイベントで披露されていた彼女の作品も、素晴らしいものばかりである。本物の薔薇《ばら》もかくやという美しさのコサージュや、さまざまな色彩を持つ煌《きら》びやかな布地、繊細《せんさい》極まりない刺繍《ししゅう》やリボンは、十二分に売り物になるレベルだ。

学生交流会は、クリステルたちの在籍する基礎学部の学生会が主導して行《おこな》うイベントだ。しかし、高等学部の生徒を頼ってはいけないという決まりなどない。

クリステルはネイトに向かってにっこりほほえんだ。

「ネイトさまのご意見はごもっともと存じます。そこで――天才と名高いミリンダ・オットーさまのお力をお借りしようと思っているのです」

仲間たちも、彼女の名は記憶していたようだ。

ウォルターが思案顔になって口を開く。

「ミリンダ殿が協力してくださるなら、たしかになんとかなるかもしれないけれど……。クリステル。きみ、ミリンダ殿と交流があるのかい？」

「はい。ミリンダさまは、兄の友人ですの。わたしも、何度かお会いしています」

そう言うと、仲間たちが揃って目を丸くした。

クリステルの兄、エセルバート・ギーヴェは、昨年基礎学部の学生会長を務めた青年である。

身内贔屓《びいき》を抜きにしても、非常に優秀な頭脳の持ち主だ。

現在彼は、高等学部で主に防御系の対幻獣魔導具の開発に勤《いそ》しんでいる。

そのことをよく知るウォルターたちにとって、可愛らしい女性向けの衣服関連が得意なミリンダと、殺伐《さつばつ》とした分野で活躍するエセルバートが友人関係にあるというのは、想定外だったのだろう。

クリステルは、小さく笑って口を開いた。

「ミリンダさまは、兄が採取した幻獣の鱗《うろこ》や体毛を素体とした繊維や、染料を作るのに協力してくださっているのですって。いずれ、それらを使った防護服を共同開発したいと考えているそうです」

「あぁ、なるほど」

ウォルターたちが、至極納得した様子でうなずく。

中でも、「すごいですねぇ」と熱がこもった感嘆の声を上げたのは、メンバーの中で最も小柄なロイ・エルロンド。二年生の彼は、クリステルの親しい友人であるセリーナ・アマルフィの婚約者でもある。

「エセルバートさまとミリンダさまが共同開発した防護服なら、とても安心して使うことができそうですね」

「完成したら、おれも欲しいです」

一方、抑揚のない淡々とした声で言うのは、同じく二年生のハワード・レイスだ。以前は手足ばかりが先に伸びたようなひょろりとした体躯《たいく》をしていたが、このところ少しずつ体の厚みが増してきている。

さすがは成長期の男の子……と感心しかけて、クリステルはうつむいた。はじめて会った去年の春から体型がまったく変わらないロイから、さりげなく目を逸《そ》らすためだ。成長速度は、人それぞれである。

ちなみに、学生会のメンバーたちは、オタク魂《だましい》を撃ち抜く美声の持ち主揃い。油断すると萌《も》えのあまり身悶《みもだ》えそうになるため、クリステルは彼らとともに過ごす間は、一瞬たりとも気を抜くことができない。

ひそかに気合を入れ直した彼女は、改めて仲間たちを見回す。

「ミリンダさまには昨日、簡単なお話だけさせていただきました。嬉しいことに、とても前向きなお返事をいただけましたわ」

クリステルは昨夜のうちに、エセルバートを通してミリンダに連絡を取った。

男女間の友情は難しいとよく聞くが、エセルバートとミリンダの間にあるのは、どう見ても純度一〇〇パーセントの友情だ。

彼らは、互いの実力と技術を心から尊敬し合っている。……ふたりとも、いわゆる『研究バカ』っぽいところがあるのが、彼らの気が合っている理由かもしれない。

それはさておき、ノリのいい姉御肌《あねごはだ》であるミリンダは、クリステルの提案に対し全面的に協力すると言ってくれたのだ。ウォルターの許可が出たら、高等学部でデザインを学んでいる友人たちも巻きこんで、力を貸してくれるらしい。

というのも、彼女自身、在学中、交流会に参加したいと思いながらもできなかったクチだという。

ミリンダは、自分で作ったドレスを着て参加することもできた。しかし、友人が誰も参加しない交流会に出席しても、楽しくもなんともないから不参加だったそうだ。

そのため、もし彼女の後輩である生活魔術科の生徒たちが、心置きなく交流会に参加できる枠組みをクリステルが作るのなら、ぜひその手助けをしたいと言ってくれた。

まったく、ありがたいことである。

クリステルの話を聞き、ウォルターが楽しげに言う。

「じゃあ、やってごらん。クリステル。俺としても、できるだけたくさんの生徒たちに交流会に参加して、楽しんでもらいたいからね」

「ありがとうございます、ウォルターさま！」

話が早くて、実にありがたい。

思わず両手を組んで礼を言うと、ウォルターは柔らかくほほえんだ。

「礼を言うのは、俺だよ。クリステル。――ありがとう。きみが言い出してくれなければ、俺は生活魔術科の生徒たちが参加しやすい交流会を作ることなんて、考えつかなかった」

「……きょ、恐縮ですわ」

そう答えると、クリステルは一通りの挨拶《あいさつ》をして、素早く学生会室から退室した。

クリステルは、幼い頃から厳しい王妃教育を受けてきた少女である。

本当のレディとは常に穏やかにほほえみ、優雅に美しく、そして気高くあるものなのだ。

ほとんど本能のレベルまで『淑女《しゅくじょ》たれ』と刷《す》りこまれているはずの彼女だったが、先ほどは咄嗟《とっさ》に反応が遅れてしまった。なぜなら――

(あああぁぁ……ッ！　ウォルターさまの不意打ちの笑顔が素敵すぎて！　ただでさえ、オタク魂《だましい》の保持者にとって攻撃力のありすぎる、魅惑《みわく》のお色気ボイスをなさっているのに……。それに加えて、絵に描いたようなイケメン王子さまフェイスに、素敵な笑みを浮かべられた日には……！)

最近ウォルターは、クリステルの心臓にとって、大変優しくない人物になってしまったのである。

以前から、ウォルターのことは素敵な青年だと思っていた。

政略目的で定められた婚約者であるクリステルに対しても、彼はこれ以上なく丁重に接してくれる。それに、いつだってきちんと彼女の言葉を聞いて、穏やかな笑顔を向けてくれるのだ。

ウォルターは正妃の子ではなく、側室の子である。国王との結婚後、なかなか子に恵まれない王妃に業《ごう》を煮《に》やした周囲が側室を置かせ、その結果、真っ先に産声《うぶごえ》を上げたのが彼だった。

ウォルターの誕生後、別の側室たちが三人の男児を産んだ。

それでも王の子たちが幼い間は、王宮内の誰もが、正妃に子ができることを期待していたという。

正妃が国王の子を産んでくれれば、後継者争いなどという余計なもめごとが起こる心配はなくなる。いくら長子のウォルターが、歴代王家の中でも抜きんでた才覚を持って生まれようとも、そんなことは関係ない。

正式な婚姻関係にある国王と正妃の子さえいれば、どれほど強い後見を持つ側室の子がいようとも、次代の王座は正妃の子のものとなる。『次代の国王の外戚《がいせき》』というエサに目がくらんだ者たちが、欲にかられて王座を狙い、騒ぎを起こすことはないだろう。

だが、十年前の秋。

正妃は貴族たちの前で、正式に声明を出した。

――現在王宮にいる国王の子の中で、王位を継ぐに最もふさわしい者に、自分を『母』と呼ぶことを許す。

それは、今後正妃が王太子にふさわしいと認めた者を、彼女自身が後見するという宣言であった。

正妃からの後見は、王宮でのパワーゲームに勝利した者に与えられる特権だ。

そのゲームに勝つには、『王国最強の剣』と称される武門の貴族、ギーヴェ公爵家を味方につけることが必要不可欠。

そして、ゲームに勝利したのは、ウォルターだった。

彼は王太子になるべき実力とカリスマ性を周囲に見せつけていった。自《みず》らが次代の国王にふさわしい者であることを、王宮のどこからも文句の声が上がらないほど、完璧に証明してみせたのだ。

その結果、ギーヴェ公爵も彼を認め、愛娘《まなむすめ》クリステルとの婚約を許し――ウォルターはギーヴェの後見を手に入れた。

さほど力のない子爵家出身の側室を母に持つウォルターが、生まれながらに持っていたカードは二枚。

一つは、国王の第一子であること。

もう一つは、彼の魔力が、歴代王家に生まれた人間の中でも類《るい》を見ないほど強大なものであったこと。

どちらも強力なカードではあるが、ウォルターは有力な後ろ盾を何ひとつ持っていなかった。そんな彼が、権謀術数渦巻く《けんぼうじゅっすううずま》王宮でのゲームに勝利するなど、誰も予想していなかったに違いない。

けれど彼は、身分の高い側室を母に持つ三人の弟たちを、完膚《かんぷ》なきまでに圧倒してみせたのである。

（ええ……わかっているのです。ウォルターさまが、えげつないほど容赦なく弟君たちを自信喪失に追いこんで、『文句があるなら、一度でも俺に勝ってからにしろ』と言わんばかりに、全力でみなさまを蹴落《けお》としていったことは。……その圧倒的なカリスマで、王宮のパワーゲームを制したほどの方ですもの。女性たちにとって大変魅力的《みりょくてき》な方であることだって、重々承知しているのです）

ギーヴェ公爵家に生まれた唯一の女子であったクリステルは、幼い頃からずっと、厳しい王妃教育を受けてきている。

彼女にとって、『将来の旦那さま』とは『未来の国王』とイコールであり、その相手が誰であるかに意味などなかった。

『未来の国王』にふさわしい相手であれば、誰であろうと己《おのれ》の人生と忠誠を捧《ささ》げる。それだけを考えていれば、よかったはずなのだ。

……もしクリステルが子を授かることができなければ、ウォルターは彼の父親――現国王と同じように、側室を置くことを求められるに違いない。

民《たみ》のために次代の王を用意するのは、王たる者の務めなのだから。

クリステルとて、そんなことは理解している。

なのに、なぜだろう。

最近、そのことを考えると、少しだけ胸が痛む。

たとえクリステルが無事に子を授かったとしても、自分たちの関係が政略的なものである以上、ウォルターが慰《なぐさ》めに側室を得ることがあってもおかしくない。

そんなことだって、ちゃんとわかっているはずなのに――

(うーん……。もしかしてこれが、家庭教師たちが言っていた『嫉妬《しっと》』というものなのかしら。確かに、『将来の旦那さま』と、ほかの女性が親しくなるというのは……。想像するだけで、著《いちじる》しく理性が低下するのを感じるわね)

ツキンと痛む胸に、クリステルはため息をつきたくなった。

ウォルターは、本当に魅力的《みりょくてき》な青年だ。

そんな彼に『婚約者』として丁重に扱われ、これ以上ないほどの気遣いと優しさを向けられて、彼を好きにならない年頃の乙女がいるだろうか。いや、いるはずがない。

よって、クリステルが彼を見るたびにちょっぴり乙女心を揺さぶられてしまうのは、ごく当たり前のことだと思われる。

（……これは、由々《ゆゆ》しき問題だわ）

クリステルは、頭を抱えたくなった。

何しろ彼女は将来、王妃としてウォルターの隣に立たなければならないのだ。彼が側室を迎えるたびにこんな鬱陶《うっとう》しい痛みに苛《さいな》まれては、その責務を果たす上で障害となるだろう。

今はまだ想像しているだけだから、胸の痛みもささやかなもので済んでいる。

だが、将来的に彼と側室の睦《むつ》まじい様子を見せつけられた場合、どんな耐えがたい痛みに襲われるか――

想像するだけでぞっとする。

そういうわけでクリステルは、自分の中に生まれたほのかな思慕《しぼ》が、恋という厄介なモノに育ってしまう前に、胸の奥にしまいこむことにした。

今まで、戦闘訓練や王妃教育の中で散々学んできた、メンタルコントロールを駆使すればいい。

自分の中に生まれた扱いに困る感情を小さく押し固め、落ち着きと冷静さを保つための手段だ。幻獣相手の戦闘でも、社交界における戦いでも、何よりも大切なスキルだと思っている。

そうやってクリステルは、『嫉妬《しっと》』という厄介な感情による弊害《へいがい》を回避し、己《おのれ》の心の平穏を守るべく、とにかく保身に走ることにした。

なんと言っても、今は全力で交流会の準備にあたらなければならない時期である。クリステル自身の発案により、通常の準備に加え、今までにないさまざまな問題をクリアする必要も生じた。少しだって時間を無駄にするわけにはいかないのだ。

何はともあれ、無事にウォルターの許可を得たので、クリステルはさっそく通信魔導具でミリンダに連絡した。

ミリンダと彼女の友人たちには、これからかなりの無茶をお願いするのである。こちらから出向くのが筋《すじ》だと思っていたら――

これから高等学部にうかがいます、と告げたクリステルに返ってきたのは、『実は今、基礎学部におりますの！』という、大変テンションの高いミリンダの声だった。

ミリンダは、基礎学部の応接室にいるという。クリステルがそこへ着くと、ミリンダは満面の笑みで待っていた。

彼女は、短めに切り揃えたぱっつん前髪の下に、すっと絵筆で描いたように整った眉、くるんとカールした長いまつげに囲まれた黒曜石《こくようせき》のような瞳を持っている。

まっすぐな癖のない髪といい、日に焼けることを知らないかのような白い肌といい、どことなく浮世離れした雰囲気の女性だ。

「ごきげんよう、クリステルさま。あなたのことですから、絶対にウォルター殿下から許可をもぎ取ってくださると思いましたわ！」

「ご……ごきげんよう、ミリンダさま」

彼女はにこにことほほえみながら、楽しげに口を開く。

「このたびは素敵なお誘いを、ありがとうございます。クリステルさま。あなたのお兄さまはとても優秀な方ですけれど、やはり朴念仁《ぼくねんじん》な殿方ですもの。こういった楽しみは、女同士でなければわかりませんわよね」

「まぁ、ミリンダさまったら」

思わず、くすりと笑ってしまう。

クリステルは、兄のエセルバートを『朴念仁《ぼくねんじん》』などと言う女性をはじめて見た。彼はギーヴェ公爵家の後継として、大変素晴らしいソトヅラをしている。一体、何匹の猫をかぶっているのかわからないほどだ。

しかし、ミリンダがエセルバートを『朴念仁《ぼくねんじん》』と称すからには、素《す》の部分をいくらか知っているのだろう。

(お兄さまは、身内と認めた相手にはとことん甘くていらっしゃるけれど……。そうでないお相手には、とことん辛辣《しんらつ》ですものね)

エセルバートが、そういった辛辣《しんらつ》な部分をわかりやすく表に出すことはない。ただ、自分にとって無価値な相手に対しては、穏やかな笑顔で存在そのものをスルーするだけだ。

要するに、女性たちが彼に向ける切ない恋心を、『まるで気づいていませんよ』という顔ですべて流してしまうのである。

本当に我《わ》が兄ながら、つくづく乙女とモテない男性の敵だ。

だが、そこがいい。

クリステルは、自他ともに認めるブラコンなのである。

ひとつ年上の兄は、幼い頃からクリステルにとって、最も身近なよき理解者だ。

彼はギーヴェ公爵家の後継として、クリステル以上の重圧を抱えながら、妹弟《きょうだい》の前ではいつでも飄々《ひょうひょう》とした顔で笑っていた。

エセルバートがそばにいてくれたから、クリステルはどんなにつらいことがあっても耐えられたのだと思う。

一方、年の離れた弟のフェルディナンドは、常に全力で可愛がる兄と姉を疎《うと》んじることもなく、素直に懐《なつ》いてくれた。

エセルバートとクリステルは、どちらかといえば父親似だ。幼い頃から『美人』といわれることはあっても、『可愛い』といわれることはあまりなかった。

それに対し、母方の血を色濃く継いだらしい弟は、身内の欲目を引いても大変愛らしい子どもである。彼のおっとりふんわりとした笑顔は、いつでも家族の心を癒《い》やしてくれる。エセルバートとクリステルは、弟を天使と呼んでいる。

クリステルは、頼りになる兄に見守られ、可愛い弟に癒《い》やされながら、『目指せ！誰も文句のつけようのない立派な王妃！』と励んできたのだ。

そんなクリステルが警戒しているのが、兄弟に近づく女性の影である。

兄のエセルバートにも、弟のフェルディナンドにも、今のところ決まった相手はいない。

ギーヴェ公爵家の後継であるエセルバートが迎える女性は、慎重に慎重を重ねて吟味《ぎんみ》されるべきだし、フェルディナンドはまだ八歳。彼らが婚約者を得るのは、もう少し先のことになるだろう。

だが――とクリステルは拳《こぶし》を握《にぎ》りしめる。

(ふ……ふふっふっふ。お兄さまの隣も、わたしたちの天使の隣も、そう簡単に手に入れられるとは思わないことですわ!)

ブラコンというのは、兄弟に近づく女性に対し、非常に手厳しいイキモノなのだ。

その点ミリンダは、エセルバートに対して純然たる友情しか抱いていない。クリステルにとって警戒範囲外の女性なので、エセルバートを通じての頼みごともしやすい相手だった。ありがたいことこの上ない。

それから、クリステルは彼女と話し合いを重ね、計画は次第にきちんとした形になっていった。

学生交流会では、ミリンダと友人たちが作ったチームの研究発表という名目で、希望者に彼女たちが作ったドレスを着てもらうことになる。

その資金は、ミリンダたちの才能に目をつけている学外のスポンサーが提供してくれるという。

そしてスポンサーたちには、作品の『品定め』をしてもらうため、仮面をつけてダンスパーティーに参加してもらうのだ。

「ミリンダさま。現在、基礎学部の生活魔術科には、女生徒が三学年合わせて三百六十八名おります。今回のお話に、生徒たちがどれほど参加してくれるかはわかりませんが……。ミリンダさまたちは、ひと月弱でドレスを何着作ることができますの？」

いくらミリンダが『天才』の名をほしいままにしているとはいえ、さすがにこの短期間で何百ものドレスを作るのは難しいだろう。

もし用意できるドレスの数より参加者が多かった場合、残りのドレスを手配する手段をほかにも考えなければならない。

クリステルがそう言うと、ミリンダは目を瞠《みは》ってからコロコロと笑った。

「まぁ、クリステルさま。そのような心配は、まったくご無用ですわ。……ご覧になって？」

ミリンダは嫣然《えんぜん》とほほえみ、ポケットから手のひらサイズの小瓶を取り出す。

中には、きらきらと輝く細かな結晶が詰まっている。どうやら、なんらかの魔術の媒介となる魔導結晶のようだ。クリステルが見慣れているのは、魔導具の核となる大きめの魔導石である。こんな小さな結晶で一体どんな魔術が発動するのか、ついわくわくしてしまう。

それを一粒左手の上に取り出したミリンダは、軽く右の人差し指を振って耳に馴染《なじ》みのない呪文《スペル》を口にした。

次の瞬間、いたずらっぽい笑みを浮かべたミリンダが腕に抱えていたのは、一着のドレスだ。

「……まぁ！」

驚いたクリステルは、思わず声を上げる。

ミリンダは、軽く眉を下げて言う。

「魔術を使えないデザイナーのみなさまには、なんだか申し訳なくなるのですけれど……。私は、デザインと寸法さえ決まってしまえば、あとはご覧の通りすぐに作ってしまえるのですわ。生活魔術科の女生徒が着るドレスでしたら、おそらくあまり冒険をしないスタンダードなデザインのものでしょうし……。採寸についても、わたくしの友人たちはとっても手際がよくて頼りになりますの。仮に生活魔術科の女生徒たちが全員交流会に参加すると言っても、一日で少なくとも三十着は作れるので、制作自体はひと月あれば充分です。わたくしたちだけで、問題なくすべて用意してみせますわ！」

自信たっぷりにそう語ったミリンダの、頼りがいのあることといったら――「お姉《ねえ》さまと呼ばせてください！」とお願いしたくなったくらいだ。

しかし、クリステルは未来の王妃。

そんなお願いをしようものなら、ミリンダに途方もない迷惑がかかってしまう。

学園にいるとうっかり忘れがちだが、未来の王妃たるクリステルと懇意になりたい貴族など、掃いて捨てるほどにいるのだ。

もしミリンダがクリステルの『お姐《ねえ》さま』になろうものなら、どれほどの者たちが彼女に接触するようになるか……想像するだけで、うんざりする。

それはさておき、クリステルはミリンダや学生会と相談し、さらに細かな点を詰めていった。

そして数日後、ミリンダと学生会の連名で学園側に申請書を提出すると、見事に通った。

無事に成功させることができれば、この案は来年にも繋げていけるかもしれない。

クリステルはその後さっそく、実行委員会を立ち上げた。

各クラスから二名ずつ集まった委員たちに今回の計画を伝えると、生活魔術科の生徒たちが見る間に表情を輝かせる。

昨年まで、交流会における生活魔術科の生徒の役割といえば、会場の飾りつけをいかに華やかで魅力的《みりょくてき》なものにするかだった。それはもちろん、担当した生徒たちの評価になる。

だが、今年はその準備だけでなく、本番で自分たちの努力の成果を体感できるのだ。

その喜びもあってのことだろうが、どうやらクリステルの提案は、彼らに好意的に受け入れてもらえたらしい。

生活魔術科の生徒たちに喜んでもらえるか、クリステルはひそかにどきどきしていたので、彼らの様子にほっと胸を撫《な》で下ろす。

この国の服飾は、少女漫画の世界だからなのか、基本的に露出の低い可愛らしい雰囲気のものが多い。

前世の記憶がよみがえった当初は、どうせならクリステルが好きな血湧《ちわ》き肉躍《にくおど》る少年漫画の世界に転生したかった、などと思ったものだが、今はそうでなくてよかったと考えている。

少年漫画に登場する女性キャラクターは、ちょっと動くだけでポロリしてしまいそうな衣装を着ていることが多い。まっとうな羞恥心《しゅうちしん》を持ち合わせている身としては、さすがに遠慮したい。

余談だが、この世界には、いわゆるパンストというものが存在していない。女性がスカートを着用するときにはくのは、ガーターベルトで吊るすタイプのストッキングだ。

クリステルにとっては日常的なものであるので、今更それらを身につけることになんの感慨もわかないのだが――

（『以前』見た少年漫画やライトノベルのイラストの中に、ガーターベルトを正しくつけている女性キャラがほとんどいなかったのは、なぜなのかしら）

ガーターベルトで吊るすタイプのストッキングの便利なところは、いちいち着脱しなくてもトイレに行ける、という点である。

つまり、下着はガーターベルトの上からはくのが正解なのだ。

お色気アイテムとして萌《も》えるなら、その正しいはき方くらいは、きちんと調べておくべきではないだろうか。オタク魂《だましい》を持つ者として、そう思わずにはいられない。

そういえば、とクリステルはふと気になることを思い出す。

自分を含め、この世界の若い女性たちが普段着ているような衣服のことを、『前世』の自分はひどく的確な表現で記憶していたような気がする。

なんという表現だったかしら――と、クリステルはしばし頭を悩ませた。やがて彼女は、ぽん、と両手を合わせる。

（思い出したわ）

繊細《せんさい》なレースやリボン、くるみボタンの装備されたそれは――女性に慣れていない男性には、どこをどうすれば脱がすことができるのか、まずわからないシロモノ。

すなわち、『童貞を殺す服』だ。

言い得て妙である。そして、思い出せてすっきりした。

何はともあれ、計画の枠組みができて実行委員会を立ち上げ終えれば、具体的なことは委員たちに任せてしまえる。

クリステルは、第二回の実行委員の集まりで、ミリンダと委員たちの顔合わせをセッティングした。

そこで、「この件の責任者はわたしですが、口出しするつもりはありません。みなさまの実力を存分に発揮して、最高の交流会にできるよう、自由に楽しく進めてください」と宣言すると、実行委員長にすべて丸投げした。

学生会の副会長である彼女は、学外の業者たちとの交渉や予算管理、学園側への説明など、面倒な仕事を山ほど抱えている。交流会の成功のため、気合を入れてそれらの仕事に向かったのだった。

その後、クリステルたち学生会のもとには、定期的に報告書が上がってきている。それを見る限り、ミリンダの冒険心と、パーティーに慣れない生活魔術科の生徒たちの間で、たびたび意見のすり合わせが必要なようだったが、おおむね順調に進んでいるらしい。

ミリンダのドレスデザインセンスは、すでに学外からも高い評価を受けている。

だが、生活魔術科の女生徒たちは、そのほとんどがダンスパーティーなどはじめてなのだ。せっかくの機会なのだから、とめいっぱいおしゃれをしたい気持ちはあっても、あまり奇抜なデザインだと気が引けてしまうに違いない。

そんな繊細《せんさい》な乙女心を尊重しつつ、ミリンダは自分の実力をいかんなく発揮できるデザイン画を数えきれないほど描きあげたという。彼女は、やっぱりすごい人だ。

ちなみに、クリステル自身のドレスは、専属デザイナーのひとりが気合を入れて作ってくれている。

貴族出身の女生徒の中でも、身分の高い者たちは、クリステルと同じようにデザイナーに直接依頼することが多い。いずれ社交界で繰り広げられる女の戦いは、すでにはじまっているのだ。交流会の直前になれば、多くのデザイナーが女子寮《りょう》にやってくるだろう。

王太子の婚約者であるクリステルは、その立場上、華やかな場では最も魅力的《みりょくてき》な装いをしなければならない。

ただ、今回はちょっとした遊び心ならば笑って許してもらえる、学生時代最後の機会だ。

クリステルはデザイナーに相談し、ドレスに前世知識を少しだけ盛りこむことにした。

この世界で主流になっているドレスとは違うシルエットのものを、作ってもらうのである。

現在、この国で流行しているフォーマルドレスは、繊細《せんさい》なレースやリボン、フリルや刺繍《ししゅう》をふんだんに取り入れた豪奢《ごうしゃ》なものだ。

スカート丈はかなり長めで、ふんわりと広がるプリンセスラインが多い。

袖口に幾重にも重ねたレースや、スカート部分にあしらわれるコサージュなども大きな魅力《みりょく》だ。

これはこれで実に可愛らしいし、女の子が真っ先に憧れを抱くドレスといえば、まずこういったものだろうと思う。

ミリンダが参加者たちの意見を聞いて描いたデザイン画も、ほとんどこのタイプになりそうだ。

しかし、はっきり言ってしまうと、このタイプのドレスは大変重たいのである。

裾が床や地面に接触するほど長いものだと、摩擦で負荷が倍増してしまう。

クリステルは以前から、将来を見据《みす》え、この国のファッション事情を少しでもラクな方向にシフトできないだろうかと考えていた。

幸い、彼女は今のところ、文句のつけようのない王太子の婚約者という評価をいただいている。

少しくらい遊び心を加味したドレスを作っても、きっと許してもらえるだろう。……たぶん。

ということで、悶々《もんもん》と頭を悩ませた結果、彼女がチョイスしたのは、いわゆるマーメイドラインのドレスだった。

このタイプは大人っぽい雰囲気になるし、着る者にかなりのスタイルのよさが要求される。

その点においては、クリステルは幸い、すでに大人びた色気さえ備えた『悪役令嬢』だ。パーフェクトなプロポーション維持のために、日々の努力も欠かしていない。

女性の美しさというのは、とてつもない努力の上に成り立っているものなのだ。

クリステルはたまに、戦闘訓練をしているだけで理想的なプロポーションを維持しているウォルターやその側近候補たちを、背後から鈍器で殴りたくなることがある。賭《か》けてもいい。

彼らに、自分たち女性陣が日々こなしている美容法をやってみろと言ったなら、即座に心が折れるだろう。

それはさておき、デザイナーとの協議の結果、華やかさを出すためにクリステルのドレスはスカート部分の裾が長めになった。けれど、プリンセスラインのドレスと比べれば、だいぶ軽い仕上がりになるそうだ。

ドレスがどんなふうに仕上がってくるのか、クリステルは今から楽しみで仕方がないのだった。

第二章　ギーヴェ公爵家の別邸は、人外生物の巣窟《そうくつ》です

学園内が交流会の話題一色になったある日の放課後、クリステルは久しぶりにギーヴェ公爵家の別邸を訪問することにした。忙しくしている間に、前回の訪問から二週間も経っていたのだ。

現在、ギーヴェ公爵家の別邸では、ドラゴンのシュヴァルツ、ヴァンパイアであるフランシェルシアとソーマディアスが暮らしている。

シュヴァルツは、このスティルナ王国で人間が立ち入ることを禁じられている森を住《す》処《か》とする、漆黒のドラゴンだ。

彼との出会いは、いささか物騒なものだった。

国法を破り、禁域であるシュヴァルツの森に侵入した人間たちが、よりにもよって彼の友である一角獣を捕らえたのだ。

そのためシュヴァルツはクリステルを自分の城へ誘拐《ゆうかい》し、ウォルターに対して『婚約者を返してほしければ、一角獣を森に戻せ』と要求したのである。

そんな出会いではあったものの、その後シュヴァルツはクリステルたちの頼れる友人となってくれた。彼は人型を取れば、黒髪に炎色の瞳をした堂々たる偉丈夫《いじょうふ》で、何より素晴らしい美声の持ち主だ。はじめて人間バージョンの彼の声を聞いたとき、クリステルはその場に突っ伏して石畳の床を殴りながら悶絶《もんぜつ》したものである。

そしてフランシェルシアは、ヴァンパイアの中でも特に『ヴァンパイアの王』と言われる存在だ。

クリステルの知る『原作』に出てくる銀髪のヴァンパイアは、妖艶《ようえん》な美貌《びぼう》を持つ女好きの結婚詐欺師という設定だったはずなのだが――実際に会ってみれば、彼は大変ぴゅあっぴゅあな性格の五歳児であった。

ギーヴェ公爵家はふたりのために別邸を提供していたのだが、今はフランシェルシアを追いかけてきた純血種のヴァンパイア、ソーマディアスも一緒に暮らしている。

おまけにたびたび、ドラゴンの友である一角獣も遊びにやってくるのだ。

ギーヴェ公爵家の別邸はすっかり、人外生物たちの巣窟《そうくつ》と化していた。

別邸へは、ウォルターやその友人たちと連れ立っていくことが多いのだが、彼らもそれぞれ忙しい身である。今日はクリステルひとりだ。

途中、甘党なシュヴァルツとフランシェルシアが気に入っている菓子店で手土産《てみやげ》を買い、のんびりと馬車に揺られて目的地へ向かう。

別邸へ到着し客間へ向かうと、相変わらず素敵マッチョなシュヴァルツと、愛くるしい幼女姿のフランシェルシアが、クリステルを笑顔で迎えてくれた。

クリステルはふたりに、にこりと笑って挨拶《あいさつ》する。

「ごきげんよう。シュヴァルツさま、フランさま」

ティーセットとお茶うけのクッキーがセッティングされたソファセットに、クリステルたちは腰かける。

フランシェルシアは、はじめて会ったときには二十代前半の男性の姿をしていたが、この別邸に入ってからは七歳くらいの幼女の姿を取っている。

長い銀色の髪、初夏の森を思わせる若草色の瞳をしたフランシェルシアは、天使のように愛くるしい。

その隣に立つシュヴァルツも、相変わらず見事な知性派素敵マッチョである。実に眼《がん》福《ぷく》だ。

しかし、居候《いそうろう》の無職――ニート系ヴァンパイアであるソーマディアスの姿がない。

ヴァンパイアたちが暮らす北の里で族長の座にあった彼は、ヴァンパイア社会で当代一の実力を持つという。

だがその実態は、可愛い弟分のフランシェルシアにめろめろの、重度のブラコンだ。彼と同じく、年の離れた弟を全力で可愛がっているクリステルは、ちょっぴり親近感を抱いていたりする。

「ソーマディアスさまは、お昼寝中ですか？」

クリステルの問いかけに、フランシェルシアが不思議そうな顔できょとんと瞬《まばた》きをした。

「ソーマディアス兄さんは、昨日からエセルバートさんとお話があると言って出かけているのですけど。クリステルさんは、ご存じなかったのですか？」

――エセルバートの『お話』。それすなわち、ソーマディアスを被検体とした、対ヴァンパイア魔導具開発の実験のことである。

ソーマディアスはこの国にやってくる前、彼の里に所属するヴァンパイアたちを、揃って半殺しにしてきたらしい。

その理由は、フランシェルシアが里を家出するとき、彼らが止めなかったからだ。いわゆる八つ当たりである。

純血種で圧倒的な強さを持つ彼にそれだけ痛めつけられたのだから、普通はもうソーマディアスとは関わり合わないようにするだろう。

しかし、ヴァンパイアというのは大変プライドの高い種族だと聞く。大変迷惑な話だが、もし雪辱《せつじょく》に燃えたヴァンパイアたちが、ソーマディアスを追ってこの国に突撃してきたりしたら――それは人間たちにとってとんでもない脅威である。

なにしろ、彼らのエネルギー源は、人間の血液なのだから。

よってエセルバートは、ソーマディアスに対し『自分のせいでこの国の人間がヴァンパイアに襲われるかもしれない――あなたの可愛いフランがそう気に病《や》むようなことがあったら、可哀相ですよね？』と、曇《くも》りない笑顔で言い、実験への協力を要請したのだ。

相手の逃げ道をなくした上で容赦なく弱点を抉《えぐ》りにいくスタイルは、我《わ》が兄ながら、大変素晴らしいと思う。

エセルバートとソーマディアスのやりとりを思い出したところで、この話をフランシエルシアにするわけにはいかない、と気がついた。

クリステルは再び、にっこり笑って話を変える。

「まぁ、そうでしたの。実は来月、学園で学生間の交流を目的としたダンスパーティーが開かれますの。それでこのところ、わたしも学園で少々忙しくしておりましたものですから、お兄さまとお話ししていなくて……。こちらに来るのも久しぶりになってしまいましたが、フランさまとシュヴァルツさまは、最近何か楽しいことはございましたか？」

「ええと……？　あ！　昨日、シュヴァルツさまとお散歩したときに、とっても素敵なおじいさんにお会いしました！　ね、シュヴァルツさま！」

ぱぁっと顔を輝かせてフランシェルシアが言う。実に愛らしい。

そんなフランシェルシアの『お父さん』役を務めているシュヴァルツが、鷹揚《おうよう》に笑ってうなずく。

「ああ。私から見ても、実に魅力的《みりょくてき》な老人だったぞ。なんでも、先日長《おさ》の位を後進に譲《ゆず》って、隠居したばかりらしくてな。今は若い頃に旅をした場所を、ひとりで気ままに巡《めぐ》っているところだと言っていた」

「まぁ、そうですの」

クリステルは、ほっこりした。

思慮深いドラゴンであるシュヴァルツが『魅力的《みりょくてき》』と断じるほどの人物ならば、ぜひ一度ご挨拶《あいさつ》してみたいものだ。

そんなことを考えていたクリステルに、フランシェルシアが嬉しそうに笑って言う。

「はい。本当に博識な方で、とても驚きました。ご存じですか？　クリステルさん。東のドラゴンさんは、真っ赤な鱗《うろこ》に金色の角を持つ、とってもきれいな方なんですって」

クリステルは、うなずいた。

「ええ。たしか、とても大きな火山をお住まいとされているとか……。シュヴァルツさまは、東のドラゴンさまとはお知り合いですか？」

ドラゴンの話題ならば、せっかくここに本人（？）がいるのだ。勇敢な冒険者たちが記した書物よりも、詳しい話が聞けるだろうか、とクリステルはどきどきしながら尋ねた。

シュヴァルツが、少し考える顔をして腕組みをする。ちなみに彼の本来の姿は、黒い鱗《うろこ》に炎色の瞳、きらめく銀色の角を持つ巨竜である。

「三百年ほど前に、人間の赤子を拾って育てていたのは、あやつだったかな。いや、あれは北のだったか……？」

……人間とは比べものにならないほど長い時間を生きている彼は、大変ジェントルで素敵な人柄なのだが、少々大雑把な性質の持ち主でもあった。

そして、話を振ってみたものの、この世界のドラゴンは、基本的に単独行動をしている。ドラゴン同士、交流がまったくないということでもないようだが、同族だからといって特に相手を気にかけるわけでもないらしい。

頭を捻《ひね》っていたシュヴァルツが、何かを思い出したように顔を上げる。

「あぁ、そうだ。東のが育てていた人の娘を気に入った北のが、自分の番《つがい》にしたいと言い出してな。それで頭に血の上《のぼ》った奴らが、ひと月以上も全力を出して戦ったものだから、陸の形が少々変わってしまったことがあったのだ」

あれは実に迷惑だった、とシュヴァルツがうなずく。

クリステルは、思わず手を上げ、口を開いた。

「あの……よろしいでしょうか、シュヴァルツさま？　ドラゴンさま方は、他種族と番《つが》うことができるのですか？」

各地に残る古い伝説や言い伝えに、ドラゴンが人間の花嫁を得たという記述はいくつかある。

だが、そのどれもが『物語』レベルの曖昧《あいまい》な表現ばかりで、とても信頼性のある記録とは言えない。

シュヴァルツが小さく苦笑する。

「我らは、どのような種族の姿になることもできるからな。気に入った相手と同じ姿を取って、その者の命が尽きるまで寄り添い、生きることはできる。だが、異なる種族同士では二世を望めぬゆえ、あまり褒められたことではないとされているな」

そうなのですか、とクリステルはうなずいた。

なんだかロマンチックな話にも聞こえるが、その結果が大陸変形を導くレベルのドラゴン同士の大戦争とは――

（……はい。恋愛は自由だと思いますが、もう少し周囲にかかる迷惑を考えていただきたいです）

ちょっぴり遠くを見たくなったクリステルに、ジンジャークッキーを食べていたフランシェルシアが笑いかける。

「それでね、クリステルさん。そのおじいさんが今度、私を背中に乗せて走ってくださるそうなんです！」

へ、とクリステルは目を丸くした。

ご隠居老人が、幼女姿のフランシェルシアをおんぶするというだけなら、実にほほえましいお話である。

しかし、その状態で走られては、ご老体にとんでもない負荷がかかるのではないだろうか。

困惑する彼女をよそに、シュヴァルツも楽しげに顔をほころばせて口を開く。

「あやつの足の速さは、相当のものであろう。フラン、振り落とされないように注意するのだぞ」

「はい！　シュヴァルツさま！」

満面の笑みを浮かべたフランシェルシアが、とってもいい子のお返事をする。

そのとき一瞬、クリステルは固まった。

何やら、いやな予感がする。彼女は、再び手を上げた。

「あの……申し訳ありません。シュヴァルツさま。フランさま。その――素敵なご老人とは、どのようなお姿の方なのでしょう？」

彼女の問いかけに、フランシェルシアが興奮気味に両手を握《にぎ》って語り出す。

「本当に、素敵な方なんです！　おぐしはもう真っ白なんですけれど、とっても若々しくて、神秘的な紫の瞳をしてらっしゃるんですよ。優しい笑顔が素敵で、私の頭をたくさん撫《な》でてくださいました！」

……それだけ聞くなら、実に素敵な老人像である。

しかしその御仁《ごじん》は、いまだ幼いとはいえ、ヴァンパイアの王と呼ばれるフランシェルシアを振り落としかねないスピードで走れる、とシュヴァルツは言っている。

ここは、断じて現実から目を逸《そ》らしてはいけない場面であろう。

クリステルは思い切って、ズバンとシュヴァルツに聞いてみた。

「シュヴァルツさま。そのご老人の、種族名をうかがってもよろしいでしょうか？」

ああ、とシュヴァルツがうなずく。

「そういえば、言っていなかったな。あやつは、人狼だ。それも、東の里の先代の長《おさ》だったらしい。若い頃に大陸中の人狼の里を巡《めぐ》り、そのすべての長《おさ》たちに勝利したと噂に聞いている。なんでも、『大陸最強』の称号まで得たようでな。本人は『若気の至り』などと言っていたが……。いや、実に見事な人狼の御仁《ごじん》だったぞ。そなたにも一度、会わせてやりたいものだ」

そのときクリステルの脳裏に、あるシーンが浮かぶ。

それは、前世で読んだ少女漫画のワンシーン。ちょうど、学生交流会前後にあった、迷子の人狼がはじめて登場する場面である。

細かい設定は覚えていないが、たしか、狼の姿で雨に打たれてぴるぴると震えているところを、偶然ヒロインに拾われていた。

遠く離れた人狼の里からなぜこの国にやってきたかは語られていなかった。

ヒロインがログアウトした今、『物語』と同じ形で登場するとも思えないが、この先新たな人外キャラ・人狼が絡んでくる可能性は高そうだ。

クリステルは、ウフフ、とほほえんだ。

「ありがとうございます。そんなに素敵な方なのでしたら、わたしもぜひ一度、ご挨拶《あいさつ》させていただきたいですわ」

――彼《か》の人狼のご老体が、ヒロインが会うはずだった『原作』に出てくる迷子の人狼であるかどうかは、まだわからない。

クリステルは、そっとフランシェルシアを見た。かつて『大陸最強』の称号を得たという人狼との出会いに興奮し、大きな若草色の瞳をきらきらと輝かせている。

その幼女姿は、平凡系ヒロインのマリアとは比べものにならないほど可愛らしい。

(……少々、年が若すぎるような気はいたしますけれど。フランさまでしたら、立派に少女漫画のヒロイン役をこなせますわよね)

何しろフランシェルシアは、メインヒーローであるウォルターに『おまえを泣かせた者を許すつもりはない』と、実にかっこよく宣言されたのだ。——その実態は、男同士の友情だったが。

幻獣たちの王たるシュヴァルツには、お膝抱っこで可愛がられるのが日常だ。——関係は、ただの親子だが。

ついでに、ブラコンのヴァンパイアに日々『オレのフラン、超可愛い』と猫可愛がりされている。——これは、ブラコンだから仕方があるまい。

そしておまけに、脳筋系《のうきんけい》の一角獣にまで主従契約を求められている。——ヴァンパイアの王同士の戦いにまざりたい、などという理由であるが。そんな一角獣など、少女漫画の世界に存在してはいけないとクリステルは思う。

それぞれ若干《じゃっかん》微妙なツッコミポイントはあるものの、フランシェルシアの置かれた状況を表面上だけ見てみれば、立派なヒロインポジションと言えないこともない。

クリステルは、内心首をかしげた。

（まさか、ヒロインが『物語』の開始直後に退場したために、そのポジションにフランさまが置かれてしまった――なんてことはありませんわよね？）

少し考えてから、彼女はうん、とうなずいた。

（可愛いは、正義ですもの。みなさまがフランさまを可愛がるのは、当然のことです）

おそらく人狼のご老体も、フランシェルシアの愛らしさに、つい頭を撫《な》でたくなってしまったのだろう。

その気持ちは、クリステルにもとってもよくわかる。

何しろ今のフランシェルシアは、腰まで流れる艶《つや》やかな銀髪に、春の息吹《いぶき》を思わせる若草色の瞳をした、まるで天使のように愛くるしい幼女なのだ。

たとえその本性が、危険な幻獣の強靭《きょうじん》な肉体を簡単に素手で引きちぎれる、『ヴァンパイアの王』であろうとも。

愛らしい幼子《おさなご》が周囲から愛されるのは、自然の摂理である。

そうして思考を遠くに飛ばしていたクリステルに、フランシェルシアがこてんと首をかしげた。可愛い。

「フランさま。どうかなさいましたか？」

にこりと笑いかけると、フランシェルシアは何やらもじもじとした様子で視線を彷徨《さまよ》わせる。

そうして恥ずかしげに頬を染め、きゅっと小さな手を握《にぎ》りしめたかと思ったら、上目遣いになって口を開く。

クリステルは、ここにブラコン兄貴のソーマディアスがいたなら、鼻血を噴いていたかもしれないな、と思った。

「あの……。先ほどクリステルさんが、ダンスパーティーとおっしゃったでしょう？　私は書物でしかそういったものを知らないので、もう少しお話を聞かせていただきたくて……」

「まぁ、喜んで。フランさまは、本当にいろいろな人間の営《いとな》みに興味を持ってくださいますのね。嬉しいですわ」

はい、とフランシェルシアがうなずく。

「実は、人狼のおじいさんからも、いろいろとお話を聞いたんです。この大陸にはさまざまな人間の国があって、そのどこにも素晴らしい歌や絵画をはじめとした文化があるのだと。中でも、一番多彩なバリエーションがあって面白いのは、女性たちの華やかな衣装と踊りだとおっしゃっていました」

クリステルは、少々驚いた。

先ほどのシュヴァルツの話から、てっきり彼《か》のご老体も、この世界の人外生物たちに多い脳筋《のうきん》タイプだとばかり思っていたのだ。

（いえ……あれは、その方がお若い頃のお話ですもの。年をお召しになって落ち着かれると、やはり芸術文化の方面にも造詣《ぞうけい》が深くなるものなのでしょうか）

実際、彼女の祖父である先代ギーヴェ公爵も、今でこそ穏やかな好々爺《こうこうや》だが、若い頃は相当なやんちゃっぷりだったらしい。

そのあたりについて、クリステルは詳しくは知らない。

だが、公爵家の後継としていろいろと聞かされているらしい兄のエセルバートが、にっこり笑って「きみは、聞かないほうがいいよ。クリステル」と釘を刺してくるほどだ。

エセルバートは教えてくれそうにないので、いずれ祖母からコッソリ当時の話を聞いておこうと思っている。

その後は、やはり若い頃に大陸中を旅して回った経験のあるシュヴァルツからいろいろと話を聞きながら、各国の女性たちの装いについて大いに盛り上がった。

フランシェルシアは、現在幼いとはいえ女性体であるためか、男性よりも女性の装いのほうに興味があるようだ。

クリステルは以前、友人たちと寄ってたかって、フランシェルシアを着せ替え人形にしてしまったという前科がある。

もしかして、本当はいやだったのに言えなかったということもあるかもしれない、と不安に思っていたが、こうして素直に女性の装いに興味を示してもらえて、彼女はひそかにほっとした。

「ねぇ、フランさま。ソーマディアスさまは、ヴァンパイアの里の族長でいらしたのでしょう？　人間たちの生活に紛れこむために、ダンスを学んでいたりはしていらっしゃいませんの？」

ヴァンパイアといえば、本来夜の貴族とも呼ばれる典雅な種族の代表である。

その族長ともなれば、それなりのスキルを身につけているのではないだろうか。

しかし、フランシェルシアは再びこてんと首をかしげる。

「どうでしょう？　ソーマディアス兄さんは、そんな面倒くさいことはしたことがないと思いますけど……」

クリステルは、自分の愚《おろ》かさにがっかりした。

あのニート希望のブラコンヴァンパイアは、大層な面倒くさがりなのだ。ソーマディアスはこの別邸に入ってからというもの、フランシェルシアを愛《め》でているとき以外は、ほとんど昼寝をしている。

そんな彼に、複雑なステップとさまざまな作法の塊《かたまり》であるダンススキルを期待するなど、まったく考えが甘すぎた。

「……そうですわね。失礼しました。もしソーマディアスさまがダンスをご存じなのでしたら、わたしがフランさまにステップを教えて差し上げれば、おふたりでダンスを楽しむこともできるかと思っただけなのです」

ちなみに、ドラゴンであるシュヴァルツには、はじめからダンススキルは期待していない。

彼は人型を取ったとき、非常にゆったりとした動きをする。

はじめはそれが王者たる存在の、常に焦らず騒がずという姿勢ゆえかと思っていたのだが――どうも違うらしいと最近知った。

（シュヴァルツさまの握力は、一角獣さまの角をついうっかりで折ってしまうほどの強さですものね……）

今まで滅多《めった》に人型を取ることのなかった彼は、現在『ついうっかり』で周囲のものを壊してしまわないように、ほどよい力加減を習得している最中なのだという。そのため、慎重にゆっくりと動いているのだとか。

その点、フランシェルシアは一見か弱い幼女でも、ヴァンパイアの王である。ヴァンパイアのような変身能力を持つ種族は、肉体の損傷に意味を持たない。どれほどの大怪我も、その変身能力の応用ですぐに修復してしまうからだ。シュヴァルツをフランシェルシアのパートナー役にして、彼が万が一、力加減を誤ってしまうことがあっても、フランシェルシアにとって実質的な問題はない。

だが、もしシュヴァルツにダンスを教えることになったとしたら、その教師役となる人間は、常に生命の危機にさらされる事態となる。そんな恐ろしすぎる命の綱渡りをするなんて、たとえ自分のことではなくとも、心の底から遠慮させていただきたい。

とはいえ、シュヴァルツもこのギーヴェ公爵家の別邸で過ごすようになってから、随《ずい》分《ぶん》力加減に慣れてきたようだ。

コーヒーカップを手にする仕草も、以前よりかなり自然になっている。

ぜひこのまま、精進を続けていただきたいものだ。

主に、この屋敷で働く人間たちの安全確保義務を有する、自分たちの心の平穏のために。

と、思考が若干《じゃっかん》横道にそれていたクリステルに、フランシェルシアがおずおずと口を開く。

「えぇと……クリステルさん？　私が男性型になって、男性のダンスのステップをどなたかに教わるというのは……やっぱり、ご迷惑でしょうか」

クリステルは、困った。

「迷惑ということは、まったくないのですけれど……」

「間違いなく、ソーマディアスが拗《す》ねるな」

コーヒーカップを手にしたシュヴァルツが、ズバンと指摘する。

その様子を簡単に想像できたのか、フランシェルシアがしょんぼりと肩を落とした。

銀髪の幼女が、全身で「がっかり」を表現していたとき――

「おーう！　お兄ちゃんのお戻りだぞー！　フランフラン、フーラーンー！　おまえは相変わらず可愛いなー！」

突然、ノックもなしに客間に飛び込んできたのは、妖艶《ようえん》系の美貌《びぼう》を持つ黒髪のヴァンパイア、ソーマディアス。

本来は深紅であるその瞳は、今は擬態《ぎたい》色のブルーグリーンだ。

彼は、目にもとまらぬ速さでフランシェルシアを抱きしめた。そしてとろけ切っただらしない笑顔で頬ずりをしまくる。その様子は、夜の闇を支配するヴァンパイアとは、とてもではないが思えない。

エセルバートの『実験』に付き合って、やはり相当疲労しているのだろう。ソーマディアスはフランシェルシアをぐりんぐりんに撫《な》でまわし、「あー……、癒《い》やされるー……」とつぶやく。

（……ふむ）

クリステルはひとつうなずき、自分と同じブラコン属性を持つソーマディアスに声をかける。

「ソーマディアスさま。ちょうど今、フランさまとお話ししていたところなのですけれど……。来月のはじめに、わたしたちの学園でダンスパーティーが開かれますの。フランさまは人間のダンスに興味をお持ちなのですって。もしよろしければ――」

「よし、フラン。お兄ちゃんがその辺で、ダンスの上手そうな女をさくっと捕まえてきてやるからな！　ちょっと待ってろ……」

クリステルは慌てず騒がず、愛用の魔導剣を発動させ、ソーマディアスの頭をどつき倒した。

「いってーな、何しやがる⁉」

鞘《さや》から抜いていなかっただけ感謝しろ、と思いながら、冷ややかに相手を見やる。

「我《わ》が国の民《たみ》には、一切の手出し無用。それが、あなたをこの屋敷に受け入れたときの条件だったはずですが。もしや、お忘れでいらっしゃいますか？」

フランシェルシアは人間と同じ食べ物で栄養を補えるが、ソーマディアスはヴァンパイアらしく人間の生き血を食料としている。現在、向こう百年は人間の血を口にしなくても生きていけるというから、彼はこの国に滞在することを許されているのだ。

クリステルの言葉に、ソーマディアスが、きょとんと瞬《まばた》きをする。

「あ。忘れてた」

この様子だと、本当に素《す》で忘れていたのだろう。

クリステルは、イラッとした。

ふっと息をついて、フランシェルシアに笑いかける。

「フランさま。やっぱりあなたには、男性のダンスをお教えいたしましょう。近いうちにウォルターさまと一緒にまいりますので、楽しみにしていてくださいね。ウォルターさまは、ダンスもとてもお上手ですのよ。きっと、フランさまもすぐに踊れるようになりますわ」

「……はい！　ありがとうございます、クリステルさん！」

フランシェルシアが、ぱぁっと顔を輝かせる。

え、と間の抜けた声をこぼして、黒髪のヴァンパイアが固まった。

クリステルは、そんな彼に朗《ほが》らかに告げる。

「残念ですわ。もしソーマディアスさまが人間のダンスをご存じでしたら、わたしがフランさまに女性のダンスをお教えしようと思っておりましたのに」

「……は？」

ソーマディアスの目が、丸くなる。

「もちろん、その際にはフランさまに、きちんとダンスを踊れる年頃の女性の姿になっていただくつもりだったのですけれど……。まぁ、このほうがよかったかもしれませんわね。フランさまは、この国では人間としてお過ごしなのですもの。これからゆっくり、人間と同じ速さで成長していかれるのが、一番ですわ」

「……っっ!!」

クリステルがにっこりと笑って言うと、ソーマディアスはわかりやすく絶望顔になった。

自分の迂闊《うかつ》な発言のせいで何を失ったのか、ようやく気がついたようだ。ばかめ。

ソーマディアスが、ばっと腕の中のフランシェルシアを見る。

「フラン！　お兄ちゃん、おまえがしたいって言うんだったら、人間のダンスくらい速攻で覚えちゃうよ⁉　ホントにすぐだよ⁉」

「え……。でも、ソーマディアス兄さんは、ダンスなんて面倒くさいでしょ？　無理に付き合ってくれなくても、クリステルさんたちが遊んでくれるから大丈夫だよ」

フリーダムにもほどがある兄貴分とは違い、フランシェルシアはきちんと気遣いのできる幼女だった。

これが、反面教師というやつだろうか。

ソーマディアスが、狼狽《ろうばい》しきった顔でぶんぶんと首を横に振る。

「いやいやいや、無理なんて全然してないからね！　お兄ちゃんだって、めちゃくちゃフランと一緒に遊びたい！」

そうなの？　と首をかしげるフランシェルシアに、穏やかにほほえんだシュヴァルツが言う。

「フラン。おまえがそれほど楽しみに思うものなら、私も興味があるな。いずれウォルターたちが教えに来たときには、私も見学させてもらうとしよう」

「はい！　シュヴァルツさま！」

フランシェルシアは実に嬉しそうだが、クリステルはさぁっと青ざめた。

もしダンスのレッスンを見学したシュヴァルツが、『どれ、ひとつ私もやってみるか』

と言い出したなら――

（教師役となるウォルターさま方を、粉砕骨折《ふんさいこっせつ》の危機にさらすことに……！）

クリステルは、咄嗟《とっさ》に口を開いた。

「まぁ、それでしたらやっぱり、フランさまには女性パートをお教えいたしましょうね！　もしシュヴァルツさまが男性パートを覚えてくださったら、おふたりでダンスを楽しむことができますでしょう？」

すかさず、ソーマディアスがびしっと手を上げる。

「オレもオレも！　オレも、人間のダンス覚える！　ぜってー、ドラゴンの旦那より先に覚えるからな、フラン！」

「う……うん？」

彼の勢いに、フランシェルシアが若干《じゃっかん》引き気味にうなずき、シュヴァルツは苦笑する。

そんな人外生物たちの様子を眺め、クリステルはひそかに冷や汗をだらだらと流しながら、内心でぐっと自分自身に親指を立てた。

（よし……ッ！　グッジョブ、わたし！　先にソーマディアスさまに男性のダンスを覚えていただければ、シュヴァルツさまにダンスをお教えする役を任せてしまえるわ！）

ヴァンパイアのソーマディアスなら、たとえシュヴァルツに肉体を握《にぎ》り潰されようと、骨を砕かれようと、一瞬で元通りである。

これは別に、シュヴァルツを信頼していないというわけではない。

ただ、己《おのれ》の身を守る努力は、常に最大限しておくべし、という矮小《わいしょう》なる人間の知恵である。

そのときふと、シュヴァルツが表情を曇《くも》らせた。

どうしたのかと思って、クリステルは彼のほうを見る。すると彼は、彼女の視線に気がついたのか、いや、と首を振る。

「先ほどの、三百年前の同族たちがしでかしたことを少し思い出してな。あのとき、北のに番《つがい》にと望まれた人の娘なのだが……。哀《あわ》れなことに、奴らが戦っていたひと月以上もの間、東のが作った結界に閉じこめられていたものだから——」

クリステルは、青ざめた。

『餓死《がし》』という悲惨《ひさん》な単語が、彼女の脳裏をよぎる。

「——食っては寝てばかりいたために、奴らが力尽きて戦いをやめたとき、娘はすっかり太ってしまっていたのだ。さすがに奴らも、ひどく反省していたな」

「……そうなのですか。それは、とても痛ましいお話ですわね」

長い時間を生きる人外の彼らと、自分たち人間とでは、時間に対する感覚が違って当たり前だ。そして、そういった感覚の違いは、おそらく非常に多岐にわたるものだろう。

そこからどんな弊害《へいがい》が生まれるかは、彼らとの共存を選んだクリステルたちが、自《みずか》ら学んでいかなければならないことだ。

改めて、クリステルは決意した。

どれほど信頼できる相手に見えても、人外生物たちとの交流は、これからも細心の注意を払って行《おこな》うことにしよう——と。

そんな彼女の危機感など知る由《よし》もなく、ソーマディアスは相変わらずフランシェルシアの髪に、ぐりぐりと力いっぱい頬ずりしている。

フランシェルシアの愛らしい頬が、ぷぅと膨《ふく》らんだ。

「もう、ソーマディアス兄さんってば。そういうのは髪がぐちゃぐちゃになるからやめて、っていつも言ってるのに」

基本的に、誰に対しても大変素直でいい子のフランシェルシアだが、彼にとってソーマディアスは育ての親という名の身内である。

そのせいか、ソーマディアスに対しては、文句を言ったり拗《す》ねた顔をしたりすることが多い。

これも一種の甘えなのだろう。

そんなふうに言われたらいつもはすぐにやめるのだが、今回ソーマディアスはよほどハードな実験に付き合わされたらしい。ひどくぐったりした様子で、フランシェルシアを抱きしめたままだ。

「だって、ホントに疲れたんだもん……」

いい年をしたヴァンパイアが『もん』などと言うな。クリステルはそう思ったが、ソーマディアスは何やら本当に疲れきっているように見える。

エセルバートは、一体どんな実験をしたのだろう。

（……あら？）

そのときふと、クリステルの意識に引っかかるものがあった。

小さな棘《とげ》のように、ほんのかすかな——けれど、どうしようもなく無視しがたい不快感を彼女にもたらす、焦燥《しょうそう》。

ヴァンパイアの襲撃への対処ならば、すでにエセルバートが国王裁可のもと、全力で取り組んでいる。それにもかかわらず、なぜこんなに落ち着かない気分になるのだろう。

そう思った次の瞬間、クリステルは気がついた。

『物語』の中で、メインヒーローであるウォルターを凌《しの》ぐ勢いで、人気のあるキャラクターがいた。

それは、銀髪のヴァンパイアである。

今、目の前でソーマディアスにぐりぐりと猫可愛がりされているフランシェルシアが、あまりにそのヴァンパイアからかけ離れた存在だったために、すっかり忘れていたけれど——

かつて読んだ漫画の中に、人間のヒロインに心奪われたヴァンパイアを『里の恥さらし』と糾弾《きゅうだん》するヴァンパイアたちが、非常に強大な敵として現れる、というシーンがあった。

そのヴァンパイアたちは、ヴァンパイアのプライドを傷つけたヒロインもろとも、恥さらしな出来損ないの仲間を殺そうとしたのだ。

ヴァンパイアたちは王都の人間を次々に襲って傀儡《かいらい》とし、彼らを操《あやつ》った。そして、ウォルターをはじめとするメインキャラクターたちに、精神的にも肉体的にも多大なダメージを与える描写があったと思う。

恋愛をテーマとした少女漫画には珍しく、シリアスで重い戦闘シーンが続いていたため、印象に残っている。

クリステルは、きゅっと唇を噛《か》む。

……まさか、とは思う。

フランシェルシアの存在が、元のキャラクターとかけ離れたものである以上――そして、ヒロインと一切接触していない以上、ヴァンパイアたちが『物語』と同じ理由で襲撃を仕掛けてくることはないだろう。しかし、現状を鑑《かんが》みるに、まったくありえないという話でもなさそうだ。

何しろ、『物語』の開始時期である春先から今までの短期間に、クリステルの前には次々と人外が姿を現した。

ドラゴン、一角獣、そしてヴァンパイア。それぞれまったく違った個性の持ち主であったとはいえ、彼らは『物語』の舞台であるこのスティルナ王国の王都へ、さほど間《ま》を空《あ》けることなくやってきたのである。

ならば、フランシェルシアの里のヴァンパイアたちが現れる可能性は、やはり相当高いのではないだろうか。

何より、彼らには『物語』とはまったく違えど、この国にやってくる理由がある。

元来ヴァンパイアというのは、今この別邸で暮らしているふたりとは、まったく違う存在だ。

人と同じ姿をしながら人間の血をエサとして喰《く》らい、夜の世界を血と絶望に染め上げる、強大な力を持つ魔物。

そんな彼らが、大量にやってきたなら。そして、もし彼らがソーマディアスに対する怨恨《えんこん》ではなく、なんらかの理由で、はじめからこの国の人間たちを害する目的で襲撃を開始したなら――

たとえエセルバートが、ヴァンパイアの襲撃への対応策を練っているといっても、まったく人的被害を出さずに済むものなのか。

（お兄さま……）

エセルバートは、クリステルがこの世界の誰よりも信頼している兄だ。

何より彼は、成人したばかりという若さながら、すでに防御系魔導具開発の第一線で活躍している、非常に優秀な人間である。

エセルバートが指揮を執《と》っている対ヴァンパイア研究開発チームには、王宮所属の優秀な魔術師たちも数多く参加している。彼ら以上の成果をあげられる者たちなど、この国には存在しない。

ヴァンパイアの脅威に対し、今のクリステルにできることは何もないのだ。

たしか『物語』では、ヒロインの純粋な優しさと健気《けなげ》さに触れたヴァンパイアたちが、新たな逆ハー要員になるというオチだったはずだが――

（……うん。最悪の場合には、国王陛下に頼んで、ヒロインを対ヴァンパイア特別チームに入れてもらいましょうか。あぁ……っ、でもそうなると、彼女とウォルターさまがまた接触することになるのよね⁉　もし、ウォルターさまがあのチートな精神干渉能力に関係なく、ヒロインに心惹かれるようなことになったら……っ）

ずきん、と。

そこまで考えたとき、クリステルの胸がひどく痛んだ。

婚約者に対するほのかな思慕《しぼ》は、きちんと胸の奥にしまいこんだはずなのに。

そんなのはいやだと、心が叫ぶ。

ウォルターが自分を見つめる優しい瞳が、ほかの誰かを映すところなんて見たくない。

けれど、もしこのあと『物語』にリンクしたカタチで現実が進んでいったなら——ヒロインは、クリステルではない。

王子さまであるウォルターの手を取るのは、クリステルではないのだ。

クリステルは、あくまでも『悪役令嬢』なのだから。

（どうして……）

割り切っているはずだった。

納得しているはずだった。

『物語』と現実は違うのだということも、ウォルターとの政略的な婚約関係も。

なのにどうして今更、こんなにも自分の心は不安定に揺らいでいるのだろう。

わからない。

こんなとき、一体どうすべきなのか。

そして——自分が今、どうしたいのかも。

第三章　王子さまは、学生です

ある休日の朝、スティルナ王国王太子のウォルターは、側近候補筆頭であるカークライルとともに、王都の街に出ていた。

ウォルターが愛用している魔導具のうち、幻獣討伐に関するものは、すべて王室お抱えの優秀な職人たちが製作したものである。

その精度に『王太子』の命が懸《か》かっているのだから、当然だ。

しかし、日常生活の中で使うちょっとした魔導具は、街で売っているもののほうが使い勝手がいい。

たとえば、暑いときにお役立ちな携帯用の冷却魔導具や、戦闘訓練のあとで汗だくになった体を一瞬できれいにしてくれる洗浄系魔導具などは、ウォルターも街で購入する。

街で魔導具店を営《いとな》んでいる者たちは、日々、商売敵《しょうばいがたき》に負けじと切磋琢磨《せっさたくま》しているのだ。

性能そのものがどんどん進化するだけでなく、軽量化もデザイン性も、少し見ない間に驚くほど向上していく。

ウォルターは、そういった魔導具の進歩を見るのが大好きだ。

そのため、王太子や学園の学生会長として多忙を極める中、時間を作っては街に出て、馴染《なじ》みの魔導具店を見て回っているのだが――

「……なぁ、ウォル。毎回、思うんだけどさ。おまえ、なんでこの趣味をクリステルさまに話して、お付き合いしてもらわないわけ？　あの方は、きっと喜んでお付き合いしてくださるよ？」

カークライルは歩きながら、ため息まじりにウォルターに問いかけた。将来の側近候補筆頭であるのと同時に、親しい友人でもあるカークライルは、他人の目がないところでは、ウォルターを愛称で呼ぶ。

ウォルターは半目になって彼を睨《にら》んだ。

たしかにクリステルは、『政略目的で定められた婚約者』の誘いであれば、必ず笑顔で付き合ってくれるだろう。彼女は、そういうふうに育てられている。

そして、この国の貴族階級のほとんどの者たちも、クリステル自身も、ウォルターが彼女と婚約したのは、王太子の座を得るためだと思っているはずだ。ギーヴェ公爵家の後見を得るためだ、と。

だが、ウォルターにとってクリステルは、そんな味気ない『政略目的で定められた婚約者』などという存在ではない。

むしろ、その逆だ。

ウォルターは五年前――十二歳のときにはじめて彼女と会うまで、自分が次代の王になるなど考えたこともなかった。彼の実母は子爵家の出で、王宮内のパワーゲームに参加できるような力を持っていなかったからだ。

そんな中、ウォルターは幻獣討伐の最中に出会ったクリステルに、一目で心を奪われた。

今思い出しても、あのときの衝撃は鮮《あざ》やかによみがえる。

幼い頃から厳しい王妃教育を受けていた彼女は、当時すでに周囲の誰からも次代の王妃にふさわしいと認められていた。

クリステルほどの器量を持つ少女は、この国にいない。彼女はいずれ必ず、国王の伴侶として立つだろう――と。

だから、ウォルターは彼女の隣に立つために、王太子という立場を手に入れたのだ。

己《おの》が牙《きば》と爪を全力で磨き上げ、勝算がまったくないに等しかった王宮内のパワーゲームを、力ずくでひっくり返した。同じく王太子の座を狙う『弟たち』と、その背後に立つ貴族たちの思惑を、すべて踏みにじって。

それもこれも、『次代の王妃』であるクリステルを手に入れるためだ。

ほかの理由など、ウォルターにはない。

ウォルターは元来、非常に傲慢《ごうまん》で独善的な性格だ。自分の望みさえ叶うなら、何を犠牲にしても構わないと思っている。そんな自分が、『国王』なんてものに向いていないことも、充分に承知していた。

それでも、欲しかった。

クリステルは、ずっと他人に興味を持てなかったウォルターが、生まれてはじめて『欲しい』と思った少女だ。

自分でもどこかおかしいと思うほど、彼女に対する執着は深く重いのだが――

ウォルターは、幼い頃から危険な幻獣及び敵対貴族との、隙のない戦い方を完璧に学んできた。言い換えれば、それしか学んできていないのである。

そのため彼は『好きな女の子へのアプローチ方法』を、現在進行形かつ手探《てさぐ》りで習得しているところであった。

彼にとって、クリステルをデートに誘うというのは、幻獣たちの王たるドラゴンにタイマン勝負を挑む以上の超難関なのである。

ウォルターは、むすっと顔をしかめて言った。

「そんな甲斐性が、俺にあると思うのか？」

「うん。それ、全然威張って言うことじゃないからな」

残念ながら甲斐性がないウォルターは、この趣味にいつも側近候補の誰かを誘うことになる。

とはいえ、彼らを誘うのは、クリステルを誘えないからというだけではない。

王太子の座にいるウォルターは、たとえどれほど腕に覚えがあろうとも、街中《まちなか》に単独で出ることは許されない。

万が一、彼の心身が損なわれるようなことになれば、大問題である。王太子の選抜などという面倒極まりない案件を、また一からやり直さなければならなくなるのだ。

そんなことになったら、当然ながら王宮は揺れるし、その影響がどんな形で国民生活に出るかもわからない。

自分の身を守る注意を最大限に払うのは、自《みず》ら王太子の座を掴み取ったウォルターの義務だ。

よって彼は、たとえ治安のいい街中《まちなか》に出るときでも、側近候補の誰かと行動をともにしているのである。

その相手として選ぶ頻度が高いのは、やはり同学年のネイトとカークライルだ。

ネイトは寡黙《かもく》で口数の少ないタイプなので、あまりウォルターの行動に苦言を呈することもない。

もちろん、本当に意見を述べなければならないときには、主《あるじ》に首を捧《ささ》げる覚悟で、己《おのれ》の信じることをすべてまっすぐに語るのだろう。

武門で名高いディケンズ家の後継である彼は、おそらく怒らせたら一番怖いタイプだ。

一方、フォークワース侯爵家の次男坊であるカークライルは、兄が立派な跡継ぎとして立っているため、少々お気楽に構えている。婚約者はまだ選定していないし、ウォルターとふたりになると最も口調が崩れるのも彼だ。

元々、カークライルとは側近候補たちの中でも、一番長い付き合いである。

そのぶん気心も知れているし、彼の実力はたしかなものだ。

何より、婚約者がいるネイトより、休日をともに過ごす女性がいないカークライルのほうが、ウォルターが「ちょっと付き合え」と言いやすい相手だった。

むすっとした表情のままのウォルターに向かって、カークライルがひょいと肩を竦《すく》める。

「ま、おまえのヘタレ具合はどうでもいいさ。そういやロイが、面白い新作魔導具を見つけたとか言ってたぜ」

ロイ・エルロンドは、ウォルターの側近候補でひとつ年下の少年だ。

小柄で童顔な彼には、ウォルターたちと同い年の婚約者がいる。大変仲睦《なかむつ》まじい婚約者同士である彼らは、休日のたびに充実した日々を過ごしている幸せ者だ。たしか今日も、ふたり仲よくどこぞの美術館に行くと言っていた。

後輩の幸せそうな笑顔を思い出し、若干《じゃっかん》イラッとした心の狭いウォルターだったが、それ以上に『面白い新作魔導具』というのが気になった。

視線で話を促《うなが》すと、カークライルがにやりと笑う。

「いや、ホントにただのおもちゃらしいんだけどな。なんでも起動させると、使用者の体にめちゃくちゃリアルな鳥の羽や、動物の耳や尻尾が生えたみたいになるんだと」

ウォルターは困惑して首をかしげる。

「小さな子どもが鳥の羽を背負っていれば、たしかにそれはなかなか愛らしいだろうが……。牛馬や豚の耳なんかを生《は》やして、一体何が楽しいんだ？」

王太子ウォルターにとって最も身近な動物とは、その生産性に国民の生活が直結している家畜であった。

そんな主《あるじ》に、側近候補筆頭は一瞬真顔になって可哀相なものを見る目を向ける。次《つ》いで、ゆっくりと首を横に振って言う。

「いいや、ウォル。人気があるのは、猫、兎なんかの耳や尻尾が装備されるタイプらしい。色のバリエーションも結構豊富で、仮装パーティーにその魔導具を装備して出席するのが流行みたいだ」

「……その妙に優しげな目はやめろ。腹が立つ」

はぁ、と息をついたウォルターはふと足を止め、じっとカークライルを見た。

黒髪に鋼色《はがねいろ》の瞳を持つ彼は、怜悧《れいり》な印象の端整な顔立ちをしている。

その顔を引きつらせたカークライルが、半歩後ずさった。

「おい……ウォル。まさかてめぇ、オレに猫耳や兎耳が生《は》えたところを想像してんじゃねーだろうな?」

「カークライル」

ウォルターは側近候補兼友人の青年に、にこりと笑う。

「兎タイプは、やめておけ」

「……っ誰がンなモン装備するかってんだ、このすっとこどっこいー!」

そんなばかな話をしながら、活気ある街を回る。

私服姿のウォルターとカークライルには、あちこちから視線が向けられていた。

いかにも育ちがよさそうで、見目もいい彼らだ。周囲から感嘆や羨望《せんぼう》、あるいは嫉妬《しっと》の眼差《まなざ》しが向けられるのは、いつものことである。

しかし、ジロジロ見られたとしても、正体がバレてしまったことは一度もない。そもそも一般市民の中に、『王太子とその側近候補』の顔を間近で見たことがある者などいないのだ。

もちろん、式典などの際に放映される『王太子』の記録映像であれば、多くの国民が見ているだろう。王室の公式行事に関しては、国中のあちこちに設置された魔導具を通じて、すべてリアルタイムで国民に伝えられている。

しかし、それらはすべて最上級の装いで着飾った上、広報担当者たちによる厳しいチェックをクリアした——つまり、次代の国王にふさわしい威厳を備えているように見える姿ばかりだ。

対して、今のウォルターの服装は、上質なものでこそあるものの、動きやすさを重視したシンプルなシャツとパンツ。足元も履き慣れた無骨なブーツだ。

隣にいるカークライルだって、同様のラフな装いである。

よほどの王室マニアでも、往来でぎゃあぎゃあと口喧嘩《げんか》をしながら歩くふたりを、『王太子とその側近候補』だと思う者はいないだろう。

そしていつも通り、ウォルターたちは馴染《なじ》みの店を回り終える。

ついでに、先ほどカークライルから聞いた新作魔導具の店ものぞいてみるか、とそこへ向かって通りを歩いていたときだ。

（……ん？）

ウォルターの感覚に何かが引っかかった。

彼自身に対する敵意や殺意といった、不快なものではない。

ただ、なんとなく違和感を覚えて、周囲に視線を巡《めぐ》らせる。

カークライルも、同じく何かを感じたらしい。

さりげなく、ウォルターの背中をフォローする位置に立つ。

そして――ふたりはある一点を見つめ、一瞬固まったあと、ぼそぼそと言い合う。

「……なぁ、カークライル。何も見なかったことにして、今すぐ帰らないか？」

「……いや。うん。オレもぜひ、そうしたいところだけどさ。さすがにこうして見ちゃった以上、無視するのはヒトとしてどうかなって」

彼らが見つけてしまったもの。それは、狭い路地裏に煩雑《はんざつ》に積み上げられた木箱の間から、にょっきりと飛び出している人間のものらしき足だった。

作り物か、はたまた生身の人間か。人間だとしたら生きているかどうかも不明だが、特に異臭はしない。遺体だとしても、かなり新しいものだろう。

……正直に言って、心の底から関わり合いになりたくない。

だが、街の防犯を担う自警団に行って事情を説明するとなると、発見者であるウォルターたちの名前と連絡先を尋ねられるのは避けられまい。

そうなればどんな騒動になるか、想像するだけでうんざりする。

仕方がない、とため息をついて、ウォルターはカークライルとともに路地に入った。

ひょいと木箱の向こうをのぞいてみれば、そこには見慣れない服装をした男性がうつ伏せで倒れている。

ゆったりしたズボンの裾には変わった意匠の刺繍《ししゅう》が施《ほどこ》され、旅装束のマントの形も、ウォルターが見たことのないものだ。

マントの上からでもわかる華奢《きゃしゃ》な体つきからして、まだ若い人物だと思われる。

大変間抜けな格好で倒れているものの、どうやら、生きてはいるようだ。その若干《じゃっかん》すすけた肌には、ちゃんと血の色が感じられる。ぼさぼさに乱れた髪の色は、これまたウォルターが今まで見たことのない、黒とも銀ともつかない不思議な色合いだった。

これはおそらく、異国の人間だ。

肩を掴んで体をひっくり返してみると、思いのほか甘く整った顔立ちをしている。意志の強そうなくっきりとした眉が印象的で、おそらくウォルターたちとそう年は変わらないだろう。少なくとも、二十歳を超えているようには見えない。

ウォルターは、現在自国に来ているのはどこの国の交易業者だったろうか、と頭を捻《ひね》る。

この大陸に点在する人間の国々は、基本的にほとんど他国に干渉しない。

何しろ、互いの国の間に、危険な幻獣たちが跋扈《ばっこ》する深い森が存在しているのだ。そこは、国を挙げて教育している魔導騎士の護衛がなければ、決して抜けることができない危険地帯である。

各国の特産品を取引するため、定期的に交易が行《おこな》われているが、それらはすべて国庫で護衛費用を賄《まかな》っている公営事業だ。

民間の業者も存在するが、彼らは必ず国営業者と行動をともにしている。

よって、この行き倒れ青年にしか見えない人物も、どこかの国の管理下で入国した人員であるはずなのだが――ウォルターには思い当たる節《ふし》がなかった。

「カークライル。俺がうっかり、忘れているだけなのかもしれんが……。今スティルナに、どこかの国の交易業者が入っていたか？」

カークライルが、困惑した様子で首を横に振る。

「いいや。たしか今は、どこからもお客人は来ていないはずだ。この服装からして、たぶん東のチェルニークかアギレラあたりの人間じゃないかな。客人でなければ、移住者ということか。在留届が出ているだろうし、問い合わせればすぐに身元引受人がわかると思うぞ」

チェルニークもアギレラも、スティルナ王国の東にある独自の文化を持つ国だ。

そうだな、とウォルターはうなずいた。

ここスティルナ王国は、大陸の北西に位置し海に面した豊かな国だ。

穏やかな海流が南の暖かな空気を運んでくるため、冬の寒さもそうきつくない。国土の南側には豊かな穀倉地帯があり、幻獣が人間を襲う被害数も、毎年減少傾向にある。

そのためか、交易業者の雇った荷運び人の中には、時折スティルナ王国に在留したがる者がいた。

もちろん逆に、スティルナの人間が他国への移住を希望して、あちらで在留届を出すこともある。

元々、彼らは危険を承知の上で異国との交易に従事する、冒険心溢《あふ》れる者たちである。

そんな人々にとって、新天地のほうが馴染《なじ》むというのは、さほど不思議なことでもないのだろう。

ウォルターは、目の前の行き倒れ青年をまじまじと見た。そして、何やら苦悶《くもん》するような顔をしている青年の肩にもう一度触れ、少し強めに揺さぶる。

うむー、ともぐぬー、ともつかない声が返ってきた。

「おい。聞こえるか？　こんなところで行き倒れられては、非常に迷惑だ。さっさと起きて、どこかよそへ行ってくれ」

ウォルターの呼びかけに、背後でカークライルが「おまえって、身内以外の人間にはとことん辛辣《しんらつ》だよね」と感心したように言う。

「悪いか。俺は元々、面倒事や厄介事は極力避けて生きていきたい、怠惰《たいだ》な人間なんだ」

憮然《ぶぜん》としたウォルターの答えに、カークライルがくくっと笑った。

「その『怠惰《たいだ》な』おまえが、初恋の女の子のために人生かけて、めちゃくちゃ面倒なことを山ほどがんばっちゃってるのにねぇ。ホント、報《むく》われなさすぎて泣けてくるわ」

「やかましい。——おい、おまえ！　さっさと起きないか！」

八つ当たり気味に声を大きくすると、行き倒れ青年のまつげがぴくりと揺れる。

ややあって、ゆるゆるとまぶたが持ち上がった。

何度か瞬《まばた》きをした青年は、曖昧《あいまい》な眼差《まなざ》しでウォルターとカークライルを見比べる。

それから、瞳の色がしっかりしてきたかと思うと、青年は突然起き上がった。直後、下方から無言でとんでもないスピードの拳《こぶし》を繰り出してくる。

ウォルターは咄嗟《とっさ》に体を反《そ》らして拳《こぶし》を躱《かわ》した。しかし、ほんの少しでも反応が遅れていれば、完全に顎《あご》を持っていかれていたところだ。

「動くな」

ウォルターが体勢を立て直すより先に、魔導剣を起動したカークライルが青年の喉元《のどもと》にその切っ先を突きつけていた。

「……おぉ？」

間の抜けた、どこか困惑したような声が、青年の口からこぼれ落ちた。

その様子はいささか奇妙だ。しかし一瞬で飛び起きた彼は、繰り出した拳《こぶし》を停止させてはいるものの、いつでも動ける体勢である。

これは相当、ハイレベルな戦闘訓練を受けた人間だろう。

カークライルの剣を前に完全に動きを止め、反抗する意思がないことを示してはいても、特に怯《おび》えている様子もない。若いのに、よほど場数を踏んでいるようだ。

ウォルターは、半ば感心しながら慎重に口を開いた。

「異国からの客人とお見受けするが。あなたはなぜ、このようなところに倒れていたんだ？」

あぁ、と覇気《はき》のない様子で青年が応じる。

「自分は、寝相が悪くてな」

「……は？」

青年はウォルターとカークライルを順番に見ると、少し離れたところにある一際大きな木箱を指さした。よく見れば、横倒しになったその中で、野営時に携帯する毛布と思《おぼ》しきものが丸まっている。

「昨夜は、あの箱の中で眠ったはずなんだが……。寝ている間に箱から転《ころ》がり出てしまったのだろう。いつものことながら、実に不思議だ」

青年が、どこかぼーっとした様子で言う。

どうやら、まだ少し寝ぼけているらしい。

そのときウォルターは、不思議なのはアナタの神経の太さです、と心からツッコみたくなった。

青年が一人入れるほどの大きな箱が倒れたとなれば、かなりの衝撃だったはずだ。

それにもかかわらず、まったく目を覚まさないどころか硬い石畳の上をごろごろと転《ころ》がり、ウォルターが大声で呼びかけるまで熟睡しているとは――

「よく、体が痛くならないな」

「慣れている」

ウォルターのつぶやきに、あっさりと答えが返る。

なるほど、とうなずき、ウォルターはカークライルに剣を下ろすよう手振りで示す。

この青年に、自分たちに対する害意はない。

剣が喉元《のどもと》から離れたのを機に、青年がしっかりと立ち上がった。

やはり隙のない物腰だが、男性にしては、背丈はさほど高くない。

小柄な側近候補の後輩よりも、わずかに大きいくらいだろうか。

目を開けた顔立ちを見ても、やはり成人には見えない。交易業者という線はなさそうだから、移住希望者で宿探し中という状況だろうか。

なんにせよ、異国の者がこんなところで野宿をしているというのは、よろしくない。

しかも、この青年が野宿をすることになった原因に、スティルナ王国の支援不足があったとしたらまずいことになるかもしれない。

移住希望者に対する支援体制の不備だと騒ぎ立てられれば、国際問題に発展する可能性もある。

だが、そもそも移住希望者にはそれぞれ身元引受人として、それなりに社会的地位のある者が立っているはずだ。

異国の人間が、最初から単独で生計を立てられるほど、世の中は甘くない。そのため、移住希望者を援助するシステムの一環として、貴族や資産家たちが彼らの身元引受人となり、一年間、彼らの自立を援助することになっているのだ。

異国の人間は、この国にはない文化や知識を伝えてくれるため、それらを効率よく広めるという意義もある。

ところがこの青年は、どうやら路上で眠るのを当たり前のように考えている。

そんな状況を許している者に、移住希望者の身元引受人など任せておけない。

「失礼だが、あなたの身元引受人は？」

真剣な眼差《まなざ》しで問うたウォルターに、しかし異国の青年は困惑した面持《おもも》ちで首をかしげる。

「さぁ……。たぶん、この国にいるとは思うんだが」

「何を悠長《ゆうちょう》なことを。これは明らかに、あなたに対する庇護《ひご》義務の放棄だ。在留許可証を見せてくれ。すぐに、担当部署に報告する」

え、と青年は声をこぼした。さらに、目が丸くなる。

何やら落ち着かない様子で視線を彷徨《さまよ》わせ、それから観念した様子でぽつりと言う。

「……ない」

「は？」

「だから、ない。その……在留許可証」

ウォルターは、あきれた。

隣でカークライルも、ものすごく残念なものを見る目を青年に向けている。

異国からの移住希望者にとって、在留許可証は自分の身元を保証する唯一のものだ。

それがなければもちろん仕事に就くことはできないし、宿にだって利用を断られることがある。

だからこんなところで野宿をしていたのか、とある意味納得した。しかし、在留許可証を紛失した場合には再発行が可能だ。

「……わかった。だったら早めに手続きをして、再発行をしてもらうといい。ではな」

こちら側の対応に不備がなかったのであれば、それでいい。

踵《きびす》を返そうとしたウォルターに、青年がちょっと待て、と声をかけた。

「なんだ？」

「その……人を、探している。自分とよく似た顔の、背の高い男だ。おまえたち、見かけたことはないか？」

いや、とウォルターは首を横に振る。

「申し訳ないが、この街で異国の人間と会ったのは、あなたがはじめてだ。力になれなくて、すまないな」

「……そうか。いや。こちらこそ、手間を取らせて悪かった」

ひどくがっかりした青年の様子に、ウォルターはなんとなく問いを向けた。

「身内とはぐれてしまったのか？」

「いや。そういうわけではないのだが……」

青年が、言いにくそうに言葉を濁《にご》す。

他人には語れないことなのであれば、わざわざ聞き出すこともない。

ウォルターが彼に幸運を祈る言葉を残し、再び踵《きびす》を返そうとしたときだった。

「見ーつっけたあぁああああーっっ!!」

突然、甲高《かんだか》い少女の声が空から降ってきた。

否《いな》、声だけではない。

その声の発生源である上空を振り仰《あお》いだ青年めがけて、とんでもない勢いで突っこんできた何かがあった。

青年が、さっと身を躱《かわ》してその直撃を避《よ》ける。実に素晴らしい反射神経だ。

当然ながら、上空から突っこんできた『何か』は目標を見失い、青年の背後にあった木箱にそのまま激突する。

木箱は木くずに形を変え、宙にはじけ飛んだ。

ウォルターとカークライルは、青ざめた。

彼らの視力がおかしなことになっていないのであれば、今大量の木箱をクラッシュしたのは、青年と同じマントをまとった人間のように見えたのだ。

フードをかぶっていたため定かではないが、先ほどの声からして、おそらく少女だろう。

(これは……ひょっとして、死んだんじゃないか?)

(あいつが受け止めてやっていれば、女の子は無事だったかもしれんが……。アレは、オレでも避《よ》けるな。うん。あいつは、無罪)

ウォルターとカークライルがそんなアイコンタクトを交わしている間に、青年はうんざりした様子も隠さずに口を開いた。

「何をしている。ツェツィーリエ。人前でこんな騒ぎを起こすとは、愚《おろ》かにもほどがあるぞ」

先ほどまでよりも一段低い、苛立《いらだ》ちが如実《にょじつ》に伝わる声だ。

だが、それ以上にウォルターたちが気になったのは、青年の態度である。かなり勢いよく木箱をクラッシュした少女を、まったく気遣う様子がない。

まさかこの状況で無事なのか、と思うより先に、ばらばらになった木箱の残骸《ざんがい》の中から、カーキ色の物体が飛び出してきた。

「ばかはどっちなの!? どー考えても、オルドのほうじゃない! もうもう、みんなめちゃくちゃ心配してるんだからね！　里の最有力後継者候補が、選定の儀の前にいなくなっちゃうなんて、前代未聞《ぜんだいみもん》だしー！」

木くずを振り落としながら、青年に向かって喚《わめ》いたのは――フードのずり落ちたマントの上と下から、ふわふわの獣耳《けものみみ》と尻尾をのぞかせた、十五、六歳に見える少女であった。

（……カークライル。あれは、おまえが言っていた新型魔導具だと思うか？）

少女の耳と尻尾は、狼のそれにそっくりだ。

（いやぁ……。たぶん、本物なんじゃないか……？）

その少女の姿を確認した瞬間、青年がばっとウォルターたちを振り返る。

「……っ」

彼の目が、口ほどに「見られた⁉」と語っていたので、ふたりは黙ってうなずいた。

この状況から察するに、彼も少女と同じ種族――おそらく、人狼なのだろう。

ウォルターは、過去数十秒の出来事を、すべて見なかったことにしたくなった。

青年は、こちらに己《おのれ》の種族を知らせるつもりはなかったようだ。

人狼と人間の国々は、互いに不可侵の関係を築いているが、個人的な行き来を禁じているわけではない。

もっとも、単独で行き来が可能な者は限られている。それは、生まれながらに強靭《きょうじん》な肉体と強い魔力を持っているという人狼たち。人間の中では、王族直属のエリート魔導騎士レベルの力を持つ、有能な魔術師くらいのものだろう。

その上、それぞれの社会で自由に生きている者たちだけだ。

少なくともこの国では、それほどに優れた力を持つ人材を、無条件で国外に出すことはしない。

優秀な魔導騎士を育成するために、国庫から毎年莫大な予算が計上されているのだ。

彼らの育成目的は、もちろん幻獣たちの脅威から国民を守るためである。

国家予算と膨大な手間暇をかけて育て上げた優秀な人材に、ホイホイ国外に出ていかれてしまっては、とんでもない損失だ。

だが、少女の言葉を信じるなら、この青年は人狼の里の最有力後継者候補だという。

それほどの立場にある者が、周囲に無断でやってきたとなると――なんだか、ものすごく厄介事の予感がする。

青年とウォルターたちの態度から、何かがおかしいと気づいたのだろう。

獣耳《けものみみ》と尻尾を装備した少女は、頭の上にぴょこんと立った自身の耳に両手で触れると、次《つ》いで真っ赤になってその場にしゃがみこんだ。

「にゃあぁぁああぁーっ⁉」

「人狼なのに『にゃあ』って」

カークライルが、間髪容《かんはつい》れずにツッコむ。

その気持ちはとてもとてもよくわかるが、今はそんなことを言っている場合ではないと思う。

彼は冷静沈着《れいせいちんちゃく》が売りの側近候補筆頭だが、やはり少し動揺しているらしい。

一方の青年は、潔《いさぎよ》く現状を受け入れることにしたようだ。

こちらに向けて軽く会釈《えしゃく》し、どこか疲れた声で口を開く。

「……先ほどから、騒ぎを起こしてばかりですまない。自分は、人狼のオルドリシュカ。東の人狼の里、当代族長の第二十八子だ。こちらは、同じく人狼のツェツィーリエ。おまえたちの名を聞いてもいいだろうか？」

にじゅうはち、とウォルターはあやうく口に出してつぶやきそうになった。

さすが狼、と言うべきなのだろうか。

随分《ずいぶん》と、子だくさんなことである。

それはさておき、この青年が人狼の里の族長の子ということは、ウォルターと立場は同じだ。

ウォルターは、姿勢を正して一礼した。

「こちらこそ、無礼をお詫《わ》びいたします。私はこのスティルナ王国王太子、ウォルター・アールマティ。こちらは、私の側近候補筆頭のカークライル・フォークワース。どうぞ、お見知りおきを」

束《つか》の間《ま》、沈黙が続く。

ややあって、オルドリシュカが若干強張《じゃっかんこわば》った声で口を開く。

「王太子……殿下で、いらっしゃる？」

さすがに、驚いたらしい。

いつの間《ま》にか彼の足元に移動し、「えいえい」と気合を入れながら耳を押さえていた少女ツェツィーリエも、ぽかんと目を丸くしている。その頭の上で、白い獣耳《けものみみ》がぴんと立った。

人狼は驚きや怒りなどで防衛本能が刺激されると、こうして獣《けもの》に近い姿になる、とウォルターは学園の授業で学んでいる。だが、そうして己《おのれ》の動揺を外部に見せるのは未熟な証《あかし》であり、彼らにとっては大層な恥になるとも。

ウォルターは、できるだけツェツィーリエの姿に目を向けないようにしながら応じた。

「はい。まだ学生の身分にある半人前ではありますが、昨年立太子いたしました。残念ながら、現在我《わ》が国とあなた方の里との間には、民《たみ》の行き来に関する取り決めがなされておりません。そこで、おふたりを私の個人的な客人としてお迎えさせていただきたいのですが、よろしいでしょうか？」

彼の言葉に、青年が小さく息をつく。

「ご厚意はありがたいのだが……。自分は今、個人的な理由でこの国に来ている。目的を果たせば、すぐに出ていく。あなた方に迷惑はかけないと誓う。見て見ぬふりをしてもらえないか？」

なるほど、とウォルターはうなずいた。

できることなら、そうしたい。去年までの一王子としての彼であれば、ここぞとばかりに青年の言葉に便乗し、見て見ぬふりを決めこんだだろう。

だが、今のウォルターは、責任ある王太子という立場にある。

まったく面倒なことだ、と思いながら、彼は表面上穏やかに続けた。

「私もできることなら、そちらのご要望にお応《こた》えしたいところなのですが、少々難しい事情がありまして。――現在この王都には、長老級のドラゴンが一体、ヴァンパイアの王が一体、ヴァンパイアの純血種が一体、そして一角獣が一体、滞在しております」

「…………は？」

青年の目が、丸くなる。

　ウォルターは厳《おごそ》かにうなずいた。

　ドラゴンのシュヴァルツ、ヴァンパイアの王であるフランシェルシア、ついでに一角獣については、特に不安要素はない。

　しかし、純血ヴァンパイアのソーマディアスは、彼の里に所属していたヴァンパイアたちに、盛大に喧嘩《けんか》を叩き売ってきていた。万が一の事態への備えは進めているものの、何があるかわからないのだ。

　こんなときに人狼の里の重要人物たちを、所在不明のまま放置するわけにはいかない。

「大変申し訳ないのですが、そういうわけで、我《わ》が国は少々不安定な情勢なのです。オルドリシュカ殿。あなたは先ほど、お身内の方を探しているとおっしゃいましたね」

「あ……、ああ」

　ぎこちなく答えるオルドリシュカを、ウォルターはまっすぐに見る。

「では、少なくともあなたの里の方がもうおひとり、この国にいらっしゃるということですね。あなたは、我々に迷惑をかけないとおっしゃる。その言葉を、我々に証明できますか？」

　オルドリシュカが、ぐっと詰まる。

　彼は、たった今ウォルターたちに、路上で爆睡しているところを見られたばかりだ。

何を言ったところで説得力に欠けることは、さすがに理解しているのだろう。

「オルドリシュカ殿。ツェツィーリエ殿。私には、我《わ》が国民を守る義務がある。――よろしいですか。あなた方は、人狼。我々は、人間です。そして我《わ》が国民の多くは、あなた方のような頑強な体も、強大な魔力も、持ってはいないのです」

ですから、とウォルターは続ける。

「我《わ》が国民の、あなた方『人狼』という種に抱く恐怖を、おそらくあなた方は理解できない。また我《わ》が国民も、そう簡単にあなた方に対する恐怖を払拭《ふっしょく》することはできない。それが、種の違いというものです」

彼の言葉を聞いた人狼たちが、あからさまに傷ついた顔をした。

だが、ウォルターが言っているのはただの事実だ。

そこから目を背《そむ》けたところで、なんの意味もない。

「私は厚意のみで、あなた方の保護を申し出たわけではありません。国民を簡単に害せる力を持つあなた方を、なんの保証もなく放置しておくことはできないと申し上げている。ご理解していただけますでしょうか？」

何度か唇を噛《か》みしめた後、オルドリシュカがぐっと視線に力をこめる。

「自分たちに、どうしろと？」

「この国に滞在している間は、おふたりには念のため、こちらが渡す腕輪型魔導具を常に装備していただきます。装着した者の所在地を、専用の魔導具により感知できるというものです。特に問題を起こさなければ、こちらがあなた方の行動を把握することはありません。また、あなた方の行動を制限することもありません。腕輪は身分証も兼《か》ねておりますから、それを見せることで、公共の施設はすべて問題なく使用していただけます」

ウォルターは、にこりと笑みを浮かべた。

「それから、おふたりの宿は、私のほうで手配いたします。また、路上で野宿をされたくはありませんので」

彼の言葉を聞いて、ツェツィーリエがキッとオルドリシュカを睨《にら》みつける。

睨《にら》まれたほうはまったく意に介した様子もないが、彼のいぎたなさは相当だ。

今回はたまたま彼を発見したのが、厳しい戦闘訓練を受けたウォルターたちだったからよかったものの――

（……下手をすれば、寝ぼけたオルドリシュカ殿に顎《あご》を割られる者が出かねないからな）

手加減抜きの人狼の力で殴られたら、普通の人間は簡単に死んでしまうのだ。

彼らの故郷である人狼の里でなら、いくらでも好きなところで自由に転《ころ》がってくれて構わない。

だが、この国に滞在する以上は、こちらのルールに従ってもらう。

「この国を出ていかれる際には、腕輪を外門の衛士に提示してください。彼らが、腕輪のロックを解除できます。ほかに、何かご質問は？」

少しの間のあと、オルドリシュカがぼそりと言う。

「……宿代は？」

「最初に申し上げました。あなた方を、私の個人的な客人としてお迎えしたいと。宿代その他の経費については、どうぞお気になさらずに。ただ、今の私は学生の身分ですので、もし今後何かありましたら、王宮のほうにお越しください。これからお渡しする腕輪を見せていただければ、担当の者がすぐに対処いたします」

了解した、と人狼の青年がうなずく。

その隣では同族の少女が何か言いたげにしているが、ぐっと口をつぐんでいる。

正直なところ、それはかなり意外だった。最初のとんでもない突撃っぷりから、てっきり後先考えずに行動するお子さまだとばかり思っていたのである。

――ウォルターたちはそれから、諸々の手配に半日ほど費やした。腕輪を装備した人狼たちを、セキュリティのしっかりした宿に案内したときには、すっかり日が暮れていた。

改めて確認したところ、オルドリシュカがウォルターたちと同い年の十七歳。ツェツィーリエが、ひとつ年下の十六歳だという。彼らの里では、十六歳で成人だと認められるらしい。

たとえ彼らが未成年の子どもであっても、ウォルターに妙齢の男女を同室にするつもりはなかった。

だが、ウォルターが宿の部屋をふたつ取ったことを知ると、彼らは顔を見合わせる。

オルドリシュカが、申し訳なさそうな顔をして言う。

「ツェツィーリエは、自分の妹のようなものだ。同じ部屋で構わなかったのだが……」

「うん。こんな高そうな宿のひとり部屋に泊まるなんて、なんかバチが当たりそう」

出会ったときにツェツィーリエの頭から生えていた獣耳《けものみみ》は、すでに引っこんでいた。

そのかわり、人間のものと同じ形の耳が、顔の横についている。

ここ数ヶ月で、変身能力を持つ人外生物には随分《ずいぶん》慣れたつもりだったが、やはり見るたび不思議に思う。

それはさておき、どうやら人狼たちにとって、未婚の男女が同じ部屋に寝泊まりするというのは、さほど問題にならないようだ。

しかし、ここはそれが大いに問題になる人間の国である。

ウォルターは、にこりと笑みを浮かべた。

そろそろ表情筋が疲れてきたので、さっさと終わらせて帰りたい。

「どうぞ、お気になさらず。あなたの探し人が、一日も早く見つかることを祈っております」

「……ああ。何から何まで、本当にすまない。――感謝する」

軽く頭を下げたオルドリシュカに続き、ツェツィーリエも慌てた仕草でぺこりと頭を下げる。

「あの、ありがとうございました！　御恩は、一生忘れません！」

「この国の者として、当然のことをしたまでです。それでは、オルドリシュカ殿。ツェツィーリエ殿。失礼いたします」

人狼たちと別れて宿から出ると、カークライルが深々と息を吐いた。彼は今日一日、ウォルターとともに関係各所への連絡や、所在確認魔導具の入手に尽力してくれたのだ。

「人狼ねぇ……。オレもはじめて見たが、ホント、普通にしてたら人間と区別がつかないな」

「まぁ、人外の種族の中で、人間と交配可能なのは彼らだけだからな。気配も、特に獣《けもの》じみているということはなかったし……。ただ、彼女の獣耳《けものみみ》と尻尾には、少し驚いた」

だな、とカークライルが苦笑する。

「オレは今まで、人狼の髪色と獣型《けもの》のときの毛並みは同じ色だとばっかり思ってたよ。会ってみないとわからないことって、やっぱりたくさんあるものなんだな」

「あぁ、俺もそう思った」

失礼になってはいけないので、あまりじっくり見なかったけれど、ツェツィーリエの獣耳《けものみみ》と尻尾はほとんどが白で、ところどころに銀色の毛がまじっていた。

明るい栗色の髪の中、ぴょこんと飛び出した白い獣耳《けものみみ》は、とても触り心地がよさそうだった。

ウォルターは、ひそかに決意する。

(よし。次の休みには城に戻って、猟犬舎の犬たちを片っ端から撫《な》でまくろう)

城で飼育している猟犬たちは、主《あるじ》に対して忠誠であるよう、きっちりと躾《しつ》けられている。

学園に入学して以来、ウォルターはたまにしか城に戻っていないが、彼らはいつでも全力で親愛の情を示してくれる。ウォルターにとって、最強の癒《い》やしなのである。

「なぁ、ウォル。オルドリシュカが探してるっていう人狼は、どうするつもりだ？　捜索するなら、手配するが」

ウォルターは帰路を歩きながら、いや、と応じる。

「彼らについては、『王太子』の俺が見つけてしまったからな。そのまま放置するわけにはいかなかったが、人狼は元々人間とは関わり合いになりたがらない種族だ。異国でわざわざ騒ぎを起こすこともないだろう。放っておけば、いずれ勝手に出ていってくれるさ」

そもそも、学生の身であるウォルターたちにできることは、非常に限られている。

人狼たちの件については、王宮の魔導騎士団に話を通しておいたから、もし何かあれば彼らが的確に対処してくれるだろう。

「りょーかい。……それにしても、族長の第二十八子の、最有力後継者候補ねぇ。なんだかシュヴァルツさまに会ってから、オレたちは随分《ずいぶん》と人外づいてないか？」

まったくだ、とウォルターはうなずく。

「シュヴァルツさまとフランはいいが、ソーマディアスと一角獣はな……。人狼たちも一体なんの目的でこの国に来たかは知らんが、連中のような厄介事のタネになる前に、さっさと里に帰ってもらいたいものだな」

「ああ。オレも、心底そう思う」

カークライルは、神妙な面持《おもも》ちで同意した。

だが、もし今ここにウォルターの可愛い婚約者（属性・異世界からの転生者）がいたなら、彼女は全力でこうツッコんでいただろう。

——ウォルターさま！　それは、フラグと言うんです！

第四章　ダンスパーティー、準備中

「おはようございます、クリステルさま。今よろしいでしょうか？」

週明けの朝、クリステルが学園の教室に入るなり、女生徒が待ち構えていたように話しかけてきた。

もうじき開催される学生交流会の実行委員のひとりだ。

何かあったのかと問えば、彼女は非常に困った様子で口を開いた。

「クリステルさまは、最近街で流行《はや》っている新しい魔導具をご存じですか？」

「新しい魔導具……？　それは、どんなものなのかしら」

問い返したクリステルに、彼女は言う。

「今、街の若者たちの間で大変人気のある、おもちゃのようなものなのですが……。起動させると、猫や兎、犬の耳や尻尾がついたり、背中に鳥の羽が生《は》えたりしたように見える魔導具です」

「あら。それは、想像するだけで可愛らしいですわね」

そのときクリステルは、『獣耳萌《けものみみも》えと、天使の羽萌《も》えが同時に襲来ですって!?』と叫ばなかった自分の理性を、心から褒め称えた。クリステルは前世で、獣人にも天使にも萌《も》えるタチだったのだ。

とりあえず、真っ白い鳥の羽バージョンのものは、何がなんでも入手せねばなるまい。

フランシェルシアに装備してもらえば、リアル天使のできあがりだ。

一瞬でそこまで妄想したクリステルに、女生徒は続ける。

「私たちも、つい最近までその魔導具の存在を知らなかったのですが……。よく街に出て、生活魔導具の流行をチェックしている生活魔術科の生徒たちは、随分《ずいぶん》前からそれを知っていたようなのです。それで、その……」

言いにくそうに、彼女は口ごもった。クリステルはピンときて問いかける。

「もしかして、生活魔術科の女生徒のみなさんが、今度の学生交流会にその魔導具を装備して参加したいとおっしゃっていますの?」

はい、とうなずいた彼女は、幻獣対策科に在籍している貴族の娘だ。

当然、ドレスコードの存在する公《おおやけ》の席に参加した経験が、何度もある。

そんな彼女――否《いな》、貴族階級の少女たちにとって、『フォーマルドレスを着ながら、おもちゃの魔導具を装備する』というのは、まったくありえない発想だったのだろう。

クリステルとて、いくら前世の記憶があるとはいえ、十七年間ギーヴェ公爵家の娘として育てられてきたのだ。

そのおもちゃの存在を知った今でも、ドレスと一緒にコーディネートしようとは思わない。

しかし、生活魔術科の女生徒たちの気持ちも、わかるのだ。

彼女たちにとって、今回の学生交流会は生まれてはじめて『華やかな貴族の世界』を体験できる機会である。

貴族階級のルールもタブーも、彼女たちは知らない。

ただ、この機会を楽しみたい――そんな純粋な気持ちで、実行委員に許可を求めてきたのだろう。

クリステルは、悩んだ。

この学生交流会には、現学生会会長であるウォルターの名誉がかかっている。

自分ひとりの判断で、許可を出すわけにはいかない。

「……この件については、わたしの一存では決められません。一度、ウォルターさまに確認させていただきますわね」

そう言うと、女生徒がほっとした顔で礼を言う。

「ありがとうございます。クリステルさま。今回は、私たちにとっても最後の交流会ですけれど、生活魔術科最終学年のみなさまにとっては、たぶん一生に一度の機会ですもの。できるだけ、みなさまのご要望にはお応《こた》えしたいと思うのですけれど……」

「ええ。本当に、その通りですわ。ただ、正直なところを申し上げますと、ミリンダさまのドレスにそういったおもちゃはあまり合わないのでは……と」

「はい。そうなのです」

クリステルと女生徒は、実に悩ましくうなずき合った。

何しろ、ミリンダのドレスのデザイン画は、どれも優美に結《ゆ》い上げた髪形を前提としたものなのだ。

そのドレスに鳥の羽や獣耳《けものみみ》、尻尾を装備するという話である。

クリステルが前世から受け継いだオタク魂《だましい》は、まったく問題ないと言っている。むしろ、『もっとやれ！』というものだ。

しかし、今回の交流会には、ドレスの制作費を出資してくれたスポンサーなど、外部の人間が参加する。

彼らは、善意だけで出資してくれたわけではない。

せっかく安くない金額を投資したのに、公《おおやけ》の場にそぐわない魔導具をつけたモデルのせいで『ミリンダのドレスデザインの素晴らしさを確かめられなかった』と思われてしまうかもしれない。そうしたら、詐欺だと訴《うった》えられてもおかしくないだろう。

一体どうしたものか、とクリステルは頭を悩ませた。

そして放課後、学生会室を訪れると、ウォルターは書類の山に囲まれていた。交流会が間近に迫っているとあって、ほかのメンバーたちも、それぞれの執務スペースで忙しく働いている。

ウォルターの邪魔をするのは気が引けたが、クリステルはさっそく彼に相談してみた。

彼はクリステルの話を聞くと、なんだかひどく複雑な表情を浮かべる。

困っているような、笑いだすのをこらえているような、クリステルが今まであまり見たことがない顔だ。

「ウォルターさま？　どうかなさいましたか？」

「あぁ、いや。ごめん。この間、カークライルと街に出たときに、ちょうどその魔導具の話を聞いていたものだから」

そうでしたか、とクリステルはうなずいた。

「わたしも交流会が無事に終わりましたら、白い鳥の羽の魔導具を購入したいと思っておりますの。フランさまに装備していただけたら、きっととっても可愛らしくおなりですわ」

「うーん……。それは、ソーマディアス殿がものすごく喜びそうだね」

ウォルターが苦笑する。

それは間違いないだろう。その様子を想像して、クリステルはふと気がつく。

「ソーマディアスさまにも、黒い羽の魔導具を――と思ったのですけれど。よく考えましたら、ソーマディアスさまはご自分の変身能力で、いくらでも立派な羽を装備できるのでしたわね」

幼いフランシェルシアは、ヴァンパイアの王たる力をまだまだ使いこなせていない。

変身能力も、また然《しか》りだ。基本形である十歳前後の少年の姿をベースにして、そこに性別と年齢のバリエーションをつけるという程度の変化しか、できないのである。

しかし、かつてはヴァンパイアの里で族長をしていたソーマディアスは、その能力だけはばかげて高い。どんな姿の人間にも、どんな大きさの動物にも、なんでもござれで簡単に姿を変えてしまう。

一番楽なのは、やはり基本形である二十代後半の男性の姿らしい。

ちなみに、ソーマディアスだとわかっていても、彼が小さな仔猫の姿になってフランシェルシアと昼寝をしていたときには、うっかり萌《も》えてしまった。クリステル、一生の不覚である。

「うん。それはそれとして――クリステル？　俺は、生活魔術科の女生徒たちが希望するのであれば、そのおもちゃを装備するのはまったく構わないよ。今回の交流会に参加する全員が心から楽しんでくれるなら、多少型破りなことをしても問題ないと考えているから」

「ですが、ウォルターさま。ミリンダさまのドレスに、やはりそういったおもちゃはそぐわないのではないかと思いますの」

そうだね、とウォルターがうなずく。

「ただ、俺の理解する限り、この件に関する問題はひとつだけだ。ミリンダ殿のドレスに、そのおもちゃは合わないのではないかということ。その点さえクリアすることができれば、生活魔術科の女生徒たちが貴族階級の生徒に何か言われて恥ずかしい思いをすることもないし、スポンサーの機嫌を損ねる心配もない。違うかな？」

クリステルは、はっと目を瞠《みは》った。

どこかいたずらっぽい笑みを浮かべ、ウォルターは言う。

「今回のスポンサーたちが扱っている商品は、貴族階級向けのものばかりじゃない。生活魔術科の女生徒たちがそんな発想を持つということは、市民階級の女性たちだって、そういう恰好をして楽しみたいと思っているのかもしれない。――スポンサーたちだってプロだ。彼女たちが心から楽しんでいる様子を見れば、きっと、ビジネスチャンスだと判断してくれるんじゃないかな」

彼の助言をもとに、クリステルは素早く頭の中で考えをまとめる。

そして出た答えに、希望の光が見えてきたクリステルは、ぱっと笑顔になった。

「ありがとうございます、ウォルターさま！　すぐにミリンダさまに、ご相談に行ってまいります！　――あぁそれから、お手すきのときでよろしいので、こちらの書類にサインをお願いいたしますわね。すべて予算内で収めましたので、特に問題はないと思います。余剰予算については、別紙に明細とともに記載しておりますわ。もしどこか予算不足の部門があれば、そちらに回してくださいませ」

手にしていた書類をウォルターの机に置き、クリステルは意気揚々《いきようよう》と学生会室を出た。

それから彼女が向かったのは、基礎学部生活魔術科棟の被服室である。

ミリンダは、数日前からそこを借り切って作業場にしているのだ。

彼女以外のチームメンバーは、希望者全員の採寸作業が終了した段階で、ミリンダの集中の妨《さまた》げにならないよう撤収したらしい。

学生交流会までは、もうあと一週間を切っている。

これから自分が彼女に、とんでもない無茶を言おうとしていることはわかっている。

ふざけるな、と一蹴されてもおかしくない。

だが、今までのわずかな交流の中でも、彼女が本気で後輩たちのために動いてくれているのは確かな事実だ。打診してみる意味はあるだろう。

クリステルは被服室の前に着くと、開け放たれていた扉を軽く叩き、失礼しますと声をかける。

「こんにちは、ミリンダさま。少しお時間をいただいても――ミリンダさま？」

ひょいとのぞいた室内は、なかなか壮観な眺めだった。

柔らかで華やかな色彩のドレスが、所狭しと並んでいる。

淡いブルー、クリーム色、一番多いのはピンクだろうか。生活魔術科の女生徒たちの意見を汲《く》み取っただけあって、やはり可愛らしくおとなしめの印象のものが多い。

かといって地味というわけではまったくない。さりげなく飾られた小さなコサージュやレースが、清楚《せいそ》で初々《ういうい》しくも、華やかな雰囲気を醸《かも》し出している。クリステルも見せてもらったデザイン画が、そのまま立体になって現れた様《さま》は、実に見ごたえがあった。

おまけにこの数からして、もしやもうほとんどのドレスが完成しているのではないだろうか。

かつて基礎学部で生活魔術科のエースとして、天才の名をほしいままにしていた彼女である。そのポテンシャルは、クリステルの想像以上だったようだ。

しかし、肝心のミリンダの姿が見当たらない。

被服室の扉に鍵がかかっていなかったから、まだ作業中のはずだ。

もしやお手洗いに行っているのだろうかと思ったとき、少し離れた作業台のあたりで、ごすっという奇妙な音が響いた。

「……作業台の天板にぶつけた頭が痛い」

次《つ》いで、妙に説明的な、ぼそぼそとした声が聞こえた。

どうやら、作業台の下にいた人物が、頭を上げた拍子に天板にぶつかったらしい。

クリステルは、困惑した。

「あの……ミリンダさま？　ですか？」

そこにいるのはミリンダだと思うのだが、クリステルは今までこんなに生気のない彼女の声を聞いたことがない。

おそるおそる問いかけると、少しの沈黙のあと作業台の下から黒い頭がにゅっと現れた。

てっきり後頭部かと思いきや、長い髪がわずかに揺らぎ、その隙間から現れた赤い唇がゆっくりと開く。

「だぁれぇ……？」

（うっひぃーっ!?）

そのときクリステルの脳裏に浮かんだのは、前世で見た古いホラー映画のワンシーン。

友人たちと『ねー、このビデオテープっていうやつ。実物、見たことある？』『おじいちゃんの家にあったよ。なんか、再生しようとしたら、すっごくメカっぽいの。がっしょんがっしょんって音が鳴って、めっちゃ健気《けなげ》な感じがした』と言い合った記憶までが、鮮明によみがえった。

何より、呪《のろ》いと井戸をテーマにしたその映画の中では、髪の長い女性がテレビ画面からずるりと這《は》い出てくる姿があって――

（……っそこまでよ、クリステルーッッ!!）

クリステルは、前世の自分がしばらく鏡や水面を見られなくなった恐怖映像の記憶を、根性だけで断ち切った。

ここは、学園だ。未来の王妃たるクリステルが、あの映画のとんでもなく耳に残るテーマソングに合わせ、盛大な悲鳴を上げていい場所ではない。

青ざめて立ち尽くす彼女の前で、作業台の下から現れたミリンダ・オットーは、顔の前にかかっていた髪を、ばさりと後ろへ払った。少し乱れた、ぱっつんと切り揃えた前髪と整った顔が現れる。

彼女は何度か瞬《まばた》きをすると、あからさまに「しまった！」という表情になってから、ぎこちなく笑みを浮かべた。

「あ、アラ、クリステルさま。ごきげんよう。なんだか、お恥ずかしいところをお見せしてしまいましたわね」

オホホ、と彼女はわかりやすくごまかしにかかる。彼女の言動は、先ほどからあまりに不可解すぎる。

一瞬、そんな疑問を抱いたものの、今はそんなことをしている場合ではない。一体、どこからツッコむべきなのだろうか。

クリステルは、『何も見なかったことにしよう』という最強呪文《じゅもん》を心の中で唱え、にっこりとミリンダに笑いかけた。

「ごきげんよう、ミリンダさま。驚きましたわ。ドレスがもう、ほとんど出来上がっていらっしゃるようで……」

室内を見回しながら言うと、ミリンダは特に誇るふうでもなく静かにうなずく。

「はい。思いのほか、順調に作業が進みましたの。あとは、それぞれ微調整をするだけですわ」

「素晴らしいですわ。ただ、その……大変申し訳ないのですが、今日はこれらのドレスの件で、ご相談したいことがあってまいりましたの。少しだけ、お時間をいただいてもよろしいでしょうか？」

「ええ……？」

不思議そうな顔をしつつもうなずいた彼女に、クリステルはウォルターにしたのと同じ説明をした。二度目なので、先ほどより少し要領よく話せたと思う。

その上で、ウォルターの助言も伝える。クリステルは、ミリンダに問うた。

「――ミリンダさま。無茶を申し上げていることは、重々承知しております。ですが、あなたのドレスにほんの少し手を加えることで、そのおもちゃとも違和感なく、かつ可愛らしく見えるようにしていただくことは難しいでしょうか？　実行委員の話では、彼女たちが装備することを希望しているのは、主に鳥の羽タイプのものだそうです。そのほかの猫や犬タイプのものについては、わたしから見ても少々難しいと思います。けれど、白い鳥の羽でしたら、パステルカラーのドレスに合わせることはできませんか？」

少しの間、ミリンダは何も言わなかった。

それどころか、呼吸や瞬《まばた》きも忘れたかのように、じっと動かない。

（え……あの……ミリンダさま？　実はわたし、先ほどの恐怖映像のトラウマがまだ少々残っておりまして……。できればせめて、瞬《まばた》きだけはしていただけませんでしょうか……ッ!?）

クリステルが話題とはまったく別方向の緊張感で泣きを入れたくなったとき、ミリンダがふふふ、と小さく笑った。

しかし、相変わらずその目は見開かれたままなので、とっても怖い。

クリステルは、本当に泣きたくなった。

「ふ……クリステルさま。ありがとうございます」

「……ミリンダさま？」

一体、今の自分の話のどこに、礼を言われる要素があったのだろうか。

クリステルが困惑している間に、ミリンダはようやくゆるりと瞬《まばた》きをする。そして、うっとりと胸の前で両手を組んだ。

「実はわたくし、今回のお仕事で少々物足りなさを感じておりましたの。後輩たちの華やかな思い出作りのために、微力ながら助けになれれば、という気持ちではじめたはずですのに……。人間の欲望というのは、本当に御《ぎょ》しがたいもののようですわ」

「そ……そうなのですか」

ミリンダはそもそも、この国のファッション界のトップを目指している女性である。

そんな彼女にとって、後輩たちの初々《ういうい》しい注文に応《こた》える仕事というのは、楽しくても心から満足できるものではなかったかもしれない。

「ええ。わたくしも、そのおもちゃについては聞いたことがありました。愛らしいことを考える方がいらっしゃるものだと、感動もしましたわ。けれど、それをドレスと組み合わせるなんていう発想を、どうしてわたくし今まで一度もしなかったのでしょう……！」

胸の前で組んだ両手を揉《も》みしだくようにし、ミリンダは声を高くして叫んだ。

その様子を見て、クリステルは思った。

あ、これは深く考えたらダメなやつだ――と。

これだけデザイン性に溢《あふ》れた素敵なドレスを、短期間で作り上げたミリンダは、間違いなく天才と呼ばれる人間であろう。

そして、天才というのは常に紙一重な存在だ。

何と紙一重か――というのは、考えてはいけない。

クリステルは、そっと遠くを見る。

（ええ……。紙というのは、ものによっては大変頑丈ですけれど、基本的には破れやすいものなのです。特にそれが、しっとりと湿っている場合には）

現在のミリンダは、うるうると瞳を潤《うる》ませていて、とってもウエットな雰囲気だ。ほんの少しの刺激で、あっという間《ま》に紙を突き破ってあちら側に行ってしまいそうである。ちょっと怖い。

でも、恐怖映像トラウマよりは、マシかもしれない。

とりあえず、先ほどまでかなり乾燥していたと思われるミリンダの瞳が、無事に潤《うるお》いを取り戻したことを喜んでおこう。

そうやってクリステルが若干《じゃっかん》現実逃避をしている間に、ミリンダのテンションは最高潮に達したようだ。

「ええ、よろしいですわ、クリステルさま！　このミリンダ・オットー、その挑戦を受けさせていただきます！　鳥の羽はもちろん、犬猫だろうと兎だろうと牛だろうと豚だろうと、すべてわたくしのセンスの中に取り入れてみせますとも！」

「牛と豚はございませんわ、ミリンダさま」

クリステルは、冷静にツッコんだ。

あら、とミリンダが目を瞬《またた》かせる。

「そうですの？　羊は？」

「羊もございませんわね。わたしが現在確認している限りでは、白い鳥の羽、猫、犬、兎の耳と尻尾です」

「まぁ……。残念ですわ。羊のもこもこした毛皮と角は、とても可愛らしいと思うのですけれど」

どうやらミリンダの手にかかれば、クリステルにはどうがんばっても着ぐるみしか想像できない羊でさえ、可憐なドレスのモチーフになるようだ。

これが、センスの違いというものか。

クリステルは、にこりと笑った。

「突然のお話にもかかわらず、快《こころよ》く受け入れてくださり、本当にありがとうございます。ミリンダさま。ではさっそく、実行委員と詳しいお話を詰めてまいりますので、少々お待ちくださいね」

ミリンダが前向きに話を受けてくれて嬉しいが、時間がないことに変わりはないのだ。

クリステルは急いで教室に戻り、実行委員の女生徒に事の次第を説明した。

話を聞いた彼女の表情が、見る見るうちに明るくなる。

「ありがとうございます、クリステルさま！　すぐにみなさまのご希望を確認して、ミリンダさまのところにうかがいますわね！」

「ええ。あとのことは、お願いしますわ。もし何かあったら、いつでもおっしゃってくださいね」

廊下を足早に歩いていく彼女の背中を見送ったクリステルは――ふと、視界の隅に気配なく動くものを感じ、ばっと振り返る。

それは、近くの窓ガラスに映った、級友たちの影だった。

……ホラー映画のような光景をまたも目にし、クリステルは悲鳴を呑みこんだのだった。

そうして当座の問題を片づけたクリステルは、本来の仕事に邁進《まいしん》した。

学生会の一員である彼女は、交流会に関するさまざまな役職を兼任している。彼女にすべての責任が委《ゆだ》ねられている案件だって、いくつもあるのだ。

今週末に開催される交流会が無事終わるまで、プライベートな時間はほとんど取れないだろう。忙しく動き回っているうちに、時間というのは驚くほどの速さで経過していく。

報告書で確認した限り、生活魔術科の女生徒たちが希望したおもちゃの件は、滞《とどこお》りなく進んでいるようだ。

この調子だと、本番では愛らしい少女たちの、リアル天使コスプレ・獣耳《けものみみ》尻尾コスプレが堪能《たんのう》できそうで、クリステルは大変嬉しい。

忙しさの中で、彼女はときどき思い出していた。前世でも、アニメや漫画に出てくる天使・獣耳《けものみみ》尻尾キャラに、大変萌《も》えていたなぁ、と。『ただし、外見が十代の少年少女に限る』という前提だが。

もちろん、動物の種類によっては年齢、性別を問わずに萌《も》えられる場合もあった。

ただ、壮年のマッチョな男性が熊の耳を装備していればほっこりするが、兎耳をつけられるとどん引きするのは、クリステルだけではないと思う。

他人を見た目で判断するのは、もちろん大変よくないことである。

ただし、二次元においてはその限りではまったくない。

——萌《も》えるか、萌《も》えないか。

二次元の世界では、それがすべてだ。

幸い、この世界に人と獣《けもの》の二種類の姿を持ち、そのどちらもが基本形とも言える種族は人狼だけだ。

狼の耳と尻尾であれば、立派な成人男性が装備していても、たぶん許せる——否《いな》、むしろ萌《も》える。

そんなことを考えていた折、クリステルはふと、先日ギーヴェ公爵家の別邸を訪問したときのことを思い出した。

（そういえば……。フランさまは、素敵な人狼のご老人の背中に乗せていただくことはできたのかしら）

過去の迫害の記憶からか、人狼たちは基本的に、人間たちに関わり合いになりたがらない種族だと学んでいる。

その老人については、シュヴァルツが大変好意的に評価していたためうっかりしていたが、彼らは人外。クリステルたちは、人間だ。

もし今後、紹介してもらえることがあったとしても、シュヴァルツやフランシェルシアのように、最初から親しく相手に受け入れられるとは期待しないほうがいいかもしれない。

クリステル個人としては、人狼という種族そのものに大変興味がある。

はじめて彼《か》の老人の話を聞いたときには、『物語』に出てきた人狼キャラかもしれない存在の登場に、ただひたすら驚いてしまった。

だが、ドラゴン、ヴァンパイア、そして人狼。

これらの種族に、萌《も》えないオタクなどいないのだ。

野生の狼は意外と剛毛で、あまり抱き心地はよくないらしい。

なにしろ彼らは、野山や森林の中を駆けまわり、多くの障害物から身を守らなければならない生活をしているのだ。体毛が太く頑丈になるのは当然である。

しかし、人狼たちはそれぞれの里で、人間の国とまったく変わらない生活水準で暮らしていると聞く。

ということは、彼らには硬い枝葉や外敵の襲撃から身を護《まも》る必要はないはずだ。

人間たちが髪の手入れをするのと同じ感覚で、毛並みだって手入れをしているかもしれない。

そんな予想が当たっていれば、人狼たちが狼型に変身した際の毛並みは、野生の狼よりずっと柔らかそうな気がする。

……ふわふわもふもふの毛並みを持ち、人の言葉をしゃべる狼。

想像するだけで、うっとりする。

残念ながら、この世界に『愛玩犬』という概念はないらしい。

猟犬や牧羊犬などの使役犬は多種多様に存在するが、毛並みの美しさと手触りのよさを追求した小型犬を、クリステルは今まで見たことがなかった。

とはいえ、クリステルは前世の頃から、小動物よりもどーんとでっかい動物のほうが好みである。

その点、シュヴァルツの本来の姿は大きさと言い、力強さと言い、美しさと言い、まったく非の打ちどころがなかった。実に素晴らしい。

そうやって時折妄想の世界に逃避しながら、彼女は現実の忙しさにばりばり対処していった。

あっという間《ま》に時は流れ、学生交流会を二日後に控えたその日、クリステルのもとに、彼女のドレスがほぼ完成したという連絡が入る。

仮縫《かりぬ》いまで終わったそれをクリステルが試着して、最終調整を終えれば完成となるのだ。

専属デザイナーは、クリステルの試着のため彼女の寮《りょう》までドレスを持ってきてくれるという。

クリステルの専属デザイナー、ビクター・マヌエルは、彼女の母親が若い頃から世話になっている、四十代後半の男性だ。

学園の女子寮《りょう》は基本的に男子禁制だが、前もって申請をしておけば問題ない。それに、アシスタントの女性も、必ず数名ついてくる。

ちなみに、この時期はデザイナーなど部外者の出入りが激しいので、女子寮《りょう》の管理責任者たちはいつもよりキリキリと気合の入った顔をしている。

何しろ、この女子寮《りょう》には将来の王妃であるクリステルを筆頭に、国の重鎮たちの娘たちが大勢いるのだ。

もし彼女たちの身に何かあれば、とんでもない責任問題になってしまう。

……クリステルはそのとき、管理責任者たちの顔がいつもキリキリしているのは、胃の痛みをこらえているからではないかという可能性に思い至った。

だが、それ以上深く考えるのはやめておく。

世の中には、誰がどうがんばっても避けることも排除することも叶わない犠牲というのが、必ず存在するものなのだ。

何はともあれ、放課後にビクターが寮《りょう》まで運んできてくれたドレスを、クリステルははじめて見た。

そのとき彼女は、真っ先に思った。

（なんって、軽そうなのかしら……！）

……近頃あまり眠れておらず、ちょっと疲れていたのである。

もちろん、ドレスは大変素敵なデザインだった。

そのほっそりとしたラインのドレスに使われている布は、おそらくクリステルが今まで着ていたものの三分の一もないだろう。

優美なシルエットを描く艶《つや》やかなブルーの布地には、銀糸でびっしりと豪奢《ごうしゃ》な刺繍《ししゅう》が施《ほどこ》されている。胸の下と膝についた純白のレースも見事なものだが、手に取ってみれば実に軽い。

ドレスの基本色が青なのは、彼女の婚約者であるウォルターの瞳が鮮《あざ》やかなスカイブルーだからだ。もちろん、ほかの色のドレスを着ることもあるが、参加者が多い場に出る際には、青系統のものを選ぶことにしている。

クリステルが主張した「とにかく、軽く！」というお願いを、ビクターはギリギリまで追求してくれたようだ。

ドレスの素晴らしさを褒め称え、感謝の言葉を口にしたクリステルに、彼は実に満足そうに笑みを浮かべる。

「こちらこそ、本当にありがとうございます。クリステルさま。クリステルさまのおかげで、新しいデザインのイメージがどんどん湧いてくるようになったのです」

まぁ、とクリステルはほほえんだ。

「そう言っていただけると、嬉しいですわ。このドレスは、本当に素敵ですもの。ウォルターさまにも、きっと喜んでいただけます」

それから、ドレスの試着をして、最終調整をすることになった。その間、ビクターが話題にしたのはミリンダのことだ。

「彼女のことは、こちらの基礎学部に在籍しているときから注目していたのですよ。クリステルさま。このたびは何やら、随分《ずいぶん》と面白い試みをなさっているようですね？」

「ええ、そうなんですの。あなたは、彼女にお会いしたことがあるのですか？」

アシスタントに細かく指示を出しながら、ビクターがうなずく。

「はい。彼女が基礎学部に入学したばかりの頃から、何度か会ったことがございます」

そう言って、ビクターはくくっと肩を揺らした。

「失礼しました。――いいえ、数年前、私の店のウィンドウに、毎日長時間張りついている少女がいる、とスタッフから聞きましてね。少々興味をそそられたものですから、声をかけてみたのですよ」

「まぁ。そんなことがありましたの？」

ビクターの店は、この王都で知らない者がないほど有名なものだ。

オーナー兼デザイナーであるビクターが、店舗での接客をすることは、滅多《めった》にない。

だが、あまりに熱心に通ってくる少女の話を聞いて、また彼女が着ているのが学園の制服だったこともあり、興味を引かれたのだと言う。

その小さな少女は、彼が憧れの店のオーナーであることになどまったく気づかず、きらきらと目を輝かせながら、自分の夢を語ったそうだ。

「――自分のデザインしたドレスを着た誰かが、楽しく幸せな気持ちになれる。そんなデザイナーになりたいのだと、彼女は言ったのです。そして、私の店から出てくるお客さまたちは、みんなとても幸せそうな顔をしている。だから彼女は、そんなドレスを作れる私のことを、心から尊敬しているのだと。……そんなことを言われては、私がその本人なのだなんて、名乗ることなどできませんでしょう？」

照れくさそうに笑いながら、ビクターは言った。クリステルは決して動いてはならない最終調整の最中だというのに、ぷるぷると震えそうになる。

「そ……それはちょっと、正体を明かすのは厳しいものがありますわね？」

そうなのですよ、とビクターがしかつめらしい顔をしてうなずく。

「遠くから様子を眺めていたスタッフたちには、あとから散々からかわれてしまいました……。まったく、あれほど恥ずかしい思いをしたのは、学生時代以来です」

「あら。学生時代には、どんな恥ずかしいことがございましたの？」

ぱちん、と手元の針に通した糸を切って、ビクターがにこりと笑う。

「クリステルさま。男の過去を尋ねるのは、レディのすることではございませんよ」

「だったら、大丈夫ですわね。わたしにとって、男性にカウントされるのは、婚約者のウォルターさまだけですもの」

そんな軽口を言い合っている間に、作業は無事に終わったようだ。

当日の朝に、最終チェックを終えたドレスを寮《りょう》に届けてくれるという。

クリステルはビクターたちを見送り、再び校舎に戻った。

学生交流会の準備に関して、彼女がすべき仕事はもうほとんど残っていない。

あとは細かな段取りの確認と、明日から一気に進められる会場の設営だけだ。それらに関しても、責任者であるウォルターが完璧に計画を進めてくれているため、まったく不安はない。

強《し》いて不安要素をあげるとすれば――やはり、ミリンダの作ったドレスたちの仕上がりだろうか。

実行委員からは、何も問題報告は上がっていない。

しかし、ドレスの数が数だし、クリステル自身かなりの無茶をお願いした自覚がある。

それでも、彼女が様子を見に行ったところで、できることはない。何よりクリステルは、実行委員会にすべてを任せると宣言したのだ。あちらから助力を請《こ》われない限り、こちらから余計な手出しをしては、彼らの矜持《きょうじ》を踏みにじることになる。

ミリンダのところへ行きたい欲求をぐっとこらえ、クリステルは学生会室に向かった。

もし何か問題が起こったとしても、そこにいればすぐに対処することができる。

「失礼します。――あら、ウォルターさまだけですか？」

学生会室の扉をノックして入ると、中にいたのは会長のウォルターのみだった。先日まで彼の机に山のように積まれていた書類も、残っているのはわずかだけだ。

「ああ。さっきようやく手が空《あ》いたものだからね。みな、パートナーのところに挨拶《あいさつ》に行くと言っていたよ」

クリステルは、くすくすと笑って言う。

「まぁ、そうですの。それでは、わたしもパートナーにご挨拶《あいさつ》にうかがわなくては」

ウォルターは一瞬目を見開くと、ほほえんで立ち上がった。

クリステルの前に立ち、彼はすいと一礼する。

「クリステル・ギーヴェ公爵令嬢。このたびの学生交流会で、私のパートナーになっていただけますか？」

「はい。喜んで。ウォルター・アールマティさま」

彼女の答えに笑みを深めたウォルターが、軽く手を取ってその甲に唇で触れた。

様式美にのっとった、他愛ない遊びだ。

クリステルは、つくづく思う。

（ふ……っ。我ながら、なんという素晴らしき美声耐性スキルを手に入れたものかしら。このウォルターさまの、完全王子さまモードビューティフルボイスの直撃を受けてもなお、まったく理性が揺らがないなんて……！）

実はここ最近、彼らと会話をする機会があまりなかったために、ちょっぴり不安になっていたのだ。しかし、クリステルの美声耐性スキルは、無事にその精度を保っていてくれたらしい。

そして、美声萌《も》えとはまったく別次元の問題で、ウォルターに対する複雑な感情を抱えている彼女だったが……どうやら今のところ、そちらもきちんと胸の奥にしまうことができているようだ。

多少、心臓が落ち着きなく跳ねているものの、クリステルの鍛《きた》え上げられたお嬢さまスマイルを崩すほどではない。

心底ほっとしながら、彼女は給湯スペースでウォルターのためにコーヒーを淹《い》れた。

仕事も一段落したことだし、あまり濃いものでなくていいだろう。

自分のぶんには、ミルクをたっぷり入れてカフェオレにする。

「どうぞ。ウォルターさま」

「あぁ、ありがとう。……それにしても、この時期に決まった相手がいないというのは、本当に大変みたいだね。カークライルもハワードも、パートナーが決まるまで、ずっとイライラしっぱなしだったよ」

クリステルは、思わず苦笑した。

現在、ここにいない四名の学生会のメンバー――すなわち、ウォルターの側近候補たちのうち、婚約者がいるのはふたりだけだ。

クリステルの幼馴染《おさななじみ》である同い年のネイト・ディケンズと、ひとつ年下のロイ・エルロンド。

彼らの婚約者たちは、クリステルの親しい友人でもあるため、普段からよく話を聞いている。

特に、ロイの婚約者であるセリーナ・アマルフィは、しょっちゅうピンク色の幸せオーラを発しながら「わたくしの婚約者の、可愛らしさときたら！」とのろけまくっていた。

実際、小柄で童顔なロイは大変可愛い少年であるため、クリステルはもちろん異論を唱えたことはない。

ただ時折、ネイトの婚約者であるステファニー・ディグンとともに、濃いめのブラックコーヒーを飲みたくなるだけである。

そのステファニーは今のところ、ネイトに対しては『将来の旦那さま』としてごく自然な敬意を抱いているだけらしい。

とはいえ、ふたりは揃って武門で名高い貴族の子女である。

しょっちゅう訓練場を借り切り、一対一の魔導具勝負をしている彼らの親密度は、ロイとセリーナに決して劣《おと》らないだろう。

そして、現在婚約者がいないのは、ウォルターの側近候補筆頭であるカークライル・フォークワースと、ロイと同い年のハワード・レイスだ。

クリステルは、少し不安になった。

カークライルは、おそらく何も心配することはない。彼は非常にソツのない優秀な青年だし、毎年、政治的にも感情的にもまったく問題のない相手をパートナーに選んでいる。

しかし、生来無口であまり人当たりがいいとは言えないハワードは、去年の学生交流会に参加していない。

もちろん、この交流会は自由参加だ。参加したくないのなら、無理にする必要はない。

だが、やはり貴族社会で生きていく以上、男性には女性をきちんとエスコートするスキルが求められる。

クリステルは、ウォルターに尋ねた。

「ハワードさまは、大丈夫でしょうか？」

「たぶんね。今年の交流会は、俺たちが仕切っている。さすがに学生会メンバーは全員参加してもらわないといけないと思って、ハワードにもそう言ったんだけどね。なんていうのかな……。この世の絶望を、一身に背負ったような顔をしていたよ」

どこか遠くを見ながら言う彼に、クリステルはなんとも言いがたい気分になる。

ハワードのレイス家は、代々国の暗部を活躍の場としており、特に諜報《ちょうほう》が得意だと聞く。

ウォルターが彼を側近候補に指名したとき、周囲は少なからず衝撃を受けた。

歴代の王太子の中に、レイス家の人間を表立って側近候補とする者はいなかったからだ。

それについてクリステルは今まで、国で最も輝かしい存在であるべき王家の、一種の傲慢《ごうまん》さと処世術ゆえだと思っていた。

だが――

(……もしかしたら、レイス家のみなさまは代々揃って、コミュニケーション能力に乏《とぼ》しい方々だったのかしら)

今まで身近に見てきた、ハワードの無口っぷり。そして、たまに主《あるじ》であるウォルターに「あの、兄上……じゃない。申し訳ありません、間違えました」と言ってしまう、うっかりさん具合を見るにつけ、そんなことを思ってしまう。

しかし、ハワードは身内贔屓《びいき》を差し引いてもかなり見目がいいし、何より大層な美声である。

なにしろ、両手を叩いて錬金術を発動させるアニメに出てきた、『強欲』の人造人間と同じ声だ。彼の細い体から発せられているとはとても思えない、低く艶《つや》のあるテノールなのである。

今のハワードはまだまだ成長途中。最近しっかりした体つきになってきたとはいえ、いまだに手足の伸びに体の成長がついていけていない印象だ。

だが、あと数年もすれば、きっとその美声にふさわしい立派な青年になってくれるだろう。実に楽しみだ。

クリステルは、にこりと笑った。

「ウォルターさまの側近を務めるのであれば、女性のエスコートは絶対に避けては通れませんもの。多少の失敗をしても許される学生の間に、どんどん失敗して慣れてくだされればよろしいですわね」

「あれ。ハワードが何か失敗するのは、きみの中で決定事項なんだ？」

苦笑して言うウォルターに、クリステルはわざとらしく目を丸くしてみせる。

「まぁ、ウォルターさま。ハワードさまは、学生会に入られたばかりの頃、うっかりわたしに『母上』と呼びかけた方ですわよ？　そんなハワードさまが、ほとんど面識のない女生徒を相手に、何一つ失敗しないと思われますの？」

「いや、無理だろうね」

即答だった。

クリステルは、厳《おごそ》かにうなずく。

あの無口な青年は、見かけによらず、実に可愛らしいうっかりさんなのだ。

「可愛い子には旅をさせよ、と申します。わたしたちは今回の交流会という試練の中で、ハワードさまがどれほど成長してくださるのか——そっと、柱の陰から見守ろうではありませんか」

「いや、俺たちは学生会の会長と副会長だから。交流会では、常に場の中央にいなくちゃならない立場だからね」

珍しくウォルターにツッコまれた。しかも、なんだか彼は真顔に見える。

クリステルは、首をかしげた。

「もちろん、冗談ですわよ？　ウォルターさま」

「……クリステル。きみ、最近冗談がわかりにくくなったって言われないかい？」

ウォルターが、はぁ、と息をつく。そして、ふと何かを思い出した顔をしてクリステルを見る。

「そういえば、最近シュヴァルツさまやフランのところに顔を出していないな。クリステル、きみは？」

「わたしは、交流会の準備が本格的に忙しくなる前に、一度ご挨拶《あいさつ》に行ってまいりました。――そうですわ、ウォルターさま。フランさまは、人間のダンスにも興味がおありなのですって。交流会が終わりましたら、教えて差し上げる約束をしましたの」

クリステルは、少し慌てた。

今の今まで忙しさにかまけて、すっかりフランシェルシアとの約束を忘れていたのだ。

「ウォルターさま。ご都合のよろしいときに、別邸へご一緒していただけませんか？　ソーマディアスさまはすっかりダンスの習得に乗り気でいらっしゃいましたし、シュヴァルツさまも興味を持たれたご様子だったものですから……」

「あぁ、もちろんだよ」

あっさりとうなずき、ウォルターは小さく肩を揺らして笑う。

「なんだか、目に見えるようだね。フランが目をきらきらさせながら、ダンスを学びたいときみに言って、ソーマディアス殿がすかさず自分も、と主張して。シュヴァルツさまは、そんな彼らをほほえましく眺めていたのかな？」

「まぁ……ウォルターさま。まるで、見てきたようにおっしゃいますのね。本当に、その通りのご様子でしたわ」

厳密に言うなら、シュヴァルツがソーマディアスに向けていたのは、若干《じゃっかん》残念なものを見る目であった。だがそれは、減点理由となるほどの差異ではない。

クリステルは、ウォルターの洞察力に感心した。

そしてふと、あのとき彼らと交わした会話を思い出す。

彼女がギーヴェ公爵家の別邸を訪ねたあの日の前日――彼らは、変わった客人と遭遇したと言っていた。

「あの、ウォルターさま。ウォルターさまは今まで、人狼の方とお会いしたことはありますか？」

「……なぜだい？　クリステル」

ウォルターが答えるまで、わずかな間があった。

それに若干《じゃっかん》違和感を覚えつつ、彼女は言う。

「フランさまとシュヴァルツさまが、おっしゃっていましたの。おふたりで散歩を楽しまれているときに、東の人狼の里の先代族長さまと親しくなられたのですって」

「東の里の、先代族長……？　ということは、かなりのご老体なんだろうか？」

彼の問いかけに、クリステルは首をかしげた。

「詳しいお年まではうかがっておりませんけれど……。シュヴァルツさまが『老人』とおっしゃっていましたし、かなりお年を召した方なのは間違いないと思います。それが、どうかなさいましたか？」

いや、とウォルターが若干《じゃっかん》困惑した様子で腕組みをする。

「実は俺も少し前に、東の里から来たという、若い人狼のふたり組に出会ってね」

「……え？」

クリステルは、固まった。

元来、人狼というのは、あまり人間と関わりたがらない種族である。普通に過ごしていれば、一生彼らに会うことはない。

そのため、彼女は人生ではじめて身近なところに現れた人狼の老人を、『物語』に出てくる人狼キャラだとあたりをつけていたのだ。よって、人外ではあるものの、彼の出現で危機を感じたり、不自然に思ったりはしなかった。

しかし、ほぼ同時期に『物語』のメインヒーローであるウォルターもまた、若い人狼たちに接触したという。

困惑する彼女に、ウォルターは続ける。

「なんでも、人探しをしているらしいんだが……。でも、シュヴァルツさまたちが会った人狼が老人なら、彼の探し人だというのは違和感があるな」

「違和感、ですか？」

ああ、とウォルターは組んだ腕を指先で軽く叩いた。彼が考えごとをしているときのクセだ。

「人探しをしていると言った人狼の青年は、俺たちと同じ十七歳。そして、自分によく似た男を探していると言っていたんだ。さすがに、十七歳の青年と老人では、血が繋がっていても『よく似て』はいないはずだろう？　――けれど、この短期間に、同じ里の人狼が三体現れたんだ。彼らが無関係だとは、ちょっと考えにくい」

なるほど、とクリステルはうなずく。

そして、ウォルターが接触した人狼の青年が同い年と聞いて、なんだかいやな予感を覚える。

（これは……ひょっとして、ウォルターさまが接触された人狼の方が『アタリ』――迷子の人狼なのでしょうか？　いえ、現状がここまで『物語』から乖離《かいり》している以上、もうアタリもハズレもあったものではないとは思うのですけれど）

『物語』に出てくる迷子の人狼キャラは、たしか雨の中でずぶ濡《ぬ》れになりながらぶるぶると震えていたところを、ヒロインに拾われたはずだ。

ウォルターが接触した人狼たちとは、まるで状況が違っている。

ただ、やはりどうしても、彼らの存在を無視する気にはなれない。

ドラゴンのシュヴァルツ、一角獣、ヴァンパイアのフランシェルシアとソーマディアス。彼らはそれぞれ、『物語』に出てくるキャラクターとはまったく違う性格だ。しかし、はじめての接触時には、みんな危険度マックスの相手だった。

人狼だけがその例から外れるというのは、逆に不自然な気がしてしまう。

『物語』では単体でこの国にやってきていたはずの人狼が、わかっているだけで三体もいるというのも、なんだか気になる。

ウォルターが、先ほどよりも少し低い声で言う。

「……正直に言っていいかな、クリステル」

「はい。なんでしょうか？　ウォルターさま」

スティルナ王国の王太子とその婚約者は、束《つか》の間《ま》じっと見つめ合った。

ただし、そこに色めいた雰囲気はまったくない。

むしろ重苦しい憂鬱《ゆううつ》が、ふたりの目に浮かんでいる。

「いやな予感が、するんだ」

「……奇遇ですわね、ウォルターさま。わたしもですわ」

彼らが同時に、『もし何かが起こるとしても、二日後の交流会のあとにしてほしい』——と思ったときだった。

クリステルのポケットで、通信魔導具が着信を伝える。

一瞬硬直し、彼女はおそるおそるそれを取り出した。

そして、深々とため息をつく。

……シュヴァルツからの着信を見て、こんなにどんよりとした気分になったのは、はじめてだ。

それでも、素敵マッチョな物知りドラゴンである彼を、あまり待たせるわけにはいかない。彼には常日頃から、いろいろとお世話になっているのだ。

クリステルは通話を受け、口を開いた。

「シュヴァルツさま、こんにちは。クリステルです」

『あぁ、クリステル。忙しいところをすまないが、少々困った事態になってな』

彼女は慌てず騒がず通信魔導具を操作して、相手の声がウォルターにも聞こえるように設定する。

『先日会ったときに、人狼の御仁《ごじん》の話をしただろう？　先ほどまた街で彼に会って、フランとの約束はいつにするかと相談していたのだ。そこに、御仁《ごじん》の身内だという人狼たちが現れてな』

「まぁ……。それで、どうなさいましたの？」

やはり彼らは知り合いだったらしい。その点については、たった今ウォルターと話していたところなので、さほど驚くことはない。

だが、それから続けられたシュヴァルツの声は、珍しく困惑しきった響きだった。

『今私たちがいるのは、緑地公園の一角にある洒落《しゃれ》たカフェなのだが……。御仁《ごじん》によく似た若者が、御仁《ごじん》に駆け寄って飛びつくなり、子どものように大泣きしだした』

「は？」

間の抜けた声を、クリステルとウォルターは同時にこぼす。

十七歳の青年が、人前で大泣きするとは――想像するだけでも、背筋がむずむずするほど恥ずかしい。

『それでまぁ、むやみに人目が集まるのは避けたかったのでな。咄嗟《とっさ》に、知覚阻害の結界を張ったのだ』

さすがは、長い長い時間を生きている、大変ジェントルなドラゴンである。

「ありがとうございます、シュヴァルツさま」

クリステルは、心からシュヴァルツに礼を言う。

隣でウォルターも、ものすごくほっとした顔をしている。

『だが、これからどうしたものやら、私には判断ができない。すまんがクリステル、これを聞いて助言をくれぬか？』

え、とクリステルが戸惑っている間に、シュヴァルツは通信魔導具の設定を変えたようだ。

少し距離のある音声だが、はっきりと内容のわかる声が聞こえてきた。

シュヴァルツの言う通り、若い声が大声で泣きながら訴《うった》えている。

『――やだやだやだー！　次期族長になんか、なりたくない!!　じーさんだって、ばーさんが好きで結婚したんだろ!?　あのクソ親父があんっっな阿呆になったのは、あんたの育て方の問題なんだから、責任取れよ！　次期族長に指名された以上、さっさと伴侶を迎えろー、とか言って、自分のガキに適当な相手を押しつけるアイツの頭くらい、あんたなら一瞬でカチ割れんだろ!?　結婚するなら、自分で選んだ相手がいいもん！　そうじゃなくても、じーさんに一番似てるから、なんて理由で次期族長候補になった途端、それまで喧嘩《けんか》仲間だったやつらが、みんなっなして獲物を見る目でこっちを見てくるようになったんだぞ⁉　もう……っ、ホントにやだやだあぁああー！　じーさん、一緒に旅に連れてけ！　里になんか、もう絶対帰らないぃいいーっっ‼』

うわあぁん、と大泣きするその声を聞きながら、クリステルは思った。

おそらく、世界一有名な鬱《うつ》系ロボットアニメ主人公の、中性的な甘い美声。その柔らかな響きの声は、こんなふうに泣き喚《わめ》いても実に魅力的《みりょくてき》なのだな――と。

〈でも、十七歳の男性が「もん」というのは、やっぱり恥ずかしいのでやめておいたほうがいいと思います〉

思いがけないところからきた美声の攻撃により、クリステルの意識は束《つか》の間《ま》、現実から離れてしまった。だが、どうにか己《おのれ》を立て直す。

「あの……シュヴァルツさま。今うかがったご様子ですと、その方に落ち着いていただくのは、まだしばらくは無理そうですわ。申し訳ありませんが、シュヴァルツさまの〈空間転移〉で、ひとまずみなさまと一緒に別邸のほうに移動していただけますか？」

何がなんだか今のところさっぱりわからないが、いつまでもカフェの一角を人外生物たちに占拠させておくわけにはいかない。

いくらシュヴァルツが知覚阻害の結界を張っているといっても、営業妨害もはなはだしい。

『うむ。構わんぞ。だが、それからどうする？』

「……とりあえず、その方が落ち着くまでは、そっとしておいて差し上げてくださいませ。わたしも、すぐにそちらへ向かいます」

了解した、と答えたシュヴァルッに挨拶《あいさつ》をして通話を切る。そして顔を上げると、ウォルターがなんとも言いがたい顔をして彼女を見ていた。

「ええと……うん。クリステル。俺も、行くよ」

「それは、とてもありがたいのですけれど……。交流会の準備のほうは、大丈夫でしょうか？」

なんと言っても、彼はこの学園の学生会会長。学生交流会の、全責任者である。

二日後に本番を控えた今、馬車を最速で飛ばしても一時間以上かかる別邸になど、行っていいのだろうか。

ウォルターは、少し考えてからうなずく。

「ああ。俺の裁可が必要な案件は、全部済んでいる。もしこれから何かあっても、カークライルたちでどうにかできるよ」

クリステルは、ほっとした。

ギーヴェ公爵家の別邸で預かっている人外生物たちは、この国にとって大切な賓客《ひんきゃく》ばかりである。

彼らの周囲で問題が起こった場合、ギーヴェの人間であるクリステルは、その解決に尽力しなければならない。

とはいえ、こんなわけのわからない状況にひとりで突撃するのは、さすがにちょっぴり不安だった。ウォルターが同席してくれるのは、素直にありがたい。

ふたりはそのまま学園を出て、別邸に向かった。

寝不足の身に馬車の揺れは少々つらいが、レディたるもの婚約者の前でそんな弱音を吐くわけにはいかない。

気を紛らわすために、先ほどの若い人狼と接触したというウォルターに話を聞いてみる。

「ウォルターさま。ウォルターさまから見て、先ほど泣いていらした人狼の方は、どんな印象の方でしたか？」

「どんな……」

ウォルターが、困惑した顔になった。

記憶を辿《たど》るように眉根を寄せ、やがてぼそぼそと口を開く。

「……うん。少なくとも、あんなふうに人目もはばからず泣き喚《わめ》くようなタイプには、ちょっと見えなかったかな」

「そうなのですか？」

ああ、とウォルターがうなずく。

「はじめは、人狼だなんて思わなくてね。随分《ずいぶん》しっかりした戦闘訓練を受けた者だな、とは感じたけれど、特に獣《けもの》じみた身のこなしをするわけでもなかったし。……なんていうのかな。シュヴァルツさまやフランたちは、人間の姿をしていても、やっぱり俺たちとは何かが『違う』だろう？　それが、彼にはまったくなかったんだ」

それは、なんだか少し意外だ。

人狼は、人と獣《けもの》両方の姿を持つ種族である。それゆえ、人の姿のときもやはりどこかしらに、獣《けもの》の気配がにじむものなのではないかと思っていた。

だが、他者の気配に聡《さと》いウォルターがこう言うのだから、本当に人狼の青年は『人間』の気配しか感じさせない人物なのだろう。

「まぁ、彼の妹分だという人狼の少女は、どこから見ても立派な人狼だったな。何しろ、狼の耳と尻尾が見えていたからね」

「あら。最後のおひとりは、女性でしたのね」

「たぶん、はじめて会ったときの様子からして、里を出奔《しゅっぽん》した彼を心配した彼女が追いかけてきた、ということだと思うよ」

なるほど、とクリステルはうなずいた。

それから若干《じゃっかん》言いにくそうに、ウォルターが口を開く。

「あと、これは俺も驚いたんだけど……。彼はどうやら、人狼の里の族長の、二十八番目の子どもらしい」

「……にじゅうはち？」

目を丸くしたクリステルに、小さく苦笑してウォルターは続けた。

「本人が、そう言っていたんだ。名前は、オルドリシュカ殿。彼の妹分の少女は、ツェツィーリエ殿。しかし……俺たちはつくづく、人外の者たちに縁があるみたいだね」

「そ……そうですわね……」

クリステルに責任はないはずなのだが、下手に前世知識があるばかりに、なんだか自分に責任の一端があるような気になってしまう。そして、何かズルをしている気にもなる。

人外たちとの縁。

それが生じるたび、ウォルターはいつだって目を逸《そ》らさずに、そのときに自分にできることを考え、自《みずか》らの判断で今を選び取ってきた。

そんな彼に比べると、自分がひどく卑怯《ひきょう》なことをしているような、後ろめたい気持ちになる。

（……いやまぁ、これは完全なる不可抗力ですし。そもそも、『前世』の記憶が役に立ったことなんて、今までほとんどないのですけども）

きっと、こんなふうにブルーな方向に思考が向かってしまうのは、体が疲れているからだ。

よし、と気合を入れ直したクリステルは、楽しいことを考えることにした。

元気なふりをしていれば、いつの間《ま》にか本当に元気になっているものだ。

笑う門《かど》には福来《きた》る。何か別の話題を提供してみよう。

クリステルは、にこりと笑った。

「そういえば、ご存じですか？　ウォルターさま。先日、セリーナさまがロイさまとご一緒に、最近できたばかりの劇団の舞台を見に行ったのですって」

「……へぇ。いや。はじめて聞いたよ、クリステル」

ウォルターも笑い返してくれたので、彼女は友人から聞いたノロケ話をにこにこと続ける。

「とても素敵な舞台だったそうですよ。演出もとても見事で、もちろん俳優たちの演技も素晴らしくて。ただ――」

そのとき、話しながら珍しく気まずそうにしていたセリーナの顔を思い出し、クリステルはふふっと肩を揺らした。

「その舞台の中で、とても立派な体格をした俳優が、上着を脱ぎ捨てるシーンがあったらしいのです。セリーナさまは、普段から男性の立派な筋肉をうらやましく思ってらっしゃる方ですから……。つい、食い入るようにその俳優を見つめてしまったのですって」

「そ……そうなんだ？」

ウォルターは戸惑った顔で答えた。

クリステルは、少し意外に思ってウォルターを見つめる。

どうやら彼らは、互いの婚約者の趣味嗜好《しこう》について、あまり語り合うことはないらしい。

クリステルたちは友人同士、自分の婚約者に関することは、結構オープンに話している。

もちろんクリステルは、婚約者の立場上あまり語れないこともある。

それでも、クリステルは友人の婚約者たちの食べ物や色の好みや趣味などはおおむね把握しているし、セリーナとステファニーも同様だろう。

やはり、こういったおしゃべりは女性特有のものなのだな、と思いながらクリステルは続ける。

「ええ。そうしましたら、翌日からロイさまが飲まれる牛乳と筋肉トレーニングの量が、以前の倍になったのですって。恋する少年というのは、可愛らしいですわね」

「うん。俺も、ちょっとロイを応援したくなったよ」

しみじみとうなずきながら答えてくれるウォルターの誠実さに、クリステルは嬉しくなった。

男性の中には、女性のおしゃべりを聞いているふりをして聞き流す者も少なくない。

けれど、クリステルの婚約者は、いつでもきちんと彼女の話を聞いてくれる。

ウォルターとの関係は政略的なものではあるけれど、ともに人生を歩んでいけるのが彼でよかった、と心から思う。

それはそれとして――

「ただ、あの……ウォルターさま。その、大変申し上げにくいのですけれど。ロイさまのご家族は、みなさま小柄な方ばかりでいらっしゃいましたわよね……？」

「……うん。エルロンド家の屋敷に所蔵されている、代々の当主一家を描いた肖像画を、俺も見たことがあるよ」

しばしの間、馬車の中を微妙な沈黙が支配した。

もちろん、世の中には突然変異ということがある。

たとえ歴代の当主が、揃って小柄で童顔な者たちばかりだったとしても、ロイが今後めきめき背が伸びて、ウォルターの身長を追い越す可能性はゼロではない。何事にも、例外というものは存在するのだ。

だがしかし――

「……このところハワードさまは、また背が伸びられましたわね」

「ああ。そろそろ、カークライルと並ぶかな」

再びの沈黙のあと、この国の王太子とその婚約者は同時にほほえんで、話題を変えた。

「ウォルターさま。今回作ったドレスは少し変わっているのですが、とても素敵なデザインですのよ。楽しみにしていてくださいね」

「ああ、もちろん。きみの装いはいつも魅力的《みりょくてき》だから、期待しているよ。クリステル」

典型的な上流階級の話術にのっとった会話というのは、うっかりはじめてしまった気まずい会話をやめたいときの、お約束である。

厳しい王妃教育をクリアしていて、本当によかったと思うクリステルだった。

第五章　人狼たち

「はじめてお目にかかる。わしは東の人狼の里の先代族長、ザハリアーシュと申す。このたびは、わしの不肖《ふしょう》の孫どもが大変ご迷惑をおかけしたと聞いております。申し訳ない。心よりお詫《わ》び申し上げる」

そう言ってウォルターとクリステルに頭を下げたのは、すらりと背の高い白髪の人物だった。

ウォルターとクリステルはギーヴェ公爵家の別邸に到着すると、現在ドラゴンが一体、ヴァンパイアが二体、人狼が三体揃っているという、大変愉快な状況の客間に向かった。

そして客間に辿《たど》り着くなり、白髪の人物が、ゆったりとした動作で腰かけていたソファから立ち上がり、先ほどのセリフを口にしたのだ。

彼はソーマディアスと、同じくらいの背丈だろうか。

しかし、細マッチョでいかにも戦闘タイプという風体のソーマディアスとは、雰囲気が異なる。ザハリアーシュは、痩躯《そうく》とその神秘的な紫色の瞳とが相俟《あいま》って、どこか儚《はかな》げで繊細《せんさい》な雰囲気の持ち主だ。

……それは別に、彼がすでにご隠居と呼ばれるにふさわしい年頃の人物であるためではない。

彼を前にして、クリステルは戸惑いを隠せなかった。

ザハリアーシュの姿を見てひどく困惑したのは、ウォルターも同じだったようだ。

珍しく相手の顔を不躾《ぶしつけ》なほどまじまじと見たあと、慌てた様子で一礼する。

「はじめまして、ザハリアーシュ殿。私はスティルナ王国王太子、ウォルター・アールマティ。こちらは婚約者の、クリステル・ギーヴェ公爵令嬢です。その――大変、失礼ですが。ザハリアーシュ殿はオルドリシュカ殿の、実のおじいさまでいらっしゃる……？」

ウォルターが初対面の相手に、そんな問いかけをするのも無理はない。

「おや。驚かせてしまいましたかな。いかにも。わしは、このオルドリシュカの祖父にございます」

ほっほ、とザハリアーシュが楽しげに笑う。

「そう……なのですか。驚きました。とても、お若くていらっしゃるので……」

ウォルターが言う通り、彼の外見はどう見ても二十代前半の若者なのである。

これはさすがに、若作りで済ませていいレベルではない。

しかし実のところ、現在クリステルが最も気になっているのは、彼の実年齢ではなかった。

戸惑うウォルターの隣で、彼女はぐっと両手を握《にぎ》りしめる。

（これは……この声は……っ！　ええ！　あのイケメン超戦士！　タイムマシンで未来からやってきたという衝撃の事実よりも、野菜星人の王子さまと、地球人の天才美女科学者の子どもであることのほうがびっくりだった彼と、同じ声ですね……!?）

ザハリアーシュのどこか陰のあるなめらかなテノールは、彼女の萌《も》え魂《だましい》をストレートに撃ち抜いた。

それにしても――と、クリステルは首をかしげる。

（こうして落ち着いたトーンで話していただけると、ますますその美声っぷりに萌《も》え萌《も》えするのですけれど。ザハリアーシュさまの外見年齢が、そちらにいらっしゃるお孫さんたちとさほど変わらないように見えるのも、とってもとっても気になります）

荒ぶる彼女の美声萌《も》えを瞬時に落ち着かせることができるほど、ザハリアーシュの若作りは実に驚異的だった。

『前世』の記憶がよみがえってから、クリステルのオタク魂《だましい》の滾《たぎ》りがこれほどすぐに収まったのは、はじめてのことである。

彼のなめらかな白い肌も、落ち着いた笑顔が魅力的《みりょくてき》な温和な美貌《びぼう》も、すらりとしなやかなほっそりとした体躯《たいく》も、とても孫のいる年の老人のものとは見えない。そちらにいる青年の兄と言われたら、すぐに納得できるのだが。

まとう雰囲気はそれぞれ違っても、彼らの容姿はとてもよく似ていた。

線が細く、中性的な美貌《びぼう》はあまり『人狼』という種族のイメージに合わない気もするけれど、彼らにだって個性はあるだろう。さまざまな姿の者がいて、しかるべきである。

しかし、学園で学んだ限りでは、人狼たちの寿命は、人間と同じく七十年から八十年。寿命という概念のないドラゴンやヴァンパイアと違い、年相応に肉体が老いていく種族だと聞いている。

なのに、なぜ――

ザハリアーシュは、困惑するクリステルとウォルターに、穏やかな口調で言う。

「わしは、若い頃にこの大陸中を旅して回った経験がありましてな。……あれは、もう――六十年以上も前になるかのう。不覚にも手傷を負ったわしは、あてもなく森を逃げ惑い、いずことも知れぬ海辺に出たんじゃ」

思い出語りに入ったザハリアーシュは、端然と落ち着いた話し方から、大変味のあるじーさま口調にシフトした。

まるで、昔話を聞いているかのような気分になってくる。クリステルの脳裏に、東洋タイプのドラゴン――辰《たつ》の背中で、でんでん太鼓を振る子どもの姿が浮かんだ。

(そういえば、この世界にはにょろにょろタイプのドラゴンさまはいらっしゃらないのかしら……。なんて、今はそんなことを考えている場合ではありませんわね。申し訳ありません)

あやうく思考が脱線しそうになったクリステルは、改めてザハリアーシュの話に耳を傾ける。

夜の海辺に辿《たど》り着いた彼は、危険な幻獣たちから身を護《まも》るために、波が侵食してできた洞窟のひとつに身を寄せたのだという。

しかし全身に負った傷は深く、体力も尽きかけて、いよいよ命果てるかと思われたとき――

「美しい満月に照らされた波間から、ひとりの美しい娘がこちらを見ておってのう。あまりの美しさに、もしや天の国からの使いかと思ったんじゃが……。彼女はわしを見るなり、こう叫びましてなぁ」

ザハリアーシュはそこで一拍置くと、すぅと息を吸いこんでから声を上げた。

「――いぃいいやぁあああぁー！　何よアンタ!?　なんでアタシたちお気に入りの

デートスポットを、そんな血まみれにしてくれちゃってんの⁉」

クリステルは、驚いた。

昔話モードのザハリアーシュが、ここまで臨場感たっぷりに、人魚の悲鳴を再現してくれるとは思わなかったのだ。

彼の豊かな重低音ボイスが、可憐な人魚のセリフを語るのにふさわしいものであるかどうかは、今は考えないでおくことにする。

ザハリアーシュは、それまでのじーさま口調に戻って続けた。

「どうやらそこは、人魚たちが月を愛《め》でるための場だったようでのう。彼女は、えらく憤《いきどお》って海から上がってきたんじゃ。そして、わしにこう言った。――もうもう、信じらんない！　アンタみたいな毛むくじゃらの醜《みにく》いイキモノなんて、お呼びじゃないのよ！　今すぐ出てって！　ホラ、早く出ていきなさい！　はーやーくー‼」

引き続き繰り広げられる、じーさま口調と乙女口調のコラボレーション。

それには、クリステルやウォルターだけでなく、シュヴァルツたち人外生物の面々も若干《じゃっかん》微妙な顔になっている。

（あら？）

そのときふと、クリステルは違和感を覚えた。

それの原因に気づいて、彼女は首をかしげる。

まだ挨拶《あいさつ》をしていない人狼のふたりは、先ほどまでソファに並んで腰かけていたはずだ。それが、いつの間《ま》にか部屋の隅に移動している。

彼らはこちらに背中を向けてしゃがみこみ、揃って頭を抱えてぷるぷると震えているようだ。

クリステルは、ウォルターと顔を見合わせた。

（……もしかして、恥ずかしがっていらっしゃるのでしょうか）

（うん。気持ちはわかる）

そんなアイコンタクトを交わし、ふたりは再びザハリアーシュの話に意識を向ける。

「そう言われても、そのときのわしは傷の痛みと失血で、意識が朦朧《もうろう》としておってなあ……。せめて何か滋養《じよう》がある食べ物を、と思ったときに目に入ったのが——目の前でびちびち跳ねている、彼女の尻尾だったんじゃ」

え、とウォルターとクリステルは、同時に声をこぼした。

おそるおそる、ウォルターがザハリアーシュに問う。

「食べたのですか？　その、人魚を……？」

人魚の肉は、不老不死の妙薬だと聞く。

だがそもそも、この世界に人魚という種族が実在していたことさえ、クリステルは今はじめて聞いた。

各地にその伝説こそ残っているものの、彼女たちが棲《す》むのは人間には決して立ち入ることの叶わない海の底。前世と同じように、優美な魚の尾を持つ乙女たちは、おとぎ話の中でしか生きていないと思っていたのに、まさか本当に存在していたとは。

ウォルターの問いに、ザハリアーシュは困った顔で首をかしげた。

「わしは、生魚は好かんのじゃ」

「……そうですか。失礼しました」

たしかにこの世界には、魚介類をナマで食べる刺身文化は存在しない。

しかし彼は生存本能により、うっかりその人魚の尻尾に噛《か》みついてしまったのだという。

伝説では人魚の血をひと舐《な》めすれば、どんな深い傷もたちまち癒《い》えてしまうと語られている。

とはいえ、ザハリアーシュも、そんな伝説など信じていなかった――というより、人魚の存在すら眉唾物《まゆつばもの》だと思っていたという。

だから彼は、その実物が目の前に現れてもなお、どこか夢の中の出来事のように感じていたそうだ。

「ひと噛《か》みした途端、人魚が悲鳴を上げてのう。我に返ってみれば、それまでわしが負っていたはずの傷が、きれいさっぱりなくなっておったのじゃ。いやはや、まったく驚きじゃったわい」

さすがというべきか、ザハリアーシュが気がついたときには、すでに人魚の尻尾についたはずの噛《か》み傷は消えていたという。

ただ、ザハリアーシュが噛《か》んだせいで鱗《うろこ》が数枚剥《は》がれ落ち、月の光を受ける岩場に散らばっていた。そのかわり、彼の牙《きば》が入った痕《あと》には少し色合いの明るい、新たな鱗《うろこ》が生《は》えていたらしい。

突然、体中の傷の痛みが消えて驚く彼に、人魚は盛大な平手打ちをかまして叫んだそうだ。

「――バカバカバカー！　サイッテー！　鱗《うろこ》がこんなに取れちゃったじゃない！　ここまできれいに磨き上げた鱗《うろこ》をキープするのが、どれだけ大変だと思ってるの⁉」

どうやら海の乙女たちは、クリステルの想像以上に女子力の高いイキモノのようである。

彼女たちの鱗《うろこ》の手入れは、人間の女性たちが髪の手入れを必死にする感覚に近いのだろうか。

勉学と訓練に励む日々の中で、ヘアケア・スキンケアを欠かしていないクリステルは、人魚の乙女たちに少なからず親近感を覚える。

そして、ザハリアーシュの声で語られる乙女口調にも、だいぶ免疫《めんえき》がついてきた。

実は彼の話の途中から笑いをこらえるために、腹筋とのかなり激しい戦いを続けていたのだが、今は軽いジャブを受ける程度のダメージで済んでいる。

しかし、ザハリアーシュの身内である人狼たちには、いまだに厳しいものがあるのだろう。

青年のほうはちっちゃくなっているだけだが、少女のマントの下からは、大変手触りのよさそうなもふもふの尻尾がのぞいている。

クリステルは、ぐっと両手を握《にぎ》りしめ、耐えた。

いくら素敵なもふもふであろうとも、あの尻尾はお年頃の少女の体の一部である。断じて勝手に触れたり、撫《な》で回したりしていいものではない。

「叫び終えると、彼女は泣きながら海に飛び込んでいってのう。わしが人魚の姿を見たのは、それが最初で最後じゃった」

ザハリアーシュは、しみじみとした口調で思い出語りをまとめた。

それから、とても嬉しそうに笑って言う。

「あぁ、そのとき拾った彼女の鱗《うろこ》は、大層いい値がついてな。おかげでしばらくは食うに困らず、助かったもんじゃ」

……彼は、実に運のいい御仁《ごじん》らしい。おまけに、かなりちゃっかりしている。

「ただのう。まぁ、ご覧の通りなんじゃが……。それ以来、わしの体は老いるのをやめてしまってのｊ」

どれほど時を重ねても、友人たちが年相応に老いていっても――ザハリアーシュの体を巡《めぐ》る時間だけは、そのままだった。

人魚の血を舐《な》めたときから、彼の体の時間は静止している。

「おかげで妻には、『息子たちよりも若く見える旦那の隣になんぞ立ちたくない』と言われて離縁されてしまったし……。息子たちは、いまだに反抗期を続けておるし……。いい年をした男どもの反抗期など、誰も得をせんと言うのにのう」

ザハリアーシュが、しょんぼりと肩を落とす。

そんな彼にツッコんだのは、部屋の隅にしゃがみこんだままの人狼青年だ。

「おい、そこのメルヘンじじい。ばーさんがアンタと離縁したのは、アンタの後添《のちぞ》い狙いの女連中が恐ろしい奴ばかりで、本気で命の危険を感じたからだぞ。クソ親父と叔父《おじ》貴《き》たちの反抗期はどうでもいいが、ばーさんの墓にはあとで全力で土下座しに行けよな」

「なんじゃと……っ⁉」

がーん、とザハリアーシュがよろめく。

「わしは……わしは、マグダレーナに出会ってからは、彼女一筋《ひとすじ》じゃったのに……！」

話の流れからして、マグダレーナとはザハリアーシュの亡き妻の名だろう。

ショックを受けた様子のザハリアーシュを無視し、青年はようやく立ち上がって戻ってきた。ウォルターを見て一瞬気まずそうな顔をしたが、改めてこちらに向けて一礼する。

「たびたびご迷惑をおかけしてしまい、申し訳ない。ウォルター殿。クリステル殿。改めて、ご挨拶《あいさつ》させていただきます。自分は、人狼のオルドリシュカ。こちらは、自分の幼馴染《おさななじみ》のツェツィーリエ……は、うん。いいから、落ち着いて耳と尻尾を引っこめろ」

「はいぃ……」

ツェツィーリエは、いまだに頭を押さえてぷるぷると震えていた。

そんな彼女を、先ほどからフランシェルシアが輝く瞳で見ている。きっと、あの素敵な尻尾を触りたくて仕方がないのだろう。気持ちはとってもよくわかる。

そのとき、フランシェルシアの隣に座っていたソーマディアスの姿が、ふっと揺らいだ。

「フラン」

次の瞬間、彼はフランシェルシアの膝に乗るサイズの、もふもふとした愛くるしい仔狼の姿になっていた。

フランシェルシアが喜びの声を上げ、すかさずソーマディアスを抱き上げて頬ずりする。

「兄さん、可愛い！」

「おまえのほうが可愛いぞ」

ソーマディアスの歪《ゆが》みないブラコンっぷりは、ここまでくればいっそ立派だと思う。

そんな彼らの様子に苦笑を浮かべ、シュヴァルツが口を開いた。

「人狼の子よ。そなたは先ほど、次期族長にはなりたくないと言っていたが……。そもそも、そなたのような若者が、なぜその候補に挙げられたのだ？」

不思議そうに向けられた問いかけに、オルドリシュカは軽く目を伏せる。

「幻獣の王たるドラゴンさまにこのようなことを申し上げるのは、本当にお恥ずかしい限りなのですが……。自分はご覧の通り、この祖父によく似た姿と魔力を持っております。そして、我らの里では『大陸最強』の二つ名を持つ祖父に対し、一種の信仰のようなものが生まれてしまっておりまして……」

その言葉に、当人であるザハリアーシュが首をかしげた。

「なんじゃ、それは？」

オルドリシュカが、イラッとした顔で祖父を見る。

「ばーさんに出ていかれて以来、アンタはずっと屋敷の奥に引きこもっていただろ。それで、厄介な幻獣が出てくるたびに、憂《う》さ晴らしみたいに派手にそいつらを叩き潰してたよな」

「わしは、族長じゃったんだぞ。愛する妻の暮らす里を全力で守って、何が悪い！」

偉そうに胸を張ったザハリアーシュに、その孫は半目になって口を開く。

「アンタの自己認識は、立派な『隠居じじい』なんだろうけどな。アンタはずっと、その二十歳そこその外見で、アホみたいに高い魔力を持ってて、『大陸最強』の看板を背負ってた。しかも、クソ親父どもがめちゃくちゃ危険な幻獣どもに手こずってるところに颯爽《さっそう》と現れては、『誰の許可を得て、わしの一族に牙《きば》を剥《む》いている……？』なんて無駄にカッコつけたことを言いながら、連中を瞬殺するんだぞ。クソ親父どもの反抗期がいまだに終わらないのも、里の女連中がアンタに熱を上げまくるのも――ついでに、ガキどもがきらっきらした目でアンタを見るのも、仕方のないことだとは思わないか？」

彼の説明は、大変わかりやすかった。

だがザハリアーシュは、いまだによく理解できないという顔をしている。

「そんなことを言われてものう……。わしの見た目は、たしかに若い頃のままじゃがな。ホレ、髪もすっかり白くなってしもうたし」

「白髪《しらが》がどうした、ハゲてるわけでもあるまいに。シミもしわもひとつだってない時点で、アンタの外見は若者以外のなんでもねーだろ」

オルドリシュカが、バッサリと断じる。

そんな彼に、見た目は白皙《はくせき》の美青年、中身は老人のザハリアーシュが、のんびりとした口調で言う。

「ならば、里のみなに言うてやれ。わしの子どもは、三人だけじゃ。息子らは、それぞれわしが覚えきれんほど子を授かったじゃろう。子どもを作る能力ならば、息子たちのほうが遥かに勝っておるじゃろうとな」

「……っいくらクソ親父と叔父貴《おじき》どもが相手でも、そんな可哀相なことが言えるかーっっ!!」

まったくだ。

ありとあらゆる面で、自分よりも桁違《けたちが》いに優れている——しかも一世代年上の相手に、下半身の機能だけは勝っていると保証されたところで、何も嬉しくないだろう。

（……いえ、そのあたりの価値観については、女のわたしにはわからないことがあるの

かもしれませんけれど）

クリステルは、なんとなくウォルターを見た。

彼女の視線に気づいた婚約者が、にこりとほほえむ。

完璧な『王子さまスマイル』だった。

どうやら、この件はあまり深くツッコんではいけないらしい。

ふむ、とシュヴァルツが軽く握《にぎ》った拳《こぶし》で顎先《あごさき》に触れる。

「たしか人狼というのは、人間よりも遥かに厳格な序列社会を形成する種族だったな。そなたは、『大陸最強』の名を持つ祖父によく似た姿と魔力を持つというが――その若さで次期族長候補に選ばれるということは、よほど周囲より抜きんでた力を持っているのだろう。ならば、里の女たちがそなたの子を欲しがるのは、わかりきったことではないか。それは、そなたが次期族長になるか否《いな》かという問題とは関係があるまい。今更、何をそこまでいやがる？」

落ち着いた口調で、シュヴァルツがオルドリシュカに問う。

その問いかけは、完全に脱線していた人狼たちの話の軌道を、元に戻すものだったはずだ。

しかしオルドリシュカは、くっと唇を噛《か》んでうつむいた。なんとも気まずそうな顔をしたザハリアーシュが、そんな孫の頭をぽんぽんと撫《な》でる。

「その……ですな。ドラゴン殿。わしもこの子が孫息子なら、そう言って尻のひとつも蹴ってやったのですが」

「……ぬ？」

え、とその場にいた者たちが揃って目を見開く中、ザハリアーシュが言う。

「この子はこれで、孫娘なのでのぅ。ほんの子どもの頃から、ともに技を磨いていた友人のガキどもから、突然『女』を見る目を向けられて混乱してしまうというのも……。まぁ、わからないではないのですわ」

中性的な雰囲気の美青年だとばかり思っていた人狼は、まさかの男装の麗人《れいじん》だった。

クリステルは、若干《じゃっかん》パニックを起こして人外生物たちを見る。

（ちょ、え？　えぇ？　だってシュヴァルツさまは、フランさまの見た目が立派な成人男性だったときから、年端《としは》もいかない子どもだとわかっていらしたのに……）

人間の姿を取っていても、シュヴァルツの本性はドラゴンだ。

その嗅覚《きゅうかく》をもってすれば、相手の性別くらいすぐにわかりそうなものである。

なのに、なぜ――と、クリステルは同じ疑問を抱いたらしいウォルターと、顔を見合わせた。

だが、今は愛くるしい幼女と仔狼の姿になったヴァンパイアたちまで、揃って驚いた顔をしている。どうやら彼らも、オルドリシュカの性別を把握していなかったようだ。

困惑する一同に、ザハリアーシュはのんびりと言う。

「東の里では、一応十六で成人とはなっておりますが……。我ら人狼が性的に成熟する時期については、かなり個体差がありましてなぁ。特に、精神的な面にかなり影響を受けるのですわ。——まぁ、なんですか。いわゆる『初恋』というやつを経験せぬと、精神も肉体も、性的な意味での成熟をせんのです」

おお、とシュヴァルツが納得したようにうなずく。

「そういえば、そうであったな。いや、随分《ずいぶん》と幼い子どものような、男女のどちらともつかぬにおいがするとは思っていたが……」

「然《しか》り。この子は幼い頃から、ほかの子どもらと一緒に育てるのが難しいほど、飛び抜けて優秀な子でしてのぅ。仲間内の喧嘩《けんか》でも、幻獣討伐の腕でも、いわゆる負け知らずというやつですな」

さらりと孫自慢をしたザハリアーシュだったが、そこで少し困った顔になった。

「そのせいか、いつも男衆の中に当たり前のような顔でまざっておりましての。若いおなごらも、訓練中に汗もかかずに男衆をちぎっては投げるこの子に、随分《ずいぶん》と黄色い声を上げておりましたわ」

「……なるほど。身近な男たちがみなその娘より弱かったために、彼らを繁殖対象として認識できなかったということか。道理で、女のにおいがせぬと思った」

彼らの会話から、クリステルは状況をなんとなく理解する。

（なんて……っ、なんてお気の毒な……！）

いまだにうつむいたままのオルドリシュカに、深く同情せずにはいられない。

思わず、ほろりと泣いてしまいそうだ。

彼女は、幼い頃から男性たちと対等以上の関係を築いてきたのである。それが突然、仲間たちから色を含んだ目で見られるようになるというのは、そう簡単に受け入れられるものではないだろう。

彼女の精神が幼いままであるというなら、それは恐怖にすらなりえるのかもしれない。

そんなことを思っていると、オルドリシュカがぼそっと低い声で口を開く。

「自分より弱いヤツなんて、男じゃない」

微妙な沈黙が降りる。

これは、子どものわがままと断じるには、少々繊細《せんさい》な問題だろう。

特に、個々の強さを基盤とする、厳然とした序列社会を作るという人狼にとっては見過ごせまい。

さすがのシュヴァルツも、この手の話題はあまり得意ではないようだ。珍しく眉尻を下げ、困った顔をしている。

クリステルは、彼女と同い年の娘として、とりあえず話を聞いてみることにした。

「あの、オルドリシュカさま。少し、お話をうかがってもよろしいでしょうか？」

「……お話とはなんでしょうか？　クリステル殿」

少し落ち着きを取り戻したらしい。淡々と紡《つむ》がれる彼女の声は、実に耳に心地よい響きである。

クリステルはあやうく悶《もだ》えそうになったが、がんばってこらえた。

「はい。オルドリシュカさま。あなたは、次期族長の立場になられるのがおいやで、里を出てきたとうかがいましたが……。それは、ご自分より弱い殿方を婿に迎えるのが我慢ならない、という意味でしょうか？」

「……そう、ですね。父——今の族長が、伴侶も定まっていない半人前に次期族長の座を与えるわけにはいかない、と言うものですから」

その答えに、クリステルは首をかしげた。

なんだか、話の筋《すじ》が通っていない気がする。

そもそも、『次期族長になるのがいや』なのだろうか。それとも、『婿を迎えるのがいや』なのだろうか。

「でしたら、『次期族長になどならない、伴侶をお持ちのほかの誰かがその座に就けばいい』と宣言すれば、よい話ではございませんの？」

素朴な疑問に、オルドリシュカだけでなく、ザハリアーシュと、ようやく耳と尻尾をしまうのに成功したらしい人狼の少女も、揃って微妙な顔になる。

オルドリシュカは、感情を抑えた声で言った。

「残念ながら、そういうわけにもいかないのです。己《おのれ》のことをこのように言う恥は、重々承知しておりますが……。自分は、現在東の里に所属する人狼の中では、祖父に次ぐ力を持っております。今はあまりに若年《じゃくねん》ゆえ、祖父の隠居に伴い父がその座を継ぎましたが、自分が伴侶を迎えて一人前と認められたなら、すぐに族長として立つことを求められるでしょう」

つまり、と人狼の里から来た男装の麗人《れいじん》は続ける。

「最有力次期族長候補、というのは名ばかりのこと。自分が東の里の族長となるのは、里の者たちにとってはすでに確定事項なのです。……里を率《ひき》いる族長となるだけならば、自分も祖父の血を引く身。この年に至るまで、その覚悟がなかったわけではありません。

ですが——」

一瞬言葉を止め、オルドリシュカは心底いやそうに顔を歪《ゆが》めた。

「女が子を産める時期は限られているのだから、一日も早く伴侶を迎えて子を産み育てよ、と言われたのです。それが最も色濃く『大陸最強』である祖父の血を受け継いだ者の務めだ、と父をはじめとする親族らに迫られ——どれでも好きな子種を選べとばかりに、成人してすぐの子どもから父親よりも年上の男まで、毎日のように押しつけられたのです。男たちは次から次へと戦いを挑んできましたが、相手になるほどの者もおらず……。さすがに、嫌気がさしました」

「まぁ……」

クリステルは、にこりと笑う。

「それは、許せませんわね。……東の里のみなさまが、ザハリアーシュさまのことを、どれだけ神格化しているかは存じませんが」

オルドリシュカは、『大陸最強』の人狼に次ぐ実力を持つという。その力ゆえに、彼女を次期族長の座に据《す》えたいというだけなら、理解できなくはない。

トップに最も強い力を持つ者を据《す》えることは、その集団が生き残るために有効な手段である。

だが、人狼の里の者たちが彼女に求めているのは、強い力を持つ子を産み育てることのみらしい。

それは、オルドリシュカの人格もこれまでの努力も、すべて否定しているのと同じだ。

きっと彼女が男なら、その子を産みたいと願う女性たちが、自然と集まってきたのだろう。

常に命がけの真剣勝負となる出産という一大事も、本人が選んだこと――望んだ相手の子を腕に抱くためであれば、覚悟を持って迎えられる。

しかし、オルドリシュカに対する男どもは、なんと情けない連中揃いなのか。

「自分自身の力で、女性に己《おのれ》の子を産む覚悟を持たせられないような男たちが、一体何をおっしゃっているのでしょう。そんな腰抜けどもが『父親』になろうなど、まったく考え違いもはなはだしいですわ」

クリステルは、顔には穏やかな笑みを浮かべながらも、完全に冷めきった声で言った。

オルドリシュカの目が丸くなる。

そうやって驚いた顔をすると、印象がだいぶ幼くなった。

クリステルは、そんな彼女にゆっくりと言う。

「オルドリシュカさま。あなたは、現族長さまの二十八番目のお子だとうかがいました。

それだけご兄弟がいらっしゃれば、ザハリアーシュさまの血が絶える心配はございませんわ。この大陸は、とても広いですもの。あなたが夫君に迎えてもいいと思われる男性が、きっとどこかにいらっしゃいます。無理に東の里へ戻ることなどないのではありませんか?」

はぁ、とオルドリシュカが声をこぼす。その隣で、こちらはいかにも少女らしい風貌《ふうぼう》を持つツェツィーリエが、慌てた様子でぴょんと跳びあがる。

「そっ、そんな無責任なことをおっしゃらないでください、クリステルさま！　えぇ、正直なところを申し上げれば、オルドのことを、子どもを産む道具みたいに考えてる連中なんて、みんなまとめて去勢されてしまえばいいと思っておりますが！」

ふんわりとした印象の愛らしい少女が、ぐっと両手を握《にぎ》りしめる。

「求婚者の中には、真面目にオルドを想っている方も、ちゃんといらっしゃるんです！　オルドは、『大陸最強』の血を最も濃く受け継いだ女の子なんですよ⁉　そんな難攻不落の完全要塞みたいな彼女に、どれだけどつき倒されても立ち上がって向かっていく、雑草のような男性が！　この大陸がいかに広くとも、そうそういらっしゃると思いますか⁉」

クリステルは、反省した。

どうやら、オルドリシュカの強さは、こちらの想像以上のものだったらしい。

「……申し訳ありません。ツェツィーリエさま。少々、こちらの認識不足だったようです」

心から詫《わ》びると、ツェツィーリエは、はっと我に返った顔で慌てて頭を下げた。

「こっ、こちらこそ、大きな声を出したりして申し訳ありません！」

そんな彼女に、オルドリシュカが不思議そうな声で言う。

「ツェツィーリエ。おまえが、いまだに未熟な自分を心配してくれているのは知っている。だがな。自分より弱い男を、どうやって『オス』だと認識すればいいと言うんだ？」

「～～っ。それが、わかれば！　あたしはとっくの昔に、オルドのお眼鏡に敵《かな》うヒトを紹介してるよーっ!!」

ツェツィーリエが、再び声を高くする。どうやら彼女は、初恋もまだのオルドリシュカを、心から心配しているようだ。

クリステルは、ほっこりした。

(幼馴染《おさななじみ》というのは、本当にいいですわね。実に美しい友情です……なんて、のんびり考えている場合じゃありませんでしたわ)

ツェツィーリエはどんよりと肩を落とし、実に悲しげに嘆《なげ》く。

「せめて……せめて、ここまで完全な実力差ができてしまう前に、オルドが初恋を覚えてくれていたら……」

その言葉に、クリステルは首をかしげた。

「それは、どういう意味ですか？　ツェツィーリエさま」

彼女の問いかけに、人狼の少女が少し考えるようにしてから答える。

「あ、えと……。はい。先ほどザハリアーシュさまがおっしゃいましたが、あたしたち人狼は、初恋を覚えるまではあんまり男女の差が出ないんです。身体的にも、気持ち的にも。あたしは、子どもの頃に初恋を覚えました。なので、好みの男性を見たら恋をする、とまではいきませんけれど、普通に素敵だな、とは思います」

でも、とツェツィーリエが表情を曇《くも》らせる。

「いまだに初恋を覚えていないオルドには、まったくその感覚がないんです」

なるほど、とクリステルはうなずき、一応確認してみることにした。

線の細い美青年にも、凛々《りり》しい美少女にも見えるオルドリシュカに、おそるおそる問いかける。

「……あの、オルドリシュカさま。あなたが初対面の男性をご覧になったときに、真っ先に思うことはなんですか？」

「それはまぁ、まずはその相手に自分が勝てるかどうかを考えますね」

オルドリシュカが、なぜそんな当たり前のことを聞くのだろう、という顔で答える。

クリステルは、思わずツェツィーリエを見た。

小柄な人狼の少女がどこか虚《うつ》ろな、半笑いのような表情でうなずく。

「その……。族長さま方の弁護をするつもりは、一切ないのですけれど。このままでは、オルドは間違いなく一生恋を知らないままです。次期族長の問題は別にしても、ご親族のみなさまが焦られる気持ちも、わからなくはないと申しますか……」

ごにょ、と言葉を濁《にご》す彼女に、オルドリシュカがむっとした顔をする。

「だから、そんなことはどうでもいいと何度も言っているだろう。クリステルさまもおっしゃった通り、このメルヘンじじいの血を引く子どもなら、兄弟姉妹の誰かが産んでくれる。自分ひとりくらいその義務を放棄したところで、何も問題はないはずだ」

(ちょっと待ってください、オルドリシュカさまー！)

クリステルは、青ざめた。

たしかに彼女は、オルドリシュカに無理に里に戻る必要はないと言った。

しかしそれは、一生初恋を知らずに生きていってほしいという意味ではない――と思ったところで、クリステルは、あら？　と首をかしげる。

クリステル自身、幼い頃から厳しい王妃教育を受け続けてきた身だ。

彼女が将来嫁《とつ》ぐのは『次代の王』だと決まっていた。

その相手が誰であろうと、『次期国王』の座を己《おの》が力で掴み取ったものが、彼女の夫。

そこに、恋愛感情などというものは介在しない。

(……うん。わたしは、ウォルターさまに恋をしているわけではないわよね)

今のクリステルは、婚約者であるウォルターに対し、自分でも制御しがたい感情を抱いている。とはいえ、さすがにこれを『恋だ』と称するのは、世の恋する乙女たちに失礼だと思う。

友人のセリーナが婚約者のロイに向けているのは、間違いなく恋心であろう。彼女は、相手の姿を見ているだけで幸せでたまらないという想いや、プライベートな時間はできる限り彼と過ごしたいという願いを抱いている。

そういった乙女ちっくな衝動を、クリステルは持ち合わせていないのだから。

おそらくこれは、子どもじみた独占欲の発露《はつろ》だろう。

ウォルターがあんまり自分に優しくしてくれるから、それが嬉しくて幸せだから、ほかの誰にも渡したくないのだ。

それだけの、幼稚なわがまま。

きっと、優しくしてくれるのがウォルター以外の誰かだったとしても、クリステルは同じようにその優しさを失いたくないと思ったはずだ。

自分の存在を肯定してくれる相手にそばにいてほしいと願うのは、人間として当たり前の感情だと思う。それが、精神的に未熟な子どもであるなら、なおのこと。

家庭教師たちは、クリステルに『国王が愛妾《あいしょう》を迎えたときの王妃としての対処法』をいくつも教えてくれた。

彼らは、口を揃えて言ったものだ。

国王を最も側近くで支える者として、何が起ころうとも常に冷静にあれ——と。

クリステルは、思わず頬に手を当てた。

（……あらやだ。よく考えてみたら、わたしも『初恋』なんていう甘酸っぱいもの、経験したことがありませんわ）

前世の記憶にあるのは、オタク魂《だましい》が愛したアニメや漫画の情報ばかり。今世だけでなく、初恋の思い出なんてないのである。

『恋愛感情』は、クリステルにとって一生縁がないと思っていたものであり、非常に遠いものだった。

むしろ、意識的に避けてきたと言ってもいい。

夫である『国王』に恋心を抱いたりしては、自《みずか》らの責務を果たす妨《さまた》げになりかねないのだから。

かといって、夫以外の男性に恋をするなど、クリステルは考えたこともなかった。

(だって、面倒くさいもの)

クリステルの知る限り、恋愛感情というのは『キスやセックスといった、肉体関係を前提とした特定の個人に対する執着』と定義することができるはずだ。

政略結婚で定められた夫婦が、それぞれ愛人を抱えるのは珍しいことではない。

しかし、恋愛感情を国王以外の男性に抱いたりしては、彼女自身の『目指せ！　ギーヴェ公爵家の名に恥じない、立派な王妃！』というアイデンティティが崩壊してしまう。

想像するだけで、ため息が出るほど鬱陶《うっとう》しい。

そして、そんな一生恋愛とは無縁である予定のクリステルが、不幸なのかと問われれば、断じて否《いな》だ。

ウォルターが、彼女が一生を捧《ささ》げるに足る『王』にふさわしい青年であることは、今までに彼自身がその言葉と行動で証明してくれた。

将来、彼との間に新たな家族が得られるかどうかは、わからない。でも、心からクリステルを愛してくれている家族ならば、すでにいる。

これ以上の幸福を望んだら罰が当たるのではないかと思うほど、自分が恵まれた人生を歩んでいることを、クリステルはきちんと理解していた。

そんなことを考えていた彼女を、オルドリシュカが振り返る。

「クリステル殿。自分は、あなたの言う通りだと思う。族長が自分に伴侶を選ぶように言ってから、もう半年になる。だが、いまだに『こいつの子なら産んでもいい』と思える男は現れていない。ならば、自分の相手は里にいないということなのでしょう。――祖父に頼み、族長のふざけた命令を撤回させられるなら、それでいいとも思っていました」

ですが、とオルドリシュカは、まっすぐにクリステルを見た。

「先日、自分が油断しきっていたときのことだったとはいえ、ウォルター殿下の側近候補筆頭の方は、一瞬で自分を制してみせた。世の中は、広い。まさか人間の中に、自分の喉《のど》に剣を突きつけられる者がいるとは、想像したこともなかった。本当に、驚きでした」

「まぁ……。そんなことがありましたの？」

クリステルは、目を丸くする。

『大陸最強』の人狼の血を引く彼女が、一体どれほどの実力を持っているのかは定かではない。

だが、一般的に人間というのは、人狼よりも遥かに弱い種族だ。

その人間に後《おく》れを取ったというのは、オルドリシュカにとって相当の衝撃だったに違いない。

ウォルターの側近候補筆頭ということは、彼女が言っている人物はカークライルだろう。彼は、初対面の相手となぜそんな物騒なことになったのか。

不思議に思い、事情を知っているだろう婚約者に問いかけようとしたとき、ツェツィーリエがひび割れた声を上げた。

「オルドの、喉《のど》に……剣を、突きつけた……？」

（うひぃ!?）

見れば、少女の目が大きく瞠《みは》られており、そのまま瞬《まばた》きを忘れたようにウォルターを映している。

その眼力にクリステルはどん引きしたが、ウォルターは至って冷静な様子であった。

婚約者の肝《きも》の据《す》わり具合を目の当《ま》たりにし、クリステルは改めて『この人が自分の王でよかった』と思う。

それはさておき、ツェツィーリエはオルドリシュカのことを、ひどく大切にしているようだ。

もしや、オルドリシュカにウォルターの側近がしたことを知り、怒りに震えているのだろうか――とも思ったが、それにしてはなんだか様子がおかしい。

ツェツィーリエは神妙な様子で片手を上げ、口を開く。

「あの……それって、あのときウォルター殿下と一緒にいた……黒髪の、ちょっと性格が悪そうだけど、そのぶんやたらと頭が切れそうな感じの方ですよね……？　たしかお名前は、カークライル・フォークワースさまと……」

「はい、そうです」

ウォルターが、彼女の正直すぎるカークライルに対する評価を、まったく逡巡《しゅんじゅん》せずに肯定する。

「ですが、カークライルがオルドリシュカ殿の喉《のど》に剣を突きつけたのは、私を守るという彼の義務を果たしただけのことです。ツェツィーリエ殿。もし女性に剣を向けたことをお怒りなのでしたら、すべて私が承《うけたまわ》ります」

「あ、それはいいんです。あのときのオルドを見て、人間の方が女の子だとわかるわけがないですすし。というより、そんなことになったのも、どうせ寝ぼけたオルドがおふたりに殴りかかったか、蹴りかかったかしたからでしょう？」

愛らしい少女が、やけにキリッとした顔で言う。

どうやら図星だったらしく、オルドリシュカが彼女から目を逸《そ》らした。

そんな幼馴染《おさななじみ》の様子をまったく意に介さないまま、ツェツィーリエはウォルターに問う。

「ウォルター殿下。もし差し支えなければ、カークライルさまについて少々教えていただけませんか？　彼のお年をうかがっても？　カークライルさまには、将来をお約束した方はいらっしゃるのでしょうか？　ご趣味は？」

矢継《やつ》ぎ早《ばや》に向けられる質問に、ウォルターが珍しく引いた顔になる。

クリステルは、困惑した。

もしやツェツィーリエは、オルドリシュカの喉《のど》に剣を突きつけたという一件だけをもって、カークライルに希望を見出《みいだ》したのだろうか。

（たしかにカークライルさまは、ウォルターさまの側近候補筆頭で、文武ともに大変優れた方でいらっしゃいますけれど。『大陸最強』の人狼の血を引くオルドリシュカさまよりお強いというのは……さすがにちょっと、考えられないのではないかしら）

ツェツィーリエが言っているのが、ウォルターであればまだわかる。

クリステルの婚約者は、自他ともに認める『化《ば》け物《もの》レベル』の力を持つ人間だ。

彼は以前、ドラゴンの友である一角獣と、対等以上の戦いをしてみせた。四対一だったとはいえ、純血のヴァンパイアであるソーマディアスを制したこともある。

だが、カークライルがいくら優秀な人材と言っても、さすがにそんな化《ば》け物《もの》じみた芸当はできないはずだ。

同じ学《まな》び舎《や》で、何度も彼と手合わせをしたことがあるからこそ、知っている。彼の戦闘能力は、クリステル自身とさほど変わらない。

おそらくウォルターも、クリステルと同じような結論に達したのだろう。

ぐいぐい迫ってくる少女に、軽く片手を上げて応じる。

「ツェツィーリエ殿。少し、落ち着いていただけませんか？　たしかにあのときカークライルは、オルドリシュカ殿の喉《のど》に剣を突きつけました。しかしそれは、あなたがおっしゃる通り、彼女が少々寝ぼけていらしたからです。通常の状態であれば――オルドリシュカ殿があのとき狼の姿に変じていれば、とてもそんなことはできなかったでしょう」

そんな彼の言いぶんに応じたのは、オルドリシュカ本人だった。

「いいえ、ウォルター殿下。たとえどのような状況にあろうとも、自分があの方の剣を避《よ》けられなかったのは、事実です。戦士たるもの、あとになってから己《おのれ》の敗北に見苦しい言い訳をするつもりはございません」

そう言った彼女の姿勢は、実に清々《すがすが》しい。

それはよいことだが、どうやら初恋がまだのオルドリシュカには、空気を読むスキルが搭載されていないようだ。

ツェツィーリエが、ここぞとばかりに彼女に畳みかける。

「そうだよね⁉　オルドは、カークライルさまに負けたんだよね⁉」

「うむ。人間たちが美しい剣技を使うというのは、知っていたが……。彼の剣捌《さば》きは、実に見事だった。あれには、つい見とれてしまったぞ。あちらにまるで殺気がなかったというのもあるが、変身するのを忘れてしまったくらいだ」

クリステルは、思わずウォルターと顔を見合わせた。

獣《けもの》型になれば、人狼たちは鋭《するど》い牙《きば》と爪を持つ。それゆえ彼らには、敵と対峙《たいじ》したときに『剣を振るう』という概念がないと聞いている。

彼らはどんな武器を携行していようとも、変身してしまったら道具を扱うための器用な指をなくしてしまうのだ。

それに彼らは、獣《けもの》型であっても言葉を操《あやつ》り、高度な呪文《じゅもん》を難なく紡《つむ》いで魔術を発動させることが可能なのである。

中距離・遠距離にいる敵であれば魔術で片をつければいいし、近距離であれば拳《こぶし》、あるいは牙《きば》と爪にものを言わせればいい。

当然ながら、人型と獣《けもの》型なら、獣《けもの》型でいるときのほうが圧倒的に機動力が高い。

そのため、彼らが本気で戦闘行動に入る際には、獣《けもの》型になるのだという。自《みずか》らの肉体そのものが、立派な近距離戦用の武器を備えている彼らにとって、剣など無用の長物《ちょうぶつ》なのだろう。

そんな彼らの目に、人間たちの鍛《きた》え上げられた剣技が物珍しいものだと認識されるのは、不思議ではないかもしれない。

けれど、と若干《じゃっかん》困惑しながら、クリステルは人狼の少女たちを見る。

なんだか、彼女たちの会話が、段々おかしな方向に話が進んでいっている気がしてならない。

ツェツィーリエは大きな目を潤《うる》ませ、そっと両手を組み合わせている。

まるで、神に祈りを捧《ささ》げているようだ。

「そう……。そうだよ、オルド。男の人の価値は、強さだけじゃないんだよ」

彼女はそう言い、ぐりんと首から上だけを動かしてクリステルとウォルターを見た。

(ひぃ……っ!?)

先日から、ホラー的な要素に若干《じゃっかん》弱くなっているクリステルは、あやうく悲鳴を上げそうになる。

ツェツィーリエは、次《つ》いで体ごとふたりに向き直ると、真摯《しんし》な眼差《まなざ》しで口を開いた。

「ウォルター殿下。クリステルさま。あたしたちと、お友達になっていただけませんか？」

は？　と人間ふたりは目を丸くする。

「オルドは『大陸最強』の人狼の血を引く、現在の東の里で最強の人狼です。その側仕えとして育てられたあたしも、そんじょそこらの者たちに後《おく》れを取るような鍛《きた》え方はしておりません。もしあなた方があたしたちの力を必要とすることがあれば、何を置いても駆けつけるとお約束します」

「おい、ツェツィーリエ？　一体何を――」

困惑した顔で声をかけるオルドリシュカを、ツェツィーリエが目を細めて振り返った。

「オルドは、すっこんでいて」

「……ハイ」

オルドリシュカはすっこんだ。

彼女たちの力関係は一体どちらが上なのだろう、とクリステルは疑問を抱く。

ツェツィーリエは、改めて人間たちに向き直る。

「お願いです、ウォルター殿下。クリステルさま。あたしは長い間、オルドのそばで、彼女のことを見ていました。ですが、彼女が男性に対して素直に敗北を認めたり、ましてや『見事』だとか『美しい』といった好意的な反応を見せたりするなんて、本当にはじめてのことなんです！」

その迫力に、珍しくウォルターが気圧《けお》されているように見えた。

（まぁ……。この手の話題で、男性が女性に勝てるわけがありませんわよね）

クリステルは、ここは女同士のほうが話は早かろう、と交渉役を買って出る。

ついでに、ちらりと人外生物たちのほうを見てみた。フランシェルシアは、仔狼に化《ば》けたソーマディアスを抱っこしたまま、ソファでうたた寝をしている。

シュヴァルツとザハリアーシュはといえば、すっかり意気投合したのか、いつの間《ま》にかスイーツを食べながら談笑していた。

「人狼の御仁《ごじん》。こちらのプディングは、大人向けに薫《かお》り高いリキュールを使っていてな。クレープのソースに使われているオレンジと、実に相性がいい」

「ほほう。ドラゴン殿のおすすめとあれば、試さないわけにはまいりませんな。それでは、ひとついただきましょうかのう。……おぉ、これは素晴らしいですなぁ」

――シュヴァルツはザハリアーシュを、自身と同じスイーツ好きの道へ誘いこもうとしているようだ。

クリステルとしても、自分たちが彼らに提供しているスイーツを他種族の方に褒められるのは、実に光栄なことである。

そのときクリステルはふと小さな予感を覚えたが――今は、年長者同士の付き合いに気を取られている場合ではない。

ひたと自分たちを見つめている人狼の少女に、向き直る。

「……ツェツィーリエさま。あなたがわたしたちとお友達になりたい、とおっしゃってくださるのは、とても嬉しいです。けれどそれが、『改めてあなた方にカークライルさまを紹介せよ』という意味なのでしたら、大変申し訳ないのですがお受けいたしかねます。あの方は、ウォルターさまの大切なご友人。これからのこの国にとって、なくてはならない方なのです。人狼の里の、次期族長さまの婿に差し上げるわけにはまいりません」

クリステルがきっぱりと言うと、ツェツィーリエは一瞬きょとんとした。そしてすぐに、わたわたと落ち着きなく両手を動かしだす。

「え、あの、えっと、すみません！　そこまで一足飛びに、最終目標まで突っ走るつもりはなくてですね！　ただちょっともう、里の男性陣のオルドへの求愛行動が、すべて『オレが勝ったら、おまえの婿にしろ！』なものですから……！　まぁ、それもオルドが『自分より弱い男を男とは認めん』と公言しているからなんですけど」

慌てた様子で言ってから、人狼の少女がどんよりと肩を落とす。

クリステルは不思議に思って首をかしげた。

「人狼の里のみなさまは、個々の強さを基準として、強固な序列社会を形成すると聞いておりますが……。伴侶を選ぶ際には、その序列関係は適用されませんの？」

彼女の言葉に、ツェツィーリエは苦笑を浮かべる。

「まぁ……、まったく関係がないとは言いません。実際、幻獣討伐に出る際には、下位の者は上位の者に絶対的に従うべきとされていますし。けど――」

一度言葉を止め、ツェツィーリエはオルドリシュカを見た。

「恋愛や結婚にまで、そんな脳みそが筋肉でできているようなことを適用するのは、今ではうちの里――というか、オルドの周りだけじゃないでしょうか？　最近の若い人狼は、みんな相手の外見や性格を好ましいと思うかどうかで、番《つが》う相手を選んでいますよ」

つまりそれは、オルドリシュカがザハリアーシュの血を色濃く継いだばかりに、彼女に突撃してくるのがそういった者たちばかりになったということだろうか。

クリステルは、そっとため息をつく。

「……つくづく、お気の毒なことだとは思いますけれど。それが、オルドリシュカさまとカークライルさまを引き合わせることに、どう繋がりますの？」

「はい！　先日はじめてお会いしたとき、ウォルター殿下とカークライルさまは、大変紳士的にあたしたちをお世話してくださいましたから！　おふたりのように、柔らかな物腰で丁重に接してくださる男性は、今までオルドの周りにはいなかったんです！」

なんとなく、話が見えてきた。

「なるほど。つまり、ツェツィーリエさまは、カークライルさまという紳士的な男性と親しく接することで、オルドリシュカさまに学んでいただきたい、ということですか？　男性の魅力《みりょく》が『強さ』だけではないのだ――と」

たしかに、同族の中でぶっちぎりに強い少女――しかも、幼い頃から価値観のほとんどを『強さ』で占められていた彼女である。それ以外の価値観を示してあげるのが、異性の魅力《みりょく》に目覚めるための、はじめの一歩であるのかもしれない。

話題の中心であるオルドリシュカは、若干《じゃっかん》困り顔だ。

しかしツェツィーリエはまったく気にせず、クリステルに向かって力強くうなずく。

「はい！　できることなら、ウォルター殿下にもお願いしたいところなのですけど、いくらオルドがこんなのでも、それはクリステルさまがご不快でしょう？　……あ。そういえば、カークライルさまには決まったお相手は……？」

「いえ。今のところは、いらっしゃいませんが……」

ツェツィーリエが、ぱぁっと顔を輝かせる。

そんな彼女に、オルドリシュカは不思議そうな表情で口を開く。ツェツィーリエに『すっこんでろ』や『こんなの』と言われたことは、まったく気にしていないらしい。

「ツェツィーリエ。ウォルター殿下とカークライル殿が、里の男たちとは比べものにならないほど紳士的で落ち着いた男性だということは、自分もすでに知っている。なのになぜ、今更そんなことを言う？」

その問いかけに、ツェツィーリエはきりっと眼光を鋭《するど》くして相手を振り返った。

非常に重々しい声で、彼女は言う。

「オルド。知っていることと、理解していることは、別なのです。いいから、黙ってすっこんでいなさい」

「……ハイ」

クリステルには、なんだかツェツィーリエがオルドリシュカの姉に見えてきた。

とはいえ、ツェツィーリエが自分たちに――カークライルに何を求めているのかは、おおむねわかったと思う。

要は、新たな価値観の指南役だ。

今のままでは、オルドリシュカは非常に偏《かたよ》った価値観の中で生き続けることになる。

それは、彼女の幼馴染《おさななじみ》であり、おそらく親友とも言える立場にあるツェツィーリエには、とても許容できることではないのだろう。

クリステルとしては、同じ年頃の少女として、彼女たちに協力してあげたいと思う。

だが、カークライルはウォルターの友人にして大切な臣下である。

加えて、ウォルターの『婚約者』でしかないクリステルには、彼に何かを命令する権利はない。

さてどうしたものか、と隣のウォルターを見る。

彼は、いつの間《ま》にか半歩下がって通信魔導具を手にしていた。ひどく複雑そうな表情を浮かべているが、そこに緊迫感はない。

彼は片手を上げてクリステルに少し待つように示すと、通信魔導具に向けて口を開いた。

「――それで、そのご令嬢が交流会に参加できなくなったから、おまえも参加を見合わせると？」

ウォルターが設定をいじったのか、通信の相手の声がはっきりと響く。

『ああ。一応、候補だった中から、何人か検討し直してみたんだがな。残念ながらどのご令嬢も、迂闊《うかつ》に接触したらあとで厄介なことになりそうだ。悪いが、今回は裏方に徹するよ』

話題のカークライルの声だった。相変わらずの素晴らしい美声である。

それはさておき、なんというタイミングのよさだろうか。

話の内容から察するに、彼のパートナーとなるはずだった女生徒に、なんらかのトラブルがあったようだ。

ウォルターの側近候補筆頭であり、なおかつ、いまだに婚約者のいないカークライル。彼は、決まった相手のいない貴族の娘たちにとって最上級の獲物――もとい、将来の旦那さま候補である。

余計な面倒事を避けるべく、彼が毎年パートナーに選んでいたのは、学外に相思相愛の婚約者がいる女生徒だ。

今年も、そんな女生徒のひとりに申し込んでいたはずだが――この様子では、カークライルが学生生活最後の交流会に参加するのは、難しいかもしれない。

貴族の子弟は、女性をエスコートできるようになって、はじめて一人前と認められる。ウォルターの側近候補筆頭というカークライルの立場で、エスコートするパートナーなしに会場入りするのは、あまりに外聞が悪すぎだ。

（せっかくここまで、なんのトラブルもなく準備を進めてきましたのに……）

こういったイベントに、ひとりだけ参加できない仲間がいるというのは、なんとも寂しい。

クリステルがしょんぼりしていると、ウォルターが少し考えるようにしてから口を開いた。

「……カークライル。今回の交流会には、特例で外部の人間の参加を認めている。そして、その許可を出しているのは、学生会長であるこの俺だ」

『あ？　って、おまえまさか――』

そのまさかだ、とウォルターはオルドリシュカを見ながら通信魔導具に向かって言う。

「幸い、外部からお招きする客人には、こちらで用意した仮面をつけていただくことになっているからな。今回の交流会に出資してくださった女性を、俺の側近候補筆頭であるおまえがエスコートしても、誰も文句は言わんだろう」

彼の意図を理解したクリステルは、ぱっとシュヴァルツのほうを振り返った。

ドラゴンの化身《けしん》は、見た目は白皙《はくせき》の美青年である人狼老人とまったりティータイムを楽しんでいる。彼女の視線に気づいたシュヴァルツが、振り返って口を開く。

「どうした？　クリステル」

「シュヴァルツさま、お願いがございます。これからいくつかドレスのデザイン画をご用意いたしますので、オルドリシュカさまのサイズに合わせてそれらを作っていただけませんか？」

シュヴァルツはかつて、クリステルを誘拐《ゆうかい》した際、彼女のために着心地のいい衣服を大量に用意してくれていた。彼女の大雑把な指示だけで、土鍋を作ってくれたこともある。

そんな彼の卓越した魔術なら、ドレスの数着くらいすぐに作ることができるだろう。

期待通り、黒髪のドラゴンは鷹揚《おうよう》にうなずいてくれた。

「あぁ、構わんぞ」

「ありがとうございます！　シュヴァルツさま！」

クリステルがシュヴァルツに礼を言ったところで、ウォルターもカークライルとの通信を切った。

彼は、にこりと笑ってオルドリシュカに言う。

「お聞きになった通りです。オルドリシュカ殿。先ほどツェツィーリエ殿は、我々があなた方の力を必要とすることがあれば、何を置いても——とおっしゃってくださいました。さっそくで申し訳ありませんが、あなたにはカークライルのパートナーとして、二日後のダンスパーティーに参加していただきます」

「……二日後？　ダンスパーティー？」

オルドリシュカが、ぽかんとして目を丸くする。

そんな彼女に、クリステルはにこりと笑った。

「ご心配なく、オルドリシュカさま。ドレスはシュヴァルツさまがご用意してくださいますし、そのほかに必要なものも、すべてこちらで手配いたします」

「は？　ちょ、待ってください、おふたりとも！　自分は今までダンスなど――ごふっ」

慌てふためくオルドリシュカの背中を、ツェツィーリエが勢いよく平手で叩いた。オルドリシュカは前かがみになり、悶絶《もんぜつ》する。

華奢《きゃしゃ》な少女に見えても、さすがは人狼。見事な威力である。

ツェツィーリエは、オルドリシュカをじっと見つめた。

「オルド。世の中、ギブアンドテイクなの。何かを得るためには、必ずそのための対価を支払わなければならないのよ。……だからね？」

そう言って、ツェツィーリエは優しげに笑う。

「黙って、やれ」

「……ハイ」

オルドリシュカは、うなずいた。

そんな彼女たちを見たクリステルとウォルターが、他人事のように「それでいいのか？」と思ったとき――

「く……っ、ぶはーっははは！　オルドリシュカ！　おまえがドレスを着て、ダンスとな⁉　ふひゃひゃひゃひゃ、これはまた、里のみなに愉快な土産話《みやげ》ができたもんじゃー！」

白皙《はくせき》の美青年姿の老人が、腹を抱えて笑い転《ころ》げはじめた。

オルドリシュカは、冷めきった表情でそんな祖父を眺めている。

クリステルとウォルターは、なんとも言いがたい思いでツェツィーリエを見た。

どこか虚《うつ》ろな目をして、人狼の少女はぼそりと言う。

「……おふたりとも。オルドがこんなふうに育ってしまった理由を、察していただけましたか？」

クリステルは、おそるおそる彼女に問うた。

「まさか、周りにいるみなさまがあのような……？」

ザハリアーシュは、いまだに腹を抱えてぷるぷると震えながら笑っている。呼吸さえ苦しげだ。まったくもって、デリカシーのかけらもない。

年頃の少女が、しかも可愛い孫娘がドレスを着るところを想像して、呼吸困難に陥《おちい》るほど笑い転《ころ》げるとはあんまりだ、とクリステルは思う。

ツェツィーリエは、ぼそりと言った。

「少なくとも……オルドの身近にいる男性は全員、ザハリアーシュさまと同じ反応をすると思います」

「……ツェツィーリエさま」

クリステルは、そっと人狼少女の手を取る。

こうして『お友達』になった以上、彼女たちを傷つける者は、クリステルの敵だ。

「お約束しますわ。わたしはこれから全力で、オルドリシュカさまを素敵なレディにしてみせます。美しいドレスを着て楽しむのは、女性の特権ですもの。その楽しみを笑うような甲斐性なしの男性など、せいぜい奥方に逃げられて、ひとり寂しい老後を過ごせばよろしいのですわ」

「クリステルさま……」

ツェツィーリエの瞳が、ぶわりと潤《うる》む。

「……お嬢さんや。それは、わしのことかの？」

笑いの発作が止まったらしいザハリアーシュが、恨《うら》みがましげな目でクリステルを見る。

にこりと笑って、彼女は答えた。

「あら。そう聞こえなかったでしょうか？」

ぐっと言葉に詰まったザハリアーシュに、シュヴァルツが眉をひそめて言う。

「人狼の。今のは、そなたが悪かろう」

さすがは、ジェントルなドラゴンさまである。デリカシーの欠如《けつじょ》した人狼老人には、ぜひもっと言ってやっていただきたい。

ザハリアーシュはむぅと顔をしかめる。そして、若干《じゃっかん》困惑した顔でオルドリシュカを見た。

――彼自身に、大変よく似た孫娘を。

それから再びシュヴァルツを振り返り、口を開く。

「ひょっとして、わしもドレスを着たら似合うんじゃろうか？」

どうやらこの人狼の老人は、クリステルたちが思っているよりも遥かに、フリーダムな精神の持ち主らしい。

たしかに、ザハリアーシュとオルドリシュカは、祖父のほうが頭ひとつ分身長が高いことを除けば、大変よく似た姿をしている。ふたりとも色白でなめらかな肌をした、中性的な美貌《びぼう》の持ち主だ。

これだけきれいな顔立ちをしていれば、きちんとドレスを着て薄化粧を施《ほどこ》すだけで、おそらく目が覚めるほどの美女になるに違いない。

……正真正銘《しょうしんしょうめい》美少女であるオルドリシュカだけではなく、その正体は大変いい年をした老人であるザハリアーシュも。

(たとえ中身は老人でも、ザハリアーシュさまの見た目は絶世の美青年ですし……。しかも、女装してもまったく違和感のなさそうな、中性的な超絶美人。なんですの？　これは、わたしに萌《も》えろという天の啓示ですの？)

中性的な美形の女装に萌《も》えないオタクを、クリステルは知らない。

クリステルはそのとき、彼らに揃いのドレスを着せて並べてみたいと心底思った。

しかし、そんなオタク魂《だましい》の滾《たぎ》りとはまったく無縁のシュヴァルツは、真顔で淡々とザハリアーシュに言う。

「すまんが私は、男のためにドレスを作る趣味はない」

「なんじゃー。ドラゴン殿は、意外と頭が固いのう」

ほっほ、とザハリアーシュが笑う。

……とりあえずクリステルは、彼に合うサイズのドレスを作ってほしいとシュヴァルツに頼みたくなったのは、黙っておくことにした。

クリステルがオルドリシュカのために考えたドレスのデザインは、彼女の凛《りん》とした雰囲気を引き立てる、大人っぽいものだ。

幸い、今回彼女は交流会の出資者に身分を偽《いつわ》って参加する。すなわち、それだけの財力がある大人の女性に扮する必要があるのだ。

多少、十七歳という彼女の年齢にはそぐわないものであったとしても、問題はない。

何より、すらりと背が高く姿勢のいい彼女には、装飾はあまりない、シンプルで落ち着いたデザインのドレスがよく似合う。

オルドリシュカの髪は、光の加減によって黒にも銀にも見える不思議な色だ。

この髪も、若い頃のザハリアーシュにそっくりなのだという。

しかし残念ながら、この国で流行しているドレスは、華やかに結《ゆ》い上げた髪型と合わせるもの。丁寧に手入れされた女性の長い髪は、上流階級の装いには必須である。

男性と見紛《みまが》われるかもしれないショートカットは少々不向きだ。

特に、あまり奇抜な『遊び』が許されない成人女性に扮するとなれば、よけいな冒険はしないほうが無難だろう。

そのため、オルドリシュカには、シュヴァルツが作ってくれたウィッグをつけてもらうことにした。

……なんだか最近、『困ったときのシュヴァルツ頼み』がクセになってしまっている気がする。

だが今回、ザハリアーシュと最初に接触し、人狼たちとの縁を作ったのは彼なのだ。

多少の助力を請《こ》うのは許していただきたい。

そんなシュヴァルツと同じ立場ではあるが、フランシェルシアは責任能力のない五歳児なので、ただ健《すこ》やかにあればそれでいい。


ウォルターが、オルドリシュカにカークライルのパートナーとなることを要請してから、二時間後。

ギーヴェ公爵家別邸のメイドたちは、人狼の里の次期族長（暫定）を、頭の先から足のつま先まで見事に磨き終えていた。

この別邸は元々ギーヴェ公爵家の先祖が、激務で疲弊《ひへい》した心身をリフレッシュさせるために造ったものである。広々とした敷地の景観のよさはもちろん、最大の自慢は豪奢《ごうしゃ》極まりない入浴設備だ。

女性用の浴室には、常にいい香りのする湯がたっぷりと満たされた浴槽がある。しかも、湯には肌を美しくする効能があるのだ。

そして、ギーヴェ公爵家のメイドたちは、みなとても優秀である。

彼女たちは、主家の娘であるクリステルの命令ひとつで、突然現れた異国の少女をぴっかぴかにしてくれた。

オルドリシュカの髪も肌も、元々とても美しいものだ。

その上、今の彼女はまさに『一皮剥《む》けた』状態だ。さらさらの髪は一層の艶《つや》を増しているし、風呂上がりでほんのりと上気した肌もきめ細かく整えられている。

少し意外だったのは、オルドリシュカの胸にそれなりのボリュームがあったことだ。

普段は、動くのに邪魔にならないよう胸をサラシで押さえているのだという。

初恋を経験していない人狼は、心身ともに性的な成熟をしないと聞いた。

最初は青年と見紛《みまが》うほどのスレンダー体型に見えたこともあり、てっきり彼女の体は女性らしい膨《ふく》らみをほとんど備えていない、とクリステルは思っていたのだ。

不思議に思って尋ねてみると、ツェツィーリエはけろりと「いくら図体ばかり大きくなっても、オルドはまだ子どもを産めないオコサマですよ」と答えてくれた。

どうやら人狼は、外見の成長具合とその成熟度が、必ずしも比例するわけではないらしい。

この辺については、人間の少女たちも非常に個人差の出るところであるし、そんなものかと納得する。

それはさておき、突然見知らぬ人間たちによってたかって風呂に入れられ、全身を磨き上げられたオルドリシュカは、ひどく憔悴《しょうすい》した様子だ。

「……あの。クリステルさま」

「はい。なんでしょうか？　オルドリシュカさま」

男子禁制とした一室にあるソファに、彼女はふかふかのバスローブ姿でぐったりと横たわっていた。なんだか、飼い主に無理矢理シャンプーをされた大型犬を思わせる。

「いろんなにおいを嗅ぎすぎて、鼻が完全にバカになりました……。人間の女性は、いつもこんな大変なことをなさっているんですか？」

オルドリシュカの問いに、クリステルは笑って答えた。

「そんなことはございませんわ。オルドリシュカさま。毎日こんなことをしていたら、さすがに体が持ちませんもの。今からドレスを試着していただくので、それにふさわしい最高のコンディションになっていただいただけです」

「……はぁ」

今頃シュヴァルツが、クリステルがざっと描いたドレスのデザイン画を元に、それらを作り上げてくれているはずだ。

厳しい王妃教育の中に『絵画』の授業があってよかった、とクリステルはつくづく思う。

クリステルが今まで目にしてきたドレスの中から、オルドリシュカに似合いそうなものを選び、それに若干《じゃっかん》の前世知識を加味してデザイン画を描いたのだ。我ながら、な

かなかいい感じであった。

しかし、それを着る予定の彼女は、相変わらず状況をよくわかっていない様子である。

「あの、クリステルさま。先ほども言いましたが、自分はダンスの経験などありません。その、ウォルター殿下がおっしゃるダンスパーティーというのが、どんなものかは存じませんが……。そこに自分のような者が参加しても、パートナーとなるカークライルさまが恥をかかれるだけなのではありませんか？」

オルドリシュカのもっともな疑問に、クリステルはうなずく。

「そうですわね。普通のダンスパーティーでしたら、オルドリシュカさまのおっしゃる通りだと思います。ですが今回は幸い、あなたと同じように、ダンスなどほとんど経験したことのない少女が大勢参加する予定ですの。あなたが多少ステップを間違ったとしても、それを見咎《とが》める者などおりませんわ」

その答えに、人狼の少女はがっくりした顔になる。獣耳《けものみみ》が出ていたとしたら、きっとへにょっと伏せられていただろう。

「……やっぱり、一度はダンスを踊らなければならないんですね」

あまりに意気消沈《いきしょうちん》した様子に、クリステルは首をかしげた。

「人狼の里でも、ダンスがあると聞いたことがあるのですが、そんなに難しいステップですの？　わたしたちがはじめの一曲で踊るダンスは、さほど難しいものではないのですけれど……」

少なくとも、クリステルがこれからオルドリシュカに教えようとしているダンスは、そう難度が高くない。単純ないくつかのステップを組み合わせたものだ。

人狼である彼女の運動神経は相当いいはずだし、きっとすぐに覚えられるのではないかと思う。

そんなクリステルの疑問に答えたのは、ツェツィーリエだった。

「えぇと……。実際に教わってみないことには、あたしたちのダンスと人間のダンスのどちらが難しいかはわからないんですけれど。オルドは今までずっと、男性側のパートしか踊ったことがないものですから……」

「はい？」

首をかしげたクリステルに、栗色の髪をした人狼の少女は、どこか言いにくそうに続ける。

「その、ですね。オルドは半年前に族長から『婿を取れ』と命令されるまで、本当に女の子たちから大人気だったんです。この見た目ですし、『大陸最強』の後継者ですし……。性格は子どもの頃からちょっとぼんやりさんでしたけど、悪くはありません。そのせいで、女の子たちはみんな、オルドが男の子だったらよかったのに、っていつも言っていました」

なるほど、とクリステルはうなずく。

男装の麗人《れいじん》が大好物なお年ごろの少女は、世界と種族を問わず存在するらしい。

しかし、ツェツィーリエがオルドリシュカを評した『ぼんやりさん』とは、一体どういうことなのか。

まだほんの数時間の付き合いだが、クリステルから見たオルドリシュカは、凛《りん》とした男装の麗人《れいじん》だ。

そんな彼女の疑問を感じ取ったのか、ツェツィーリエがにこりと笑ってクリステルを見る。

「クリステルさまも、オルドの見た目に惑わされないでくださいね。見た目がこんなであまり口数も多くないから、もしかしたら思慮深そうにも見えるかもしれません。でも、黙っているときのオルドが考えていることなんて、今までに食べたおいしかったものか、今日明日のご飯のことくらいですから」

きっぱりとそう言いきられて、クリステルは少々迷った。

『おいしい食事は、人生における最大の楽しみですわよね』と言って当たり障《さわ》りなくやり過ごすか、『いくら初恋もまだとはいえ、お年頃の少女がそれは、ちょっと食い意地が張りすぎなのでは』とツッコむか。

だが、彼女がそんな二者択一を終える前に、むっとした顔のオルドリシュカが口を開く。

「失礼だな、ツェツィーリエ。自分だって、少しは食べ物以外で頭を悩ませることくらいある」

「群がってくる求婚者たちをもれなく拳《こぶし》ひとつでぶちのめした挙げ句、族長に『腐り落ちろ、クソジジイ』と捨て台詞《ぜりふ》を残して里を出奔《しゅっぽん》した人が、今更一体何を悩むというの？」

ツェツィーリエの素早い切り返しに、クリステルは感心した。

オルドリシュカが、父親である族長のナニに『腐り落ちろ』と言ったのかは、深く考えないことにする。

「それは、いろいろあるぞ。ほかの里には、自分よりも強い人狼はいるのだろうか、とか。ウォルター殿下や、先ほどお会いしたドラゴン殿やヴァンパイア殿たちと手合わせしていただくには、これからどうしたらいいだろうか、とかだな」

ツェツィーリエはどこか遠くを見ながら「……そう」とつぶやき、クリステルは戦慄《せんりつ》した。

今までの話からもしやと思ってはいたが、どうやらこの人狼の少女も、少なからず体育会系的思考の持ち主であるらしい。

これはクリステルの個人的な嗜好《しこう》の問題だが、男装の麗人《れいじん》は脳筋《のうきん》であってほしくない。すでにこの国には、『純潔の乙女の守護者』というきらきらしい看板を背負いながら、その実態は短絡的な喧嘩《けんか》好きという一角獣がいるのだ。これ以上、あんな扱いに困るものが増殖しては、幼いフランシェルシアの教育上、大変よろしくない。

オルドリシュカの少年じみた思考パターンも、これから彼女が初恋を覚えれば少しは変わってくるのだろうか。

特に、強そうな相手を見つけたら戦ってみたくなる、なんて発想になるのは――

(……今のオルドリシュカさまが性的に未熟なオコサマだから、というわけでは、ないかもしれませんわね)

何しろ彼女は、故郷では向かうところ敵なしの十七歳。

強者と相対した際に己《おのれ》の実力を試したくなるのは、『自分よりも強い者』に恵まれない者にとっては、当然の心理だろう。

身近なところで言うと、クリステルの婚約者であるウォルターもそうだ。彼は普段、温厚で血のにおいなどまるで感じさせない青年である。

しかし、ここ最近、人外生物たちと遭遇するたび非常にわくわくしていることを、クリステルは知っている。

このあたりについては、ウォルターのほうがオルドリシュカの気持ちを理解できるのかもしれない。

クリステルはそっと息をついた。ひとまず意識を切り替えて、目の前の問題に向き直る。

「オルドリシュカさま。一応、お尋ねしておきますが……。あなたは今までヒールの高い靴を履かれたことはありますか？」

へ、と目を丸くしたオルドリシュカに、クリステルは厳《おごそ》かにうなずく。

やはり彼女は、今まで一度もハイヒールを履いたことがないようだ。

「はっきり申し上げますわね。こちらからお願いしたことではありますが、慣れない方がヒールの高い靴を履くというのは、大変な苦行です。もちろん、わたしもあなたにお怪我などさせないよう、細心の注意を払いますが……。おそらく、これから経験する疲労は、あなたの想像を遥かに凌駕《りょうが》するものだと思います」

ですから、とクリステルは続ける。

「もし、今回のお話から降りられたいのであれば、今のうちにおっしゃってくださいませ。カークライルさまの隣に立って見劣《みおと》りしないパートナーの女性を探すには、本当にギリギリのタイムリミットなのです」

カークライルは、ウォルターの側近候補筆頭であり、今まで苦楽をともにしてきた仲間である。クリステルは、彼にぜひ学園生活最後の交流会に参加してもらいたいのだ。

ウォルターがオルドリシュカにこんな要請をしたのも、同じ気持ちからだと思う。

（……いえ、カークライルさまご本人は、あまりこういった場がお得意ではないということは、充分存じているのですけれど。それはそれと申しますか。やはり一度きりの青春の日々は、できるだけ悔《く》いなく終えたいのですわ）

そんな彼女の宣言に、オルドリシュカは一瞬目を瞠《みは》ってから不敵に笑う。クリステルは、あやうくときめきそうになった。

男装の麗人《れいじん》の自信に満ちた笑顔というのは、実に素晴らしい攻撃力を持っているらしい。

「ご心配なく、クリステルさま。これでも自分は、一度口にした約束を違《たが》えたことはありません。たとえどれほどの苦行だろうと、カークライルさまのパートナー役――このオルドリシュカ、全力で取り組ませていただきます」

なんという、見事な漢前《おとこまえ》っぷりだろうか。

オルドリシュカが男性だったらよかったのに、と嘆《なげ》く人狼の少女たちの気持ちが、クリステルもとてもよくわかってしまった。もしオルドリシュカが男性として生まれていたなら、きっとさぞ魅力的《みりょくてき》な青年になっていただろう。

とはいえ、『男装の麗人《れいじん》』は、魅力的《みりょくてき》な青年とはまったく別のベクトルで萌《も》えるものである。

むさ苦しさとは一切無縁の、ただひたすらに美しい『青年』にときめくことに、理由はいらない。

（ふ……ふふふっふっふ。『男装の麗人《れいじん》』が男性用の衣服を脱ぎ捨て、美しいレディとして花開く。そんな彼女を見て、周りの男性陣がどぎまぎするという少女漫画のお約束を、この手で展開できるなんて……！）

……クリステルの萌《も》え方が若干《じゃっかん》おかしな方向に向かっているのは、彼女の前世知識のためだろう。

その時、彼女の通信魔導具にウォルターから連絡が入った。

「はい、ウォルターさま。クリステルです」

『クリステル。ドレスの準備ができたから、これからそちらに届けさせるよ。オルドリシュカ殿の様子はどうだい？』

彼は、シュヴァルツがドレスを作る際の助言役として居間で作業を手伝ってくれている。

オルドリシュカのドレスは、カークライルが交流会で着る礼服とのバランスも考えなければならない。その点ウォルターならば、側近候補筆頭との連絡を密に取ることができる。しかも彼は、上流階級の装いに関する知識も非常に豊富だ。ウォルターがゴーサインを出したドレスならば、オルドリシュカが恥ずかしい思いをすることはないだろう。

「ありがとうございます、ウォルターさま。オルドリシュカさまのほうも、すっかり準備が整っております。シュヴァルツさまに、よろしくお伝えくださいませ」

そう言うと、通信魔導具の向こうでウォルターが小さく笑った。

何か楽しいことがあったのだろうか。

『いや、すまない。……実はソーマディアス殿が、きみのデザイン画を見て興味津々《きょうみしんしん》な様子でね。さっきから、フランにいろんなドレスを着せて遊んでいるんだよ』

「まぁ！」

なんとうらやましい。こんなときだというのに、クリステルは彼らのいる居間へ行きたくなった。

純血種のヴァンパイアであるソーマディアスならば、さまざまなドレスを魔力で作り出すのは、きっと容易なのだろう。

できることなら彼らの遊びにまざりたかったが、今優先すべきはオルドリシュカのドレスである。

フランシェルシアの着せ替えを楽しめないぶん、こちらを全力で楽しませてもらおう。

そんな決意を固めるクリステルのもとに、ほどなくして三着のドレスが運ばれてきた。

どれも、素晴らしい出来映え《できば》である。

それぞれ色は、艶《あで》やかな深紅、鮮《あざ》やかな黄色、そして華やかなオレンジ色。

クリステルのドレスが青なので、かぶらないように暖色系にしてもらった。

彼女の描いたシンプルなデザイン画をベースに、この国で流行している形の刺繍《ししゅう》がさりげなくあしらわれている。これは、きっとウォルターの助言によるものだろう。

ここまで仕上げてもらっていれば、細かな調整は別邸の有能なメイドたちの手で、充分できる。

クリステルは、わくわくしながらオルドリシュカを見た。

「オルドリシュカさま。どのドレスから試着してみましょう？　どれもお似合いだとは思いますけれど、わたしはこの赤いドレスが一番映《は》えると思いますわ」

メイドたちはドレスと一緒に、オルドリシュカのサイズに合うハイヒールを別邸の衣装庫から持ってきてくれた。

無難なデザインのものだが、それだけにどんなデザインのドレスにも合わせやすい。

しかし、オルドリシュカは目の前に並べられたドレスを見ると、ひどく困惑した様子で首をかしげた。

「……あの、クリステルさま。自分には、色が違うだけでどれも同じものに見えるのですが」

そんな反応をある程度予測していたクリステルは、眉を吊り上げたツェツィーリエが何か言うより先に、にっこり笑って口を開く。

「ご安心くださいな、オルドリシュカさま。わたしの存じている言葉の中に、『習うより慣れろ』というものがございます。見慣れてくれば見分けがつくようになりますわ。それから、ドレスにふさわしい振る舞いについてですが、今は残念ながら、すべてを一からお教えしている時間がありません。まずは実際に着ていただいた上で、実践で学んでいただく予定です。何か、ご質問はありますか?」

「イエ。ありません」

オルドリシュカはぷるぷると首を横に振り、ツェツィーリエがなんだか感嘆の眼差《まなざ》しをクリステルに向けてくる。

「まさか人間の国に、これほど短時間で、ここまで的確にオルドの扱い方を把握する方がいるなんて……」

ぽつりとそんなつぶやきが聞こえたが、いまいちどう反応していいのかわからなかったため、クリステルはにっこり笑ってごまかすことにした。

それからオルドリシュカがすべてのドレスを試着した結果、やはり赤いドレスが一番似合っている。

難関かと思われていたハイヒールも、多少動きがぎこちないながらも、どうにか履くことができていた。

長い黒髪のウィッグを艶《つや》やかに結《ゆ》い上げ、ほんのりと薄化粧を施《ほどこ》した彼女は、立派なレディだ。もはや、『男装の麗人《れいじん》』とは誰も言えまい。

だが、これで完成というわけではない。

クリステルは、所在なさげに立っているオルドリシュカの姿を、厳しい眼差《まなざ》しで検分する。

「申し訳ありません、オルドリシュカさま。背筋は常にまっすぐに伸ばしていてくださいませ。それから、胸は張りすぎずに。肩の力を抜いて、軽く顎《あご》を引いていただけますか？　――ええ、よろしいですわ。今回は、仮面をつけていただく予定ですの。装飾品は、カークライルさまの瞳の鋼色《はがねいろ》に合わせましょう。耳飾りと首飾りは白金で、鋼色《はがねいろ》の宝石をあしらったものを、明日までにご用意いたします。腕輪は……ドレスが大人っぽいデザインですし、幅広のしっかりしたものがよろしいですわね。髪に飾る櫛《くし》は平打ちの軽めのもので、アンティークなデザインのものを使いましょうか」

あまりごてごてと宝石で飾り立てては、せっかくのすっきりしたドレス姿が台無しになってしまう。クリステルはじっくりと吟味《ぎんみ》した上で、彼女に似合いそうな装飾品を手早く選んだ。

そしてそれらを手配するようメイドに命じると、ぽんと両手を軽く合わせた。

「はい、結構ですわ。オルドリシュカさま。あなたの装いに関しては、おおむねクリアできたと思います」

「そ……そうですか……」

オルドリシュカの顔が、若干《じゃっかん》引きつっている。

クリステルは、そんな彼女に向けてにこりと笑みを深めた。

「ではさっそく、基本的なダンスのステップをお教えいたしますわね。まずは居間で、わたしがウォルターさまと一番簡単なダンスを一曲踊らせていただきます。よろしいですか？　オルドリシュカさま」

「……ハイ」

オルドリシュカは、こっくりとうなずいた。

さっそくクリステルたちは揃って居間に向かう。

長身の彼女がハイヒールを履くと、クリステルよりもだいぶ背が高くなる。

男性の中でも背が高いカークライルと並んだら、大人っぽいドレスの魅力《みりょく》と相俟《あいま》って、かなり周囲の目を引きそうだ。

うっかりすると、最も華やかな存在であるべきクリステルよりも目立ってしまいそうだが、その点にも抜かりはない。

クリステルのドレスは青、オルドリシュカのドレスは赤。

たとえ隣に並んだとしても、互いの存在を引き立て合うだけだ。

それに何より――

（ふ……っ。わたしのパートナーはウォルターさまですもの。いえ、もちろんカークライルさまの黒髪も、大変素敵ですけれど。やはり、金髪・碧眼《へきがん》・超絶美形という三拍子が揃った、リアル王子さまの華やかさというのは、他の追随《ついずい》を許すものではないのですわ）

――ウォルターがクリステルのパートナーである以上、何があろうと会場の中で一番目立つ組み合わせは自分たちに決まっている。

もちろん、クリステルとて自《みずか》らの装いに手抜きをするつもりなどない。

何より、完全にドレスアップした状態で、礼装姿のウォルターに『華』で負けるというのは、さすがに乙女のプライドが傷ついてしまう。

そんなことを考えながら歩いていると、慣れないハイヒールを履くオルドリシュカに、ツェツィーリエが気遣う声をかける。

「大丈夫？　オルド。慣れるまでは、ゆっくり歩いていいんだよ？」

クリステルが教えた通り、オルドリシュカはドレスの裾を軽く摘《つま》んで歩いていた。その姿は少しぎこちないが、彼女は笑って応じた。

「いや。バランスの取り方は覚えたからな。さすがにこの靴で、全力疾走《しっそう》は難しいだろうが……」

ふと言葉を止めたオルドリシュカが、少し考えるようにしてからぼそりと言う。

「……この細い踵《かかと》というのは、使いようによってはそれなりの武器になるんじゃないだろうか」

クリステルは、彼女を振り返ってにこりと笑った。

「一応、申し上げておきますわね。オルドリシュカさま。――わたしたちの全体重が乗ったハイヒールの踵《かかと》は、男性の足の甲の骨を砕くことができます。くれぐれも、カークライルさまにそのような負傷をさせることのないよう、お願いいたします」

「了解しました」

生真面目な顔で、オルドリシュカがうなずく。

ツェツィーリエは、どこか遠いところを見ていた。

それから居間に到着して扉を開けると、ウォルターがソファから立ち上がって迎えてくれる。

「お疲れさま、クリステル。——あぁ、オルドリシュカ殿。これは、見違えましたね。驚きました。実にお美しい」

きらきらの王子さまスマイルを向けられて、オルドリシュカは何やら困惑した様子だ。

彼女はウォルターとクリステルを見比べると、迷子になった子どものような表情でこてんと首をかしげる。

クリステルは、ぐっと拳《こぶし》を握《にぎ》りしめた。

(く……っ、オルドリシュカさま！　ここでその『こてん』は、ちょっぴり反則です！)

どうやらこの人狼の少女は、ありとあらゆる意味でギャップ萌《も》えの塊《かたまり》だったようだ。

『男装の麗人《れいじん》』というのは、存在自体がギャップ萌《も》えの粋《すい》のようなもの。これ以上、オプションを追加しないでいただきたい。

ただでさえ、今ここにいる面々は素晴らしい美声の持ち主ばかりなのだ。

その上別方向の萌《も》えを追加されては、近いうちにクリステルのキャパシティをオーバーしてしまいそうで、ちょっと怖い。

だが、そんな彼女の葛藤《かっとう》など、オルドリシュカが知る由《よし》もない。

彼女は少しためらうようにしてから、おそるおそる口を開く。

「ええと……。クリステルさま。ウォルター殿下は、あなたの婚約者なのですよね……？」

言いにくそうな様子に、クリステルは思わずウォルターと顔を見合わせた。

それから、もしやと思って口を開く。

「オルドリシュカさま。ツェツィーリエさま。ひょっとして、人狼の里では、男性が決まった女性以外を賛美することはありませんの？」

クリステルの問いに答えたのは、困り顔のツェツィーリエだ。

「そうですね。まったくそういったことがない、というわけではないのですけど……。婚約者のいる男性が、婚約者の目の前でほかの女性を褒める、というのは……ハイ。あんまり、ないかもしれません」

なるほど、とクリステルはうなずいた。

ウォルターは彼女の隣で小さく苦笑して、軽く一礼するとオルドリシュカに詫《わ》びる。

「それは、失礼いたしました。我々の国では、美しく装った女性を褒め称えないのは無礼とされておりますもので……。大変申し訳ないのですが、私がクリステル以外の女性に向ける賛美の言葉は、すべて社交辞令だと思って聞き流していただけますか？」

社交辞令、と繰り返したあと、オルドリシュカがウォルターに視線を向けた。

「この国の方々は、なぜそんな面倒なことをなさるのでしょう？」

実にストレートな問いかけである。

ウォルターは、にこやかな微笑を絶やさずに答えた。

「女性を敵に回すと、大変恐ろしいことになるからです」

（あら。ウォルターさまったら、そんな本当のことを）

実に、身も蓋《ふた》もない。

もしかしたら、彼も連日の交流会の準備で疲れているのだろうか。

だが、とりあえずオルドリシュカが納得した様子なので、よけいな口出しはしないことにしておく。

そんなささやかな問題よりも、クリステルは気になっていることがあるのだ。

美しくドレスアップした孫娘を見て、見た目と実力は超一級品ながらデリカシーは皆無のザハリアーシュが、一体どんな反応をするのか――

わくわくしながら、人外生物たちのほうを見る。

すると、先ほどとは違うドレス姿のフランシェルシアが、きらきらした瞳でオルドリシュカを見つめていた。ソーマディアスは、再び仔狼の姿になってフランシェルシアの膝で昼寝中だ。

クリステルは、悠然《ゆうぜん》とソファに腰かけているシュヴァルツに礼を言う。

「シュヴァルツさま。素敵なドレスを作ってくださり、ありがとうございました」

「何。大したことではない。それにしても、人狼の子は随分《ずいぶん》と見違えたではないか。そなたの見立ては、大したものだな」

長い長い時間を生きているシュヴァルツに褒められ、クリステルはとっても嬉しくなった。

「お褒めいただき、光栄ですわ。シュヴァルツさま」

ほこほこした気分で、シュヴァルツの向かいに座っているザハリアーシュに目を向けると――そこには、ひどく真剣な眼差《まなざ》しで孫娘の艶姿《あですがた》を見ている老人がいた。

彼は、しばしの間じっと沈思したあと、おもむろに口を開く。

「なんぞ……。自分の女装姿を見ているようで、気持ちが悪いのぅ」

クリステルは、生まれてはじめて全力で老人を殴りつけたくなった。

第六章　さぁ、遊びましょ？

翌日の放課後、クリステルは馬車で学園からほど近い場所にある高級宿に向かっていた。馬車には、ウォルターとカークライルが同乗している。

昨日は寮《りょう》の門限ギリギリまで、オルドリシュカにダンスの基礎を叩きこんだ。

彼女はとても運動神経がよく、クリステルたちの教えをあっという間《ま》に吸収していった。とはいえ、やはり別れ際には疲労困憊《ひろうこんぱい》した様子だった。

今向かっているのは、そんなオルドリシュカとツェツィーリエのために、ウォルターが手配した宿だ。

クリステルたちが学園で授業を受けている間に、彼女たちには明日着る予定のドレス一式とともに、宿に戻ってもらっている。

そこのホールをひとつ借りて、カークライルに改めてオルドリシュカを紹介するのだ。

いくらなんでも当日ぶっつけ本番での挨拶《あいさつ》はまずいだろう、というウォルターの判断によるものである。先ほど彼から詳しい事情を聞いたばかりのカークライルは、完全に顔を引きつらせていた。

馬車の中にはクリステルもいるというのに、言葉遣いが崩れまくっている。

「いや……。あんときの人狼野郎が、女の子だったってのはな？　言われてみりゃあ、やたらとキレイな顔をしてた気もするし、あーそうですかって感じだけどよ。つまり、何？　オレってば、『大陸最強』の人狼の孫娘に、勝ったことになってんの？」

ウォルターは、厳《おごそ》かにうなずいた。

「そうなるな。おまえの主《あるじ》として、俺は大変誇らしいぞ」

「棒読み、やめろ！　マジでムカつくからな、それ！」

常に冷静沈着《れいせいちんちゃく》が売りのはずのカークライルが、顔色を変えてぎゃあと喚《わめ》く。

クリステルは、ちょっぴり彼に同情した。

カークライルが行《おこな》ったのは、主《あるじ》に対して攻撃行動に入った相手への制圧だ。しかもそのとき、相手——オルドリシュカはかなり寝ぼけた状態だったという。言ってしまえばまったく誇りようのない状況だったのだ。『おまえの勝ちだ』と断じられたところで、嬉しくもなんともないだろう。

今回の場合など、相手の素性《すじょう》が素性《すじょう》なだけに、かえっていたたまれない感じすらする。

クリステルは、そっと嘆息《たんそく》した。

（たとえデリカシー皆無の老人でも、『大陸最強』の看板は本物ですし、オルドリシュカさまが孫だという事実も変えられません。ほんっとうに、なぜ東の人狼の里のみなさまは、あんな無神経な方を神聖視していらっしゃるのかしら）

そのデリカシー皆無の無神経老人であるザハリアーシュは、ギーヴェ公爵家の別邸にしばらく滞在することになっている。クリステルがひそかに予感していた通りになってしまった。

彼がシュヴァルツのスイーツ推《お》しを受け入れていた時点で、その覚悟はしていたのだ。

……実家の両親と、学園の高等学部に在籍している兄にその旨《むね》を連絡したときには、さすがに「え、また増えたの？」という反応をされたが。

両親から報告が行っているだろう王宮でも、もしかしたらちょっとした騒ぎになっているかもしれない。

とはいえ、幸いなことに、交流会の準備は滞《とどこお》りなく進んでいるようだ。

本番を明日に控えて、学園内には全体的にわくわくした空気が漂《ただよ》っていた。一部の裏方業務に携《たずさ》わっている者たちを除き、特に慌ただしい様子もない。

それもこれも、学生会長であるウォルターが、ほぼ完璧に準備を進めてきたからだ。

そんな彼の右腕として最も尽力してきたカークライルは、すっかり意気消沈《いきしょうちん》した様子である。

「えー……。ちょっと待って。いや、これでもな？　今までおまえのやることなすことに付き合ってきて、随分《ずいぶん》心臓が頑丈になったつもりでいたのよ、オレ。でも、さすがにコレはなくないか？　ていうか、ドラゴンに一角獣、ヴァンパイアの王に純血種のヴァンパイア、そんで『大陸最強』の人狼まで揃ってるって、ギーヴェ公爵家別邸は一体どんな魔窟《まくつ》だよ」

ぶつぶつとぼやくカークライルに、彼の主《あるじ》であるウォルターはあっさりと言う。

「安心しろ、カークライル。オルドリシュカ殿は、『大陸最強』の孫娘だが、彼女自身が『大陸最強』の人狼であるわけではない」

「うん。そうだな、ウォル。でもその孫娘さまは、東の人狼の里でぶっちぎりの実力の持ち主なんだよな？　そんなお嬢ちゃんに『勝った』ことがほかの人狼たちに知れたら、オレの命は風前《ふうぜん》の灯火《ともしび》なんじゃないかと思ったりするわけなんだけど、その点についてはどう思う？」

どうやら、カークライルの頭脳は、いつもの回転の速さを取り戻しつつあるらしい。

クリステルとウォルターがあえて言わずにいたことを、彼はズバンと指摘してきた。

たしかに、オルドリシュカを全力で口説《くど》いている人狼たちが、カークライルの存在を知ったなら、少々厄介なことになるかもしれない。

（もしかしたら、オルドリシュカさまに『勝った』カークライルさまに勝てば、間接的に彼女より『強い』ことになる、なんて考える方がいらっしゃるかもしれませんものね……）

ツェツィーリエの話では、東の人狼の里には、本気でオルドリシュカを口説《くど》いている男性もいるとのことだった。

種族性別を問わず、恋愛感情が絡んだ者は何をするかわからないものだと聞く。どんなこじつけめいた理由で、彼らがカークライルに突撃してくるかは、想像もつかない。

だがウォルターは、突如《とつじょ》降って湧いた身の危険にどんよりとしている側近候補筆頭に、にこりと穏やかに笑ってみせた。

「知っているか？　カークライル。語られない事実は、ないのと同じだ」

「……は？」

顔を上げたカークライルに、ウォルターは曇《くも》りのない瞳で言う。

「今回、おまえがオルドリシュカ殿に『勝った』ことを知っている別邸の面々には、他言無用をお願いしてある。シュヴァルツさまが俺たちとの約定《やくじょう》を違《たが》えることはないし、フランも約束は守る子どもだ。ソーマディアス殿は、フランに叱られるようなことはしないだろう。そして、人間の中でこの事実を知っているのは、ここにいる三人だけだ」

クリステルも、カークライルに笑みを向ける。

「ご安心くださいませ、カークライルさま。わたしはこの名と剣に懸《か》けて、ウォルターさまの大切なご友人であるあなたの命を危険に晒《さら》すような真似《まね》は、断じていたしません」

ふたりの言い分を聞いたカークライルは、ややあって再びぼそっと口を開く。

「……万が一、今後オレが東の里の人狼たちに襲われることがあったら、全力で『自分は、この国の王太子の臣下だ』って宣言してやる」

どうやら彼は、万が一のときにはウォルターを盾にするつもりらしい。

たしかに、力の強さを基準に社会を形成する人狼であれば、カークライルの主《あるじ》というだけで、ウォルターが彼より強いと判断するだろう。そして、ウォルターが一国の王太子である以上、人狼たちもそうそう彼に手出しはできないはずだ。

冗談めいた口調だが、実に合理的である。

「そんな軽口が言えるなら、大丈夫だな。――カークライル。わかっていると思うが、オルドリシュカ殿は、東の人狼の里における最重要人物だ。くれぐれも、失礼のないように」

ウォルターの指示に、カークライルはため息をついてぐしゃりと前髪を搔き上げた。そして、くっと顔を上げて顎《あご》を引く。

彼の鋼色《はがねいろ》の瞳に、いつもの鋭《するど》さが戻っていた。

どうやら、どんよりとした気持ちを吹っ切ることができたらしい。

「へいへい、わかってますよー。……それにしても、初恋を経験しないとあまり男女の差が出ない、か。やっぱり、実際に接触してみないとわからないことってのはあるもんだな」

そうつぶやいたあと、カークライルはふとクリステルを見て苦笑を浮かべた。

「失礼いたしました。クリステルさま。少々、動揺しておりましたもので……。ご無礼、お許しください」

クリステルは、そんな彼に笑って応じる。

「もしよろしければ、先ほどまでの話し方でいてくださいな。カークライルさま。そちらのほうが、わたしもお話ししやすいですもの」

何しろカークライルときたら、本当にとんでもない美声の持ち主なのである。

彼の普段の話し方でさえ、クリステルの対美声スキルは大変エネルギーを消費してしまう。

そんなカークライルに、対レディモードのゆっくりと落ち着いた口調で話されると、その美声の攻撃力は数倍に跳ね上がるのだ。クリステルの心臓のために、今後他人がいない場所では、ぜひ通常モードの話し方をしていただきたい。

そんな彼女の願いに、カークライルは一瞬目を瞠《みは》ってからウォルターを見た。

主《あるじ》が黙ってうなずき返すのを見て、側近候補筆頭は小さく息を吐く。

「了解です、クリステルさま。……そんじゃまぁ、ウォル。改めてざっくりまとめさせてもらうけどよ。オレはその、初恋もまだだっていう人狼のお嬢ちゃんを、めちゃくちゃ丁重ーにエスコートすればいいんだな？　そんで、自分より弱い男にもちらっといいトコはあるかもしれないんだぜー、って思わせるのがお役目ってこと？」

右手の人差し指、中指と順番に立てながら、カークライルが言う。

クリステルは、ひそかにぐっとガッツポーズを決めた。学生会メンバーの通常モードの美声であれば、彼女はほぼパーフェクトな耐性スキルを手に入れている。

そうだな、とウォルターがうなずく。

「だが、特にそう気負うこともないだろう。おまえは、いつも通りにしていればいい。何しろ、今までオルドリシュカ殿の身近にいた男性は、彼女が女性らしい装いをしたら腹を抱えて笑うような者たちばかりだったらしいからな」

カークライルが、なんとも言いがたい顔になる。

「うわー……。さすがにちょっと、可哀想になったぞ、そのお嬢ちゃん。もしかしなくても、比較対象がひどすぎて、オレたちが普通にしているだけでもかなりポイントが高いってことかぁ」

しみじみと言う彼に、ふとクリステルは問う。

「そういえば、カークライルさま。カークライルさまには、今特別に想う女性はいらっしゃいませんの？」

「……はい？」

カークライルが、珍しく虚《きょ》を衝《つ》かれた顔をした。彼女の問いかけは、彼にとってよほど意外だったらしい。

クリステルは、そんな彼の目を見て続ける。

「今のところ、カークライルさまには決まった方がいらっしゃいませんから、今回のお話を単純に考えてお受けしてしまったのですけれど……。もしカークライルさまに想う女性がいらしたら、申し訳ないことをしてしまったと思いましたの」

「あぁ、なるほど。そういうことですか」

苦笑したカークライルが、納得した様子でうなずく。

「お気遣いには及びませんよ。クリステルさま。今は毎日忙しすぎて、女性に目を向けるヒマはありません。オレはあなたの未来の旦那さまのお守《も》りで、手一杯です」

「まぁ……。それは、申し訳ありませんとお詫《わ》びするべきでしょうか?」

ほのぼのとふたりは笑い合う。

そこへ、足を組み直したウォルターがいつもより少し低い声で言う。

「カークライル」

「……ハイ。すんませんでした」

突如《とつじょ》車内に走った緊張感に、クリステルは戸惑う。

今の会話のどこに、ウォルターが不機嫌になる要素があったのだろうか。

しかし、クリステルが見つめると、彼女の婚約者はすぐに見慣れた温和な笑みを浮かべた。

クリステルは条件反射で彼に笑みを返しながら、内心首をかしげる。

(なんだか、よくわかりませんけれど……。まぁ、今はもうおふたりとも、いつもと変わらないご様子ですし。気にしない方向でまいりましょう)

そうこうしている間に、馬車が目的の宿に着く。

真っ先に馬車から降りたウォルターが、クリステルに手を差し出したときだった。

「ようやく見つけたぞ、オルドリシュカーッ!!」

「さっさと出てこい！」

「そもそも、戦いを望む相手に背を向け逃げるとは何事だ！　それでもおまえは、ザハリアーシュさまの血を引く者か!?」

（……えぇと……？）

ぽふ、とウォルターの左手に自分の右手を乗せ、馬車から降りながら、クリステルは状況を整理しようと試みる。

ここは、オルドリシュカとツェツィーリエが滞在している宿の前。その馬車停まりとなっている広場である。

今のところ、彼女たちの姿は確認できない。

だが、あきらかにオルドリシュカに向けて声をかけている男性が、三人。おそらく全員、東の里の人狼たちだ。

三人は、みな二十歳前後の青年に見える。見るからに血気盛んな若者という風情だ。

正直に言って、かなり暑苦しい。

彼らの聴覚と嗅覚《きゅうかく》は、人の姿でも獣《けもの》と同じほどの精度を誇ると聞く。オルドリシュカたちのにおいを追って、ここまでやってきたのだろうか。

そのあたりも気になるが、何より彼らの行動は、あまりに迷惑だし無礼すぎる。

「失礼。そこのお三方。私はこのスティルナ王国王太子、ウォルター・アールマティ。このような公共の場において大声で喚《わめ》くのが、東の人狼の里の礼儀ですか？　もしそうなのであれば、あなた方の里に私の名で正式に抗議させていただくが、よろしいか」

クリステルが馬車から降りたのを確かめると、ウォルターは冷ややかな声でそう言った。

ウォルターの出るタイミングがあと少し遅ければ、宿の警備員たちが駆けつけていたかもしれない。

三人の人狼たちは、はっとした顔で振り返り、次《つ》いで見事に息ピッタリに視線を交わし合う。

「……今、王太子っつったか？」

「……そう聞こえたな」

「……あれ、もしかしてコレ、ちょっとまずいんじゃね？」

どうやら彼らは、自分たちの行為が決して褒められたものではないことは、一応自覚しているようだ。

よかった。それすら認識できないおバカさん揃いだったら、問答無用で制圧行動に入らなければならなかったところである。

彼らの牽制はウォルターとカークライルに任せることにし、クリステルは素早く通信魔導具を操作すると、オルドリシュカを呼び出した。

通信はすぐに繋がったが、聞こえてきた声はツェツィーリエのものだ。

『すみません、すみません、すみません！　クリステルさま！　その三人は、うちの里でも一番暑苦しい連中なんです！　どうか彼らだけを見て、里の若い衆がみんなそんな感じなんだとは思わないでくださいぃー！』

半泣きの彼女に、クリステルは努めて穏やかな声で話しかける。

「大丈夫ですわ。どうか、落ち着いてくださいな。ツェツィーリエさま。ところで、オルドリシュカさまはどうなさったのです？」

『はい！　オルドでしたら、昨日いただいたドレスを着ているというのに、そこの三人をぶちのめしに宿を飛び出そうとしたもので！　出ていったら今後一切おやつ抜きだと言って、どうにか足止めしています！』

……オルドリシュカは、クリステルが考えていたよりも遥かに食い意地の張ったお子さまだったらしい。

そうですか、とクリステルはうなずいた。そして、ひとまず彼女たちにそのまま建物の中にいてほしい、と指示しようとしたとき――

「……若き人狼の子らよ。我《わ》が友らの前で、一体何を騒いでいる？」

（はあぁん……っ）

クリステルの背後から、幻獣たちの王たるシュヴァルツの、重低音の美声が響いた。

不意打ちの、しかもかなり至近距離で聞こえたそれに、クリステルの腰があやうく砕けかける。

だが今は、しゃがみこんで足元の石畳を叩き、悶絶《もんぜつ》していい場面では断じてない。

どうにか根性で己《おのれ》を保ち、クリステルはゆっくりと背後を振り返る。

そこにいたのは、やはり〈空間転移〉でここへやってきたらしいシュヴァルツ。

彼の隣には、究極の若作り人狼老人であるザハリアーシュがいた。軽く腕組みをし、不機嫌そうに眉根を寄せている。

こうして彼らの姿を並べて見ると、豊かな黒髪で堂々たる偉丈夫《いじょうふ》のシュヴァルツと、短く整えた白髪で、すらりとしなやかな細身のザハリアーシュは、なかなか見応《みごた》えのある組み合わせだった。

彼らの姿――特に、ザハリアーシュの存在に気づき、人狼の三人が即座に反応する。

若い人狼たちは同時に地面に跪《ひざまず》くと、『大陸最強』の人狼に頭《こうべ》を垂れた。ザハリアーシュが彼らの中で神格化されているというのは、まったく誇張された表現ではなかったようだ。

　クリステルは、そんな彼らを横目に見ながら、シュヴァルツに問いかける。

「シュヴァルツさま。なぜ、こちらに？」

　黒髪のドラゴンの化身《けしん》は、うむとうなずく。

「人狼の御仁《ごじん》に、頼まれてな。彼が通信魔導具で孫娘と話しているときに、そこの者らの声が聞こえたそうなのだ」

「まぁ……」

　それでザハリアーシュは、オルドリシュカのためにシュヴァルツに頼んで、ここまでやってきたのか。クリステルの中で、『デリカシー皆無の無神経老人』だったザハリアーシュの評価が、少し上がった。

　白髪の人狼は、低く感情の透《す》けない声で言う。

「ドラゴン殿。これ以上、我《わ》が里の問題で、この国の人間たちに迷惑をかけるわけにはいかん。面倒をかけてすまぬが、我らを人の来ぬ森かどこかに運んでもらえんか？」

「うむ。よかろう」

　ザハリアーシュの願いに、シュヴァルツはあっさりうなずいた。その直後、世界が変わる。

目の前に広がったのは、鮮《あざ》やかな緑と、青い空。

ウォルターとカークライルも、すぐそばにいる。

どうやらシュヴァルツは、自分たちをのけ者にするつもりはないらしい。

そして、近くに人狼の若者三人。意外だったのは、少し離れたところにドレス姿のオルドリシュカと、異国風の衣服を着たツェツィーリエがいたことだ。

ザハリアーシュが、少し困った様子でシュヴァルツに言う。

「助力は感謝するが……ドラゴン殿。わしは、これ以上人間の子らに迷惑をかけとうないと言うたつもりじゃったぞ？　突然、この子らがあの場から消えてしもうては、さぞ騒ぎになってしまうのではないか？」

「案ずるでない、人狼の。この国の人間たちは、大変肝《きも》が据《す》わっている。多少の騒ぎにはなるやもしれんが、彼らの生活に迷惑がかかるようなことにはなるまいよ」

相変わらず、シュヴァルツは結構大雑把だった。

とはいえ、あの宿は客のプライベートは何があっても外部に漏《も》らさないことで有名な、上流階級御用達《ごようたし》だ。

多少チップに色をつけなければならないかもしれないが、さほど問題はないだろう。

クリステルがそんなことを考えていたとき、年若い人狼三人のほうから「ごふっ」という奇妙な声が聞こえた。

何事か、と思ってそちらを見ると、彼らが堰《せき》を切ったように腹を抱えて笑いだす。

「やめてくれって、オルドリシュカ！　おまえが、ドレスとか！　俺たちの腹筋を殺す気かー!?」

「ひーっ、腹がいてぇ……っ」

「ぶひゃひゃひゃひゃ！　女装！　オルドリシュカの、女装ーっ！」

崇拝《すうはい》対象であるザハリアーシュの前だというのに、彼らは涙さえ滲《にじ》ませて笑い転《ころ》げている。

そんな彼らに、オルドリシュカがぐっと拳《こぶし》を握《にぎ》った。

すかさずツェツィーリエが彼女に「おやつ！」と叫ぶ。

オルドリシュカは、握《にぎ》った拳《こぶし》を下ろした。

クリステルは思わず、ウォルターとカークライルのほうを見る。

彼らもまたなんとも言いがたい顔をしていたが、とりあえず人間たちは沈黙を保った。

（それにしても……）

オルドリシュカが女性の装いをしたなら、彼女の周囲にいる男性たちは必ず笑ってからかうだろう、というツェツィーリエの言葉は、まったく正しかった。

だがしかし――

「……ウォルターさま」

「お好きにどうぞ、クリステル」

婚約者の許可を得たクリステルは、愛用の魔導剣を起動させる。その直後、笑い続ける人狼三人に向けてそれを勢いよく投げつけた。

狙い違《たが》わず、魔導剣はちょうど彼らがいる場所の中心に突き立ち、笑い声が瞬時に収まる。

人狼たちは、さすがの反応速度でクリステルの剣から遠ざかった。即座に戦闘態勢を取る三人に、クリステルはにこりと笑いかける。

「はじめまして。わたしはオルドリシュカさまとツェツィーリエさまの友人、クリステル・ギーヴェと申します。あぁ、そちらは名乗っていただかなくて結構ですわ。女性に対する最低限の礼儀さえわきまえていない幼稚な殿方の名など、聞く価値もありませんもの」

「な……っ」

クリステルの発言に、人狼の若者三人がいきり立つ。

彼女の視界の端で、ザハリアーシュが気まずそうにぽりぽりと頬を掻いていた。

孫娘が女性の装いをすると聞いただけで笑い転《ころ》げた老人は、もっときっちり反省すべきである。

そのとき、三人の中のひとりが、まさに獣《けもの》が唸《うな》るような声を上げた。

「脆弱《ぜいじゃく》な人間の小娘ごときが、我らを愚弄《ぐろう》するか！」

瞬間、空気が張りつめた。

元来人狼と人間は、決して互いに親しみを抱いているわけではない。ザハリアーシュやオルドリシュカたちの人間に対する態度が、あまりに普通だったため忘れていた。

しかし、こういった敵愾心《てきがいしん》を燃やしている者は、決して珍しくないのだろう。

クリステルは、男たちに向けてゆるりとほほえむ。

「たしかにわたしは、あなた方に比べれば脆弱《ぜいじゃく》な肉体を持つ、人間の小娘ではありますが――」

一度言葉を止め、彼女はすぅ、と目を細めた。

「一対一の、勝負であれば。女性ひとりに対し男三人で詰め寄るような、恥知らずで脆弱《ぜいじゃく》な精神を持つ殿方に負けるつもりは、毛頭《もうとう》ございません」

「貴様……！」

先ほどとは別のひとりが、声を荒らげる。

そんな一触即発《いっしょくそくはつ》の空気を断ち切ったのは、シュヴァルツの静かな声だった。

「双方、鎮《しず》まれ。ここは、私の森だ。私のルールに従ってもらおう」

（あら。ここは、シュヴァルツさまの森でしたのね）

クリステルは以前、彼に攫《さら》われた際、この森に来たことがある。

だが、あのときはこの森に棲《す》むほかの幻獣たちに襲われないよう、シュヴァルツの城から一歩も出られなかったのだ。森の中に入れるなんて、なんだか妙に感慨深い。

そんなことを考えていたクリステルに、シュヴァルツが一瞬苦笑じみた視線を向ける。

クリステルは、とっても恥ずかしくなった。

どうやら、彼女が人狼の男たちをわざと煽《あお》っていたことなど、このドラゴンさまはお見通しだったようだ。

シュヴァルツは、ゆっくりとした口調で言った。

「ちょうどここには、戦う術《すべ》を持つ人間の子が三体。戦いを求める人狼の子が三体。たまには、種の違いを越えてじゃれ合うも一興だろう。ルールは一対一、互いに致命傷を与えてはならぬ。一方が負けを認めた時点で、遊びは終い《しま》だ。また、人狼たちは獣型《けもの》になることを禁じる。若い娘たちの前で、男が裸を晒《さら》すものではないからな。――そなた

うのだ。

シュヴァルツは、今回の諍《いさか》いを『子ども同士のじゃれ合い』として収めてくれるとい

なんと気の利くドラゴンだろうか。

「ありませんわ、シュヴァルツさま！」

ら、何か異論はあるか？」

思わず両手を組み合わせ、クリステルはうっとりと彼を見つめた。

（もし将来、わたしに娘が生まれたなら、ぜひともシュヴァルツさまのような方に嫁《とつ》がせたいものですわ。……いえ、それはさすがに理想が高すぎかしら）

素敵マッチョなイケメンで、多少大雑把なところはあっても大変博識なお気遣い紳士。

そんなハイスペックさを持ち得ているのは、彼が人外で長く生きた存在だからこそだろう。

人間というのは、誰しも何かしらの欠点があって然《しか》るべきなのだ。

うむうむ、とクリステルはひとり納得する。次《つ》いで、笑いをこらえるような顔をしている婚約者と、その側近候補筆頭を見た。

「ウォルターさま。カークライルさま。彼らとは、わたしから遊ばせていただいてもよろしいでしょうか？」

幻獣たちの王たるシュヴァルツが宣言した時点で、自分たちにも人狼たちにも拒否権はない。

オルドリシュカとツェツィーリエは何か言いたげな顔をしているが、彼女たちもそれは同じだ。

何やら愉快そうな顔をしているザハリアーシュは、一度バナナの皮を踏んですっ転《ころ》べばいいと思う。

ウォルターは、少し考えてからカークライルを見た。

その視線を受け、カークライルはうなずいて口を開く。

「申し訳ありません、クリステルさま。今回は、私に先陣をお譲《ゆず》りいただけますか？」

（あら？）

クリステルは、驚いた。

ウォルターもカークライルも、レディファーストがしっかり身についている立派な紳士だ。

てっきり、こちらの意向を汲《く》んでもらえると思っていたのだが――

首をかしげるクリステルに、カークライルがにこりとほほえむ。

「ソーマディアス殿のときには、クリステルさまに先陣をお任せいたしましたが……。

おそらく今回は、私のほうが適任です」

彼の言葉に、クリステルは一瞬目を瞠《みは》り──純血種のヴァンパイアであるソーマディアスと、はじめて邂逅《かいこう》したときのことを思い出す。

あのときは、たしかにクリステルが先陣を切った。

その理由を思い出し、彼女はふふっと笑う。

言葉が通じる敵との戦いにおいて、相手を煽《あお》ってこちらのペースに持ちこむのは、単純だが有効な戦法だ。ソーマディアスのときには、仲間たちの中で最もそのスキルが高いクリステルがその役を務めた。だが、今の状況では、たしかにカークライルのほうが先陣にふさわしい。

「了解いたしましたわ。カークライルさま。こたびの先陣、あなたにお譲《ゆず》りいたします。……せいぜい、心をこめて遊んで差し上げてくださいませ」

「仰《おお》せのままに」

若干《じゃっかん》芝居がかった仕草で一礼したカークライルが、不敵な笑みを浮かべて顔を上げる。

クリステルは地面に突き立つ自分の剣を引き抜くと、待機形態の指輪に戻した。ウォルターの傍《かたわ》らに戻り、彼とカークライルが握《にぎ》った拳《こぶし》を軽くぶつけ合わせるのに続く。

「御武運を」

「ありがとうございます。クリステルさま」

そう言ってカークライルが向かったのは、先鋒《せんぽう》となったらしい人狼——ではなく、オルドリシュカのほうだった。

ウィッグをつけていなくとも、優美な赤いドレスを着た今の彼女は、どこをどう見ても立派なレディ。青年だと思う者はいないだろう。

クリステルは、内心期待でわくわくしながら、カークライルを見つめた。

（さぁ、お願いしますわ、カークライルさま！　オルドリシュカさまの親しい人狼の男性たちには、『ずっと喧嘩《けんか》仲間だと思っていた相手が、いつの間《ま》にか素敵なレディになっていてドキドキ』という乙女のロマンを、まったく期待できないことが身に染みて理解できましたの！　ここは、あなただけが頼りなのです……！）

もちろん、カークライルはオルドリシュカの喧嘩《けんか》仲間ではない。しかし、初対面のときからついさっきまで、彼は彼女のことを男性だと思っていたのだ。

これはこれで、立派に萌《も》えるシチュエーションである。

カークライルは、人狼の若者たちの訝《いぶか》しげな視線をまったく無視してオルドリシュカの前に立つと、優美な仕草で一礼した。

「先日は、知らぬこととはいえ大変失礼いたしました。オルドリシュカ殿。心よりお詫《わ》び申し上げます」

へ、とオルドリシュカが間の抜けた声をこぼす。

彼女は戸惑った様子で首をかしげた。

「自分は、あなたに無礼を働かれた覚えはありませんが……」

そう言うオルドリシュカに、カークライルは少し困った顔でほほえむ。

対レディモードの、柔らかく典雅な微笑である。実に麗《うるわ》しい。

彼に憧れを抱く少女たちが目にしたなら、一瞬で腰砕けになるに違いない。

「こんなに美しく魅力的《みりょくてき》なレディを、私は不覚にも男性扱いしてしまったのです。これほどの無礼はないでしょう？」

「あぁ、そんなことですか。いや、どうかお気になさらず。初対面の相手に男扱いされるのは、いつものことですので」

オルドリシュカは、カークライルの『美しく魅力的《みりょくてき》なレディ』という賛辞を、華麗《かれい》にスルーした。

クリステルは、ぐっと両手を握《にぎ》りしめる。

（……なぜかしら。今、オルドリシュカさまの『人間の男の社交辞令、すごいな！』という声が聞こえた気がしたわ）

若干《じゃっかん》不安になったが、カークライルは笑みを絶やさず、ゆっくりとした口調で続けた。

クリステルは、その素晴らしい美声に腰が砕けないよう、気合を入れ直す。

「それでは、私の無礼をお許しいただけるのでしょうか？」

「許すも何もありませんが……。いえ、カークライル殿が無礼を働いたと考えているものを、あまり否定するのも失礼ですね。自分が『許す』と申し上げれば、少しはあなたの気持ちが楽になりますか？」

直球ストレートなオルドリシュカの言葉に、カークライルは小さく苦笑する。

「そうですね。あなたにお許しいただければ、私は大変嬉しいです」

「わかりました。自分は、あなたの無礼を許します」

オルドリシュカが、笑って言う。

彼女のおおらかで爽《さわ》やかな笑顔は、実に素敵だ。

そんなオルドリシュカに、カークライルは少し考えるようにしてから問う。

「ありがとうございます、オルドリシュカ殿。……それでは人間社会のやり方で、感謝の意を表しても構いませんか？」

「え？　あぁ、ええ。どうぞ……ふおぉ!?」

オルドリシュカが、素《す》っ頓狂《とんきょう》な声を上げる。

若干《じゃっかん》戸惑ったふうの彼女の手を取って、カークライルがその指先に軽く口づけたのだ。

（カークライルさま……。そこで勝負に出るあなたの潔《いさぎよ》さと度胸には、本当に脱帽です……！）

クリステルのオタク魂《だましい》が、「いいぞ、もっとやれ」と萌《も》え滾《たぎ》る。

うっとりと目を潤《うる》ませる彼女の目の前で、カークライルはオルドリシュカの手を握《にぎ》ったまま、柔らかくほほえんだ。

「あなたは本当に、お可愛らしい方ですね」

「かっ、カッ、カークライル殿？」

動揺しきりのオルドリシュカに、カークライルは首をかしげた。

「カークライル、と呼んではいただけませんか？」

「は？」

「私は自分のパートナーとなる女性には、そう呼んでいただきたいのです」

カークライルが、最上級に紳士的な笑顔と声で、つるっときれいに嘘をつく。

彼は基本的に、女性に馴《な》れ馴《な》れしくされるのを好まないタイプだ。

しかし、そうとは知らないオルドリシュカは、我に返ったように瞬《まばた》きをして、うなずいた。

「了解しました。カークライル。自分のことは、オルドと呼んでくださって結構です」

「わかりました。……オルド」

カークライルが、ここぞとばかりに甘い美声で、オルドリシュカを愛称で呼ぶ。

ちらりと見てみれば、人狼の若者たちは揃ってひどく複雑な表情をしている。

クリステルは、思い切りふんぞり返って高笑いしてやりたくなった。

あのデリカシーというものをまったく持ち合わせていない連中には、カークライルの素晴らしい紳士対応は、逆立《さかだ》ちしたって無理だろう。

オルドリシュカの少し後ろで彼らの様子を見守っているツェツィーリエなど、先ほどから両手を組み合わせてうるうると目を潤《うる》ませている。

と、カークライルの対戦相手である人狼が、少し上ずった声で喚《わめ》いた。

「おい、そこの黒髪！　いつまで待たせるつもりだ!?」

ちらりとそちらに視線を向けたカークライルは、すぐにオルドリシュカに向き直ってほほえんだ。

「それでは、オルド。少々、彼と遊んでまいります」

「あぁ。健闘を祈る。……そうだ、これは遊びだからな。カークライル。ひとつ、教えておこう」

オルドリシュカが、カークライルの対戦相手を見ながら言う。

「あいつのファーストキスの相手は、酔っぱらった男の友人だ」

その瞬間、対戦相手が固まった。

どうやらオルドリシュカは、カークライルとは別の方向性で、相手に精神攻撃をしてくれるつもりのようだ。実に頼もしい。

クリステルは、彼女とはいい友人になれそうだな、と思った。

なるほど、とうなずいて、カークライルがにやりと笑う。

それまでの紳士的な笑みとは違う、彼の素《す》が滲《にじ》む笑顔だ。

「ありがとうございます。……これは、楽しい遊びになりそうだ」

カークライルが、対戦相手に向かってゆっくりと歩を進める。

彼はシュヴァルツに軽く一礼し、顔を引きつらせている相手に向かって口を開く。

「安心しろ。牙《きば》も爪も使えないおまえに、剣を向けるつもりはない」

近接戦闘で使うのは、互いの肉体のみ。

そう宣言するカークライルを、対戦相手がはっと鼻で笑う。

「笑わせるな。どんな武器だろうと、好きに使えばいい。軟弱な人間どもが、身を護《まも》るための道具に頼ったところで、卑怯《ひきょう》だと言うつもりなどないぞ」

武器を持たない人間が、人狼たる己《おのれ》に攻撃を当てられるわけがない、と嘲笑《あざわら》う。

そんな相手に、カークライルはあっさりうなずいた。

「そうか。では、遠慮なく」

「な……っ」

一瞬で魔導剣を起動させたカークライルが、目にもとまらぬスピードで相手を斬りつける。

留め金を切り飛ばされたマントが、次の斬撃《ざんげき》を避《よ》ける人狼の動きに取り残され、ふわりと地面に落ちた。

「ま、待て……！　おまえ、剣は使わないと言っただろう⁉」

人狼はカークライルの攻撃を避《よ》けながら声を上げる。

カークライルの剣技は、スピードを重視した鋭《するど》いものだ。

人狼たちは、こちらを『人間』という枠の中でひとくくりにして考えていたようだが――

（わたしたちだって、幼い頃から自分よりも遥かに強大な幻獣相手に戦い続け、生き残ってきておりますのよ？　近接戦闘における最大の武器である牙《きば》を封じられたあなた方が、剣を持ったカークライルさまに勝てるわけがありませんわ）

人狼の肉体がどれほど頑健《がんけん》なものだろうと、幻獣のそれより強靭《きょうじん》であるはずがない。

そしてクリステルたちは、相手が一体であればよほど強大な幻獣でない限り、単独で討伐することができる。

一般的な魔力持ちの人間だって、ウォルターほどではないにせよ、普通の人間たちからは充分に『化《ば》け物《もの》』と呼ばれてもおかしくない身体能力を持っているのだ。

どうやらこうして見る限り、少なくとも人型を取っている間は、彼らの反応速度は自分たちとそう変わらないようだ。

カークライルが一方的に相手を追いつめながら、どこかあきれた口調で言う。

「おまえが、たった今その口で言ったのだろうが。——人間がどんな道具に頼ったところで、卑怯《ひきょう》だと言うつもりはないと」

「……っ」

ギリ、と相手が顔をしかめる。

そしておそらく、なんらかの魔術を発動させようとしたのだろう。

一際大きく背後に跳んで距離を取り、体の前に突き出した右手首を左手で掴んだ。

だが、その口が魔術を発動するための呪文《スペル》を紡《つむ》ぐ前に、カークライルが素早く何かを投げつける。

ひとつめは避《よ》けられたが、連続して投じられたふたつめが相手の手首に絡みついた。

その途端、相手の目が大きく見開かれる。

カークライルが、ふっと笑う。

「おまえの魔力を封じさせてもらった。これでおまえは、牙《きば》も爪も魔術も使えない。――まだ、続けるか？」

相手は、屈辱《くつじょく》に顔を歪《ゆが》めた。その手首に絡んでいるのは、以前ウォルターがソーマディアスの魔力を封じるのに使った魔導具と、同じシリーズのものである。

エセルバートが開発したそれは、対象の体に触れると鞭《むち》のようにしなって絡みつき、魔力の流れを遮断《しゃだん》するのだ。

ウォルターの護衛役も務める彼は、対人戦闘用の魔導具を常に数えきれないほど携行している。

何より彼は、主《あるじ》に危害を加えようとする人間を、瞬時に無力化させるエキスパート。相手の力を即座に見極めた上でそれを可能な限り抑え、確実に制圧する術《すべ》を、誰よりも知っているのだ。

カークライルの相手が、低く呻《うめ》く。

「人間が、小賢《こざか》しい真似《まね》を……っ」

「お褒めにあずかり、光栄だ。それで、負けは認めてもらえるのかな」

返ってきたのは、沈黙だった。

この場合の沈黙は、是《ぜ》だ。

カークライルは剣を納めて相手に近づき、魔力封印魔導具を解除する。

そして彼は、再びシュヴァルツに一礼してからふと、敗者を振り返った。

「そういえば、おまえのファーストキスは何歳のときだったんだ？」

「～～っ、そのようなこと！　答える義理はないッ!!」

追い打ちをかけたカークライルに、真っ赤になった相手が大声で喚《わめ》く。

そうか、とうなずくと、カークライルはそのままオルドリシュカのもとへ向かった。

彼は、彼女の目の前でにこりと笑って口を開く。

「おかげさまで、楽しませていただきました。オルド」

「それはよかった。ちなみに、あいつのファーストキスは、たしか十六歳のときだったぞ」

オルドリシュカが、真顔で敗者の傷口に塩を抉《えぐ》りこむ。

……もしや、この鬱陶《うっとう》しい求婚者たちに対し、よほど鬱憤《うっぷん》が溜まっていたのだろうか。

十六歳という多感な時期に、同性の友人にファーストキスを奪われたという若者は、
地面にしゃがみこんでちっちゃくなっている。

さすがに気の毒だなクリステルが思ったとき、その体が突然消えた。

（あら？）

クリステルは、咄嗟《とっさ》にシュヴァルツを見る。

今回の『遊び』を仕切っているのは、この森の主である彼だ。

シュヴァルツは、ゆったりと腕組みをしたまま静かに言った。

「東の人狼の里へは、若い頃に行ったことがあるのでな。敗者に、己《おのれ》の主張を語る権利はない。一足先に、送り返した」

シュヴァルツは自分が一度行ったことのある場所か、知った魔力を持つ相手のいるところであれば、古代魔法の〈空間転移〉を使うことができる。

どうやら、この『遊び』に負けると、彼によって故郷に強制送還されてしまうらしい。

生真面目で律儀なシュヴァルツのことだ。

もしクリステルが敗北したなら、友人の温情などなしに、学園かギーヴェ公爵家に即刻送り返されてしまうだろう。

クリステルは、今日だけで何度目になるのかわからない気合を入れ直した。

こんな面白い『遊び』に最後まで参加できないなんて、冗談ではない。

そう思っていると、カークライルがこちらに戻ってくる。

彼はウォルターと軽くハイタッチしたあと、クリステルにも同じように手のひらを向けてきた。

それに軽く自分の手のひらを当てたクリステルは、仲間たちを振り仰《あお》ぎ、にこりと笑う。

「次は、わたしの番ですわね。行ってまいります、ウォルターさま。カークライルさま」

「ああ。気をつけて、クリステル」

「御武運を」

クリステルの対戦相手は、最初からひどく不機嫌な様子だった。

シュヴァルツに一礼して相手と向き合うと、クリステルは軽く首をかしげて問いかける。

「もしや、わたしがあなたのお相手なのがご不満ですか？」

「……女を相手に、戦えるか」

ぶすっとした様子で言う彼に、クリステルはわざとらしく目を瞠《みは》ってみせた。

「まぁ。あなたが勝負を挑んでいるオルドリシュカさまだって、立派な女性ですわ。あの方とわたしと、一体何が違うとおっしゃるのです？」

「何もかもが、大違いだろうが！　あいつは、女に生まれたのが何かの間違いだったんだ！」

そう喚《わめ》いた相手が、苦虫を噛《か》み潰したような顔でオルドリシュカを睨《にら》む。

「あいつが里の若い女たちの関心を独占しているせいで、男たちがどれほど……っ！

俺たちの青春を返せ、オルドリシュカーッッ!!」

（あ……あら……？）

なんだか、想像していたのとは違う魂《たましい》の叫びが飛んできた。

オルドリシュカが、東の里の女性たちから絶大な人気を誇っていることは、ザハリアーシュから聞いて知っている。

しかし、彼女に求婚するからには、少なくともそれなりの好意や愛情を抱いているものだと思っていたのだ。

それなのに――

「だが、それも今日までのこと！　おまえを倒し、里の仲間たちを救うのはこの俺だ！

さぁ、尋常に勝負しろ!!」

クリステルの存在を無視してオルドリシュカに勝負を挑む男に、据《す》わった目をしたツェツィーリエが低い声で言う。

「自分たちがモテないのを、オルドのせいにすんじゃないわよ。それに、何？　オルドを倒すことでモテない仲間たちを救うですって？　ハッ、アホらしい。アンタたちは、オルドと結婚したら、オルドファンの女の子たちが競《きそ》って自分の側室に入ってくれる、なーんてバカみたいなことを妄想してるだけでしょ？」

でも、残念ねぇ、とツェツィーリエが蔑《さげす》みきった口調で言う。

「女の子たちがオルドに夢中なのは、オルドがそれだけカッコいいからよ。アンタたちがモテないのは、アンタたちがそれだけカッコ悪いから。女の子たちが、そんなアンタたちの子どもを産みたいなんて、思うわけがないでしょ。こんな簡単なこともわからない残念な脳みその持ち主が、それ以上口を開かないでくれない？　同じ里の人狼として、ものすごく恥ずかしいから」

「……っ」

ツェツィーリエの言葉が図星だったのか。それとも、単に彼女の煽《あお》り方が素晴らしく上手だったからなのか。クリステルの対戦相手が、顔を真っ赤にして拳《こぶし》を震わせる。

（素敵ですわ、ツェツィーリエさま……！）

オルドリシュカに続き、ツェツィーリエまでこちら側の援護射撃をしてくれるとは思わなかった。

しかも、このまるで容赦のない舌鋒《ぜっぽう》である。彼女が次期族長の側仕えとして育てられたというのは、伊達《だて》ではない。

「きさま……っ！　俺を、愚弄《ぐろう》するか！」

いきり立ち、ツェツィーリエに向けて構えを取る相手の頭を、クリステルは鞘《さや》に納めたままの魔導剣でどついた。

かなりいい音がして、相手がくわっと振り返る。

「何をする!?」

「何をする、じゃありませんわ。あなたのお相手は、わたしです。それとも、不戦敗を認めていただけますか？」

ここで負けを認めれば、即座にシュヴァルツの〈空間転移〉で東の里へ強制送還だ。

それがいやなら、さっさとかかってこい――と、クリステルは言ったつもりだった。

だが、相手はふんぞり返ってクリステルを見ると、なんの躊躇《ちゅうちょ》もなく、くわっと口を開く。そして堂々たる大声を放《はな》った。

「あぁ、認めてやるさ！　人間の女如《ごと》きに不戦敗を認めたところで、俺にとってはなんの傷にもならんからな！」

クリステルは、半目になる。

彼女は無言でシュヴァルツを見た。

彼はなんとも言いがたい顔をしてうなずくと、人狼に向かって軽く指先を動かした。

「オルドリシュカ！　さっさと俺と勝負し――」

びしっとした宣戦布告が、途中で消える。

シュヴァルツが、やはり無言で隣に立つザハリアーシュを見た。

その視線を受けた『大陸最強』の人狼は、くっとうつむいて肩を落とす。

力のない低い声で、彼は言った。

「そんな目で見んでくだされ……。ドラゴン殿。あれはきっと、ばかな子ほど可愛いというやつなんじゃあ……」

「なるほど。いや、これは私が口出しすることではないと思うのだがな。あの者を次期族長の伴侶にするのは、仮にそなたの孫娘があの者に敗北したとしても……だ。その、やめておいたほうがいいのではないかな」

クリステルは、シュヴァルツの諫言《かんげん》に心から同意する。

先ほどの若者は、オルドリシュカに勝負を挑むくらいだから、それなりの実力と根性は備えているのだろう。

しかし、あれほど考えなしで短絡的な者が群れのトップのパートナーになったらと思うと――まったく、笑うに笑えない。

クリステルは、結局まるで何もできないまま、とぼとぼとウォルターたちのもとへ

戻った。

なんだか、とっても虚《むな》しい。

「……一応、勝ってまいりました。ウォルターさま。カークライルさま」

さすがに今は、彼らとハイタッチをする気にはなれない。

どんよりとするクリステルの肩を、ウォルターがぽんぽんと優しく叩く。

「彼らの身内ではないきみが、そんな顔をしてはいけないよ。クリステル。オルドリシュカ殿たちのほうを見てごらん」

「はい？」

クリステルは、彼に促《うなが》されるまま振り返る。

そこにいたのは、揃って頭を抱えて地面にしゃがみこみ、ぷるぷると震えている人狼の少女たちだった。

ザハリアーシュが人魚の乙女口調で話をしたときといい、彼女たちは恥ずかしくなると、ああする癖があるらしい。

クリステルは、己《おのれ》のささやかな不運を嘆《なげ》くのをやめ、にこりと笑って仲間たちを見上げる。

「そうですわね。たとえ不戦勝でも、勝ちは勝ちですもの。自信をもって、胸を張ろうと思います」

仲間たちも、揃って美々《びび》しい笑みを返してくれた。実に眼福《がんぷく》だ。

ウォルターが、穏やかな声で口を開く。

「それに何より、こんな『遊び』はさっさと終わらせてしまわないとね。俺たちには、あまり時間がないんだから」

（あ。それもそうでした）

自分たちの学生生活最後の交流会は、明日なのだ。

寮《りょう》の門限のことを考えれば、オルドリシュカにダンスを教える時間は、今すぐ戻ってもさほどあるわけではない。

今更ながら、クリステルは焦りを覚えた。

そんな彼女に、ウォルターは優しく笑って言う。

「大丈夫だよ、クリステル。……すぐに、済ませる」

そう言って、ウォルターはすいと前に出た。

シュヴァルツに向けて一礼し、彼は最後の対戦相手に視線を向けた。

クリステルの目にも、相手はなかなかの実力の持ち主であるように見える。

少なくとも、この状況で堂々と落ち着いて勝負に挑もうとしているあたり、彼は戦士としてのプライドをきちんと持ち合わせているのだろう。

だが――彼は運が悪い。

「これは、『遊び』だ。人狼の」

ウォルターが、ことさらゆっくりとした口調で告げる。

笑いさえ含んだ、落ち着いた声だった。

「しかし、すまない。私たちには、これ以上きみたちと遊んでいる時間はないんだ。遊びに本気を出す無粋《ぶすい》は承知しているが……全力で、けりをつけさせてもらう」

彼が言い終えた、瞬間。

（……っ）

ウォルターの体から渦《うず》を巻くように、すさまじい勢いで魔力が溢《あふ》れた。

びりびりと肌を撫《な》でていくのは、手加減抜きの、ウォルターの殺気。

それを向けられたわけではないクリステルたちでさえ、寒気を覚えて身が竦《すく》んだ。

こんなものを、正面から至近距離でぶつけられたなら――

目を細めたクリステルは、ウォルターに対峙《たいじ》していた人狼の若者が、がくんと膝を折るのを見た。

無理もあるまい。

むしろ、わずかな間ながら立っていられた彼に、敬意を表したいくらいだ。

ウォルターが、静かな声で言う。

「俺の勝ちだ。異存はないな？」

問いかけの形をした、宣言だった。

あたりを支配していた殺気が消える。

クリステルは、無意識に詰めていた息をそっと吐いた。

地面にくずおれた人狼が、青ざめた額《ひたい》に脂汗《あぶらあせ》を滲《にじ》ませて言う。

「おまえ……。本当に、人間か……？」

「ああ、もちろん。この国の王が、俺の父だ」

さらりと答え、ウォルターはほほえむ。

「そして俺は、オルドリシュカ殿の友人でもある。――おまえの里の者たちに、伝えてもらおう。彼女は現在、スティルナ王国王太子、ウォルター・アールマティの庇護《ひご》下にある。今後彼女の意思に反しておまえたちの里へ連れ戻そうとするなら、この俺がいつでも全力でお相手させていただく、とな」

（か……っ、こいいです！　ウォルターさまー！）

友情に厚い男というのは、実にいい。

クリステルが婚約者の漢前《おとこまえ》っぷりにときめいている間に、シュヴァルツは最後の敗者を〈空間転移〉で東の里へ送り返した。

ウォルターが、シュヴァルツに向けて礼を言う。

「このたびは、ご助力ありがとうございました。シュヴァルツさま」

「いや。そなたに礼を言われることではない。ただ――」

シュヴァルツが、珍しく何かを考えこむ顔で軽く顎先《あごさき》に指を当てる。

彼はやがて、おもむろにザハリアーシュに向けて口を開いた。

「実は、最初に話を聞いたときから、少々気になっていたのだが……。人狼の御仁《ごじん》の孫娘は、いまだ伴侶を迎えられる体ではないのだったな？」

「はぁ。たしかに、その通りですが……。それがどうかなさいましたかな？　ドラゴン殿」

不思議そうに問い返すザハリアーシュに、シュヴァルツはそうか、と曖昧《あいまい》な表情でうなずく。

一体、彼は何が気になっているのだろう。

不思議に思っていると、彼はふとクリステルを見た。

「どうかなさいましたか？　シュヴァルツさま」

「うむ。少なくとも我らドラゴンは、はじめての発情期を迎えていないメスに対し、求愛行動を取ることは、まずないのでな。どうやら、人狼の里では珍しいことではないようだが……。人間の社会ではどうなのだ？」

シュヴァルツが疑問を口にした途端、その場の空気がびしっと凍りつく。

彼の言う求愛行動とは、おそらく動物的本能によるもの――性行為に直結したものだろう。

クリステルが答えるより先に、ザハリアーシュがひっくり返った声で叫んだ。

「それは、とんでもない誤解ですじゃー！　ドラゴン殿！　わしら人狼とて、年端《としは》もいかぬ幼子《おさなご》に求愛行動を取ることはござらん！　もしそんなことをする輩《やから》がいたなら、生殖機能を除去した上での追放処分じゃ！」

（お、おう……。そうなのですか。ザハリアーシュさま）

どうやら人狼の里では、子どもを性の対象にして求愛行動に入ることは大変な犯罪行為であるようだ。

この国でもそれは同様だが、犯人に対する罰則は、罰金と被害者への慰謝料の支払い、それに過酷な労働奉仕活動への従事である。人狼の里に比べて随分《ずいぶん》刑罰が軽い。

クリステルは、悩んだ。

（この手の犯罪は、再犯率が異様に高いといいますし……。やはり我《わ》が国でも、犯人の

生殖機能除去措置を取り入れるべきかしら）

未来の王妃として、この国の子どもたちの安全のために、これは今後真面目に検討すべき課題であろう。

彼女がそんなことを考えている間にも、ザハリアーシュはシュヴァルツに対し、必死になって弁明している。

「ホレ、この子の場合は少々特殊な事情であろう⁉　たしかに中身は色気もへったくれもないガキんちょじゃが、見た目だけなら立派な成体となっておるんじゃ！　初恋を経験すれば、すぐにでも子を産める体になるじゃろう！」

「いや……しかし、人狼は人間よりも遥かに鋭《するど》い嗅覚《きゅうかく》を持っているではないか。そなたの孫娘は、まったく女のにおいがせんだろう。なのに、ああして若い男たちが求愛行動を取るというのは……」

シュヴァルツは、どうにも人狼たちのロリコン疑惑を払拭《ふっしょく》できずにいるようだ。

しかし、クリステルは逆に合点がいった。人狼の里の若者たちが、なぜあれほどオルドリシュカの口説《くど》き方がなっていないのか——その理由が、すこしだけわかった気がする。

いくら見た目が立派な適齢期の女性でも、オルドリシュカのにおいは、まだまだ幼い子どものものらしい。

彼らは嗅覚《きゅうかく》が優れているため、においから彼女を子どもだと認識してしまうせいで、口説《くど》きづらいのかもしれない。

なんだかんだ言ったところで、この求婚騒ぎはおそらく子ども同士が喧嘩《けんか》をしているようなものだ。いつか彼女が恋を覚え、心身ともに大人の女性となるまでは、きっと彼らの間で何かが変わることはないのだろう。

クリステルはそっと息をつき、いまだに納得できない顔をしているシュヴァルツに声をかけた。

「お話し中、申し訳ありません。シュヴァルツさま。できれば早めにあちらに戻って、オルドリシュカさまにダンスを教えて差し上げたいのですが……」

「おぉ、そうであったな。これは、すまないことをした」

シュヴァルツがそう言うなり、再び目の前の景色が変わる。

クリステルたちは、街の中らしき建物の間にある細い路地に立っていた。見覚えのない場所である。

しかし、視線を上げてあたりの様子をうかがえば、少し離れたところに先ほどの宿が見えた。

どうやら彼は、人のいない場所を選んで移動してくれたようだ。

相変わらず、素晴らしいお気遣い紳士っぷりである。

クリステルは、心からシュヴァルツに礼を言う。

「ありがとうございます、シュヴァルツさま」

「ああ。時間が惜《お》しいであろうから、我らはここまでだ。行くぞ、人狼の」

「ですからな、ドラゴン殿！　わしらは決して幼児趣味を認めているわけでは――」

……ザハリアーシュの必死な声を残し、彼らは消えた。

少し、地面が濡《ぬ》れている。

どうやら、彼女たちがシュヴァルツの森へ行っていた短い間に、通り雨が降ったらしい。

空模様を見ると、また一雨降ってもおかしくない様子だ。

これは早めに宿に入らねば、と思ったとき――

「あぁぁあぁーっ!!　オルド！　ツェリ！　やっと、見つけたーっっ!!」

若い男の声が路地に響く。オルドリシュカを愛称で呼んでいるからには、ツェリとはツェツィーリエのことだろう。

同時に、声の主らしき巨大な銀灰色の塊《かたまり》が、クリステルの目の前を横切った。それが向かう先にいるのは、人狼の少女たちである。

「よかった、ふたりとも！　無事だった――へぶっ」

「……そんなびしょ濡《ぬ》れの格好で、飛びついてこないでちょうだい。フォーン」

声を上げる銀灰色の塊《かたまり》を見事な回し蹴りで地面に沈めたのは、ツェツィーリエだ。

たしかに彼女の言う通り、その銀灰色の塊《かたまり》――人の言葉を話す狼は、ぐっしょりと濡《ぬ》れている。どこから見ても人狼の彼は、その声からしておそらく青年だ。毛皮がぺったりと体に張りついているため、申し訳ないが人狼にしては随分《ずいぶん》小さく、貧相に見える。

どうやら、彼は先ほどの通り雨に当たったらしい。

（……ん？）

クリステルは、首をかしげた。

――雨に降られて、びしょ濡《ぬ》れになった迷子の人狼。

そのキーワードには、覚えがありすぎる。

まさか、とクリステルが見つめる先で、銀灰色の人狼が情けない声で口を開く。

「ひどいよ、ツェリ。何も、本気で蹴ることはないじゃないか。……って、オルドってば随分《ずいぶん》可愛い格好をしてるねぇ！　すごいすごい！　そうやってると、一応ちゃんと女の子に見えないこともないかもしれない！」

……感嘆した様子で言う彼は、どうやら大変正直な性分のようだ。

とはいえ、オルドリシュカの姿を見るなり爆笑した者たちに比べれば、遥かにマシな態度――なはずである。

（く……っ。比較対象がひどすぎて、普通の感覚を忘れてしまっている気がするわ！）

そんなクリステルの苦悩を知る由《よし》もなく、オルドリシュカは軽く片手を上げて狼を黙らせた。そして、困った顔をして口を開く。

「フォーン。いろいろと聞きたいことはあるが……。まずは、こちらの方々にご挨拶《あいさつ》をしろ。彼は、この国の王太子、ウォルター・アールマティ殿下。隣にいらっしゃるのが、彼の婚約者のクリステル・ギーヴェ公爵令嬢。そして、王太子側近候補筆頭のカークライル・フォークワース殿だ。――みなさま。彼は、人狼のフォーン。自分たちの友人です」

「……へ？」

そこでようやく、人狼の青年は人間たちの存在を意識したらしい。

彼はくりっと振り返り、その金色の瞳でまじまじと見上げてきた。

ウォルターが、そんな彼に挨拶《あいさつ》をする。

「はじめまして、フォーン殿。スティルナ王国王太子、ウォルター・アールマティです」

「あ……え？　はい。人狼の、フォーンです。オルドを探すために里からいなくなったツェリを追いかけて、この国まで……って、オルドー!?　なんって、きみ、よりにもよって人間の国の王子さまとお知り合いになってんの⁉」

オルドリシュカが、うむ、とうなずく。

「うちのメルヘンじじいを追いかけてきたら、なぜだかこんなことになっていた」

簡潔なオルドリシュカの答えに、フォーンが至極納得した様子でうなずく。

「ザハリアーシュさま絡みなら、何が起きても仕方がないね……」

「だろう」

それだけで、人狼青年はすべて腑《ふ》に落ちたらしい。

もしかしたら彼らの間では、ザハリアーシュの名はすべての疑問を解消できる、魔法の呪文《じゅもん》だったりするのだろうか。

何はともあれ、いつまでも立ち話もなんである。クリステルは素早く宿の売店でバスタオルを買ってくると、フォーンに渡す。フォーンは礼を言い、すぐにそれを咥《くわ》えてどこかに消える。

少しして戻ってきたとき、彼は柔らかそうな褐色《かっしょく》の髪に水色の瞳を持つ青年になっていた。おっとりと温和な印象の持ち主で、目元のすっきりとした端整な面立《おもだ》ちをしている。

クリステルは、彼が身につけている異国風の衣服をついまじまじと見てしまった。

（今は人型だから、こうして服を着ていらっしゃいますけれど……。もしかしなくても、先ほどフォーンさまは素っ裸だったのですよね）

それ以上深く考えると、とってもマズイことになりそうな気がしたので、クリステルはそこで思考を凍結させる。

全員無事に宿の中に入れる格好になったので、従業員に先ほどの騒ぎを詫《わ》びてから建物の中に入った。

オルドリシュカのダンスの練習のために押さえていた小ホールには、ちょっとした談話スペースがある。

ひとまずそこに座り、注文した飲み物で喉《のど》を潤《うるお》す。

面々が一息ついたところで、少し照れくさそうな顔をしたフォーンがぺこりと頭を下げた。

「先ほどは、大変失礼しました。改めまして、僕は人狼のフォーン。オルドの友人でいらっしゃるということは、みなさまは彼女の事情をご存じと思ってよろしいのでしょうか？」

先ほどまで対峙《たいじ》していた人狼の若者たちが、あまりにも残念だったため、なんだかフォーンがものすごくよくできた青年に見える。

ウォルターが穏やかに答えた。

「はい。存じております。つい先ほど、彼女の求婚者であるお三方にもお会いしましたよ」

その答えに、フォーンが人狼の少女たちを勢いよく見た。

ツェツィーリエが、訝《いぶか》しげな顔をして口を開く。

「ちょっと前にね、三バカたちがここに来たのよ。ウォルター殿下たちが、追い返してくださったけれど……って、フォーン？　まさか、あなた――」

「はい！　ごめんなさい！　バカとなんとかは使いようだと思って、アイツらを道中の護衛がわりに使い、ラクしてこの国に来たのは僕です！」

フォーンが、がばっと頭を下げる。彼はごまかすべき単語を間違えていた気がするが、それにはツッコミを入れないでおく。

一瞬呆気に取られた顔をしたツェツィーリエが、次《つ》いで目尻を吊り上げた。

しかし彼女が何か言う前に、オルドリシュカが感心したように口を開く。

「なるほど。あれだけトラップを仕掛けた上に痕跡を消してきたのに、なぜあいつらがこの国まで来られたのかと不思議に思っていたが……。おまえが一緒だったというなら、納得だ。さすがだな、フォーン。その若さで、族長の参謀を務めているだけのことはある」

「いやぁ、それほどでも」

フォーンは、へらりと嬉しそうに笑った。

それを見て、ツェツィーリエがぐっと拳《こぶし》を握《にぎ》りしめて震える。

ツェツィーリエは一見華奢《きゃしゃ》で愛らしい少女だが、彼女の拳《こぶし》は人狼のものだ。それがこちらに向くことはないとわかっていても、こうして『今すぐ、全力で殴りかかりたいです！』と言わんばかりにぷるぷると震えていると、ちょっと怖い。

しかし、そんな彼女の様子をまったく意に介したふうもなく、オルドリシュカが楽しげに笑って口を開く。

「フォーンは、ツェツィーリエの初恋の相手なんですよ」

「おおぉオルドー!?　何をさらっと、ヒトの秘密を暴露《ばくろ》してくれちゃってんの!?」

途端に真っ赤になって、ツェツィーリエが跳び上がる。

オルドリシュカは、不思議そうな顔で彼女を見た。

「なんだ？　ツェツィーリエ。おまえはよく、フォーンの話を楽しそうにしていただろう。だから、特に秘密にするようなことではないと思っていたんだが……違ったのか？」

「～～っっ」

どうやら、今のオルドリシュカには『乙女同士のナイショ話』という概念は存在しないらしい。

クリステルは若干戦慄《じゃっかんせんりつ》しながら、いまだに顔を赤くしている人狼の少女を見る。

（ツェツィーリエさま……。嬉し恥ずかし初恋の君に、あそこまで容赦なく蹴りを入れることができるんですのね……）

先ほどの彼女の回し蹴りは、実に見事だった。

あれを人間が食らったら、内臓のひとつやふたつは潰れるのではなかろうか。

しかし、あのときは分厚い毛皮をまとっていたせいか、フォーンはまったくダメージを受けていない様子である。彼は嬉しそうに、ぱぁっと顔を輝かせた。

「僕が、初恋って……ホント？　ツェリ」

「うにゃあああーっ!?」

ツェツィーリエが、再び真っ赤になって跳び上がる。

どうやら、彼女の初恋は本当に秘密であったらしい。

そんな彼女の様子を見て、フォーンはそれが事実だと確信したのだろう。ますます嬉しそうに笑って立ち上がる。

「嬉しいよ。ツェリ。……僕も子どもの頃からずっと、きみのことが好きだった。もちろん、今も。これからも」

「あう……はうぅ……」

ツェツィーリエの頭に、白い獣耳《けものみみ》がぴこっと立つ。可愛い。

フォーンはそんな彼女に、照れくさそうに笑いかけた。

「ねえ、ツェリ。お願いだ。僕の、お嫁さんになって？」

「フォーン……」

「おい、おまえたち。そういったプライベートなことは、ふたりきりのときにやれ」

大変感動的なプロポーズ――を容赦なくぶったぎったのは、いまだ初恋を経験していない上に、こういった男女の機微にまったく疎《うと》いオルドリシュカである。

我に返ったらしいツェツィーリエは「ぴゃあ！」と声を上げて両手で頭を抱え、フォーンは「あ」と間《ま》の抜けた声をこぼした。

実際、今は大変時間が惜《お》しい状況である。プロポーズに関しては、ふたりきりのときに再挑戦していただくことにした。

それから手早く、最低限の情報交換を行《おこな》う。フォーンによると、彼と先ほどの三人以外の人狼は、オルドリシュカたちを追いかけてこの国にやってきてはいないだろうということだった。

東の里からここまでの道中を思い出しながら語るフォーンが、やけにしみじみとした様子で言う。

「いやぁ、本当にまいりましたよ。あの三人は、里の中でも最も『次期族長の婿』の座に固執している者たちなのですが、本当にどれだけ必死なのやら。どんな悪天候でもかまわず、先を進もうとするもので……」

よく見れば、フォーンの着ている衣服は、なんだか妙にくたびれている。

「実は、昨夜からこの街に入っていたのですけどね。ちょっと目を離した隙に連中とはぐれた直後、通り雨に降られてびしょ濡《ぬ》れになってしまいました。人間の格好のままだと濡《ぬ》れた服が気持ち悪いですし、ひとまず獣《けもの》型になって彼らと合流しようとしたのですが……。ちょうどそこに、人間の子どもたちが大勢通りかかりまして」

派手さはないが端整な容貌《ようぼう》のフォーンが、苦笑を浮かべる。

「僕のことを、捨て犬か何かだと思ったのでしょうね。あやうく、彼らの家に連れていかれるところでしたよ」

(まぁあ……)

どうやら『原作』に出てくる雨に濡《ぬ》れた迷子の人狼キャラは、やはり彼だったらしい。

愉快ななんちゃって若者のじーさまでも、その孫である男装の麗人《れいじん》でもなく、可愛い同族の女の子を追いかけてこの国にやってきた、一途な人狼青年。

ちょっぴり拗《す》ねた顔のツェツィーリエと彼が、ほほえましく視線を交わしている様子を見て、クリステルは思った。

あの『ヒロイン』の精神干渉能力を『物語』の開始直後に封印できて、本当によかった――と。

もしフォーンが『ヒロイン』に拾われていたら、彼女のハーレム要員のひとりにされていただろう。こんなにもほほえましいカップルが、彼女のチート能力のせいで台無しにされるだなんて、考えただけで本当にぞっとしてしまう。

フォーンの苦労話をひと通り聞いたあと、クリステルたちはようやく当初の予定に入ることができた。

寮《りょう》の門限まで、もうあまり時間がない。

宿で借りたホールの一室で、クリステルとウォルターが教師役となり、カークライルにリードされたオルドリシュカをびしばし指導していく。

「オルドリシュカさま。また、視線が足元に下がっておりますわ。カークライルさまは、絶対にあなたを転《ころ》ばせるようなことはなさいません。もう少し、肩の力を抜いてくださいな」

「ハイ！」

ホールに流れている音楽は、優美なワルツだ。

華麗なステップでクリステルをリードしながら、ウォルターがさらりとオルドリシュカに注意する。

「オルドリシュカ殿。肘が下がってしまっていますよ。多少ステップを間違えてもかまいません。ですが、姿勢の悪さはダンスにおいては致命的です。常にご自分が周囲から見られていると考え、堂々となさっていてください」

「ハイ！」

オルドリシュカの返事は、大変元気があってよろしい。

……そこはかとなく体育会系の香りが漂《ただよ》うのは、致し方ないところだろう。

彼女をリードするカークライルが、対レディモードの笑顔と美声を大盤振る舞いして優しく話しかける。

「大変お上手ですよ、オルド。とても、つい昨日ステップを学びはじめたばかりとは思えません。リラックスして、呼吸を楽に。――はい、ここでターンです」

カークライルが持ち上げた右手を軸に、オルドリシュカはくるりと一回転した。彼女のドレスが、ふわりと広がる。

「……っ！　すごいです、カークライル！　今、とても楽に回れました！」

　上手くターンできたことがよほど嬉しかったのだろう。それまでずっと生真面目な表情でダンスに集中していたオルドリシュカが、子どものような笑みを浮かべた。可愛い。

　ホールの隅では、フォーンとツェツィーリエがそんな彼女に、非常にほほえましいものを見る目を向けている。

「綺麗にターンできましたね。すばらしいです」

　どうやらカークライルは、とにかくオルドリシュカを褒めて伸ばす作戦でいくことにしたらしい。

　彼女が気に入ったターンを何度かくるくると繰り返し、新しい遊びを教えるように別のステップも踏ませていく。

　クリステルは、感心した。

（うーん……。さすがは、ウォルターさまの側近候補筆頭でいらっしゃいますわね。指導スキルの高さも、実に素晴らしいです）

　頼もしい同輩というのは、実にありがたい存在である。

　もし自分が男だったなら、カークライルにはぜひ親しい友人になってもらいたかった――と思っていると、ふいに彼女の腰を支えるウォルターの手に力がこもった。

　驚いてパートナーの顔を見上げると、スカイブルーの瞳がまっすぐにクリステルを見ている。

「……きみのパートナーは、俺だよ。クリステル」

「はい。そうですわね？」

彼は今更何を言っているのだろう、とクリステルは首をかしげた。

たしかにダンスの最中はパートナーに集中するのがマナーだが、今の自分たちはオルドリシュカの指導中である。

彼女とカークライルの様子に注意を向けるのは、仕方のないことだろう。

ウォルターとはもう数え切れないほどダンスを踊ったことがあるし、多少よそ見をしたところで、彼のリードでクリステルがステップを踏み間違えることなどあり得ない。

ウォルターが再び口を開く。軽やかなワルツの旋律《せんりつ》に紛れてしまうほど、彼の声は低く小さい。

「すまない、クリステル。……どうやら俺は、自分で思っていたよりもずっと嫉妬《しっと》深い人間だったみたいだ」

「……え？」

彼の言葉の意味を、咄嗟《とっさ》に理解できなかった。

彼女にとってウォルターは、常に礼儀正しく穏やかな青年で、『嫉妬《しっと》』のような生々しい感情とは無縁の存在だったから。

なのに——彼はじっとクリステルを見つめたまま続ける。

「わかってる。きみが俺を、この国の『王太子』としか見ていないこと。だから俺は……きみになんの肩書もなしに認識してもらえるすべてに、嫉妬《しっと》してしまう。シュヴァルツさま。フラン。ソーマディアス殿。……それから、カークライルにも」

「ウォルター、さま……？」

意味が、わからない。

だって自分たちは、政略目的の契約による婚約者同士だ。

こんなふうに——狂おしいほどの熱を孕《はら》んだ瞳で、相手を見つめる関係ではないはず、なのに。

クリステルの頭はひどく混乱しているにもかかわらず、体はリズムに合わせて正しくダンスのステップを刻んでいく。

ウォルターは先ほどカークライルがオルドリシュカにしたように、ふわりとクリステルをターンさせる。再び彼女の腰に手を当てたウォルターが、目を細めた。

そうして彼は、クリステルの耳元に顔を寄せて囁《ささや》く。

「……俺を、見て。クリステル」

少し掠《かす》れた、低い声が聞こえる。

「俺はずっと、きみを見ていた。……きみと、はじめて会ったときから」

終章　ダンスパーティー

学生交流会当日の朝。

クリステルは、交流会のメイン会場と同じ建物にある広々とした控室《ひかえしつ》にいた。デザイナーのビクターが完璧に仕上げてくれたドレスをまとい、彼のアシスタントたちによって髪を結《ゆ》い上げられ、化粧を施《ほどこ》される。

体に完全にフィットしたドレスはとても軽く、動きやすい。

プロにコーディネイトされた装飾品の数々も、すべて身につけた。こうして完全武装――もとい、完全盛装モードとなってみると、ドレスの美しさがますます際立っている。我ながら、実に華やかだ。

ひと仕事を終えたビクターたちも大絶賛である。

最終的に姿見の中で確認した自分の姿は、彼らが言うように、この国の将来の王妃にふさわしいものに見えた。

ほとんど本能のレベルにまで極めたお嬢さまスキルにより、クリステルは彼らに笑顔で礼を言う。そして彼らが帰り、束の間《つかま》ひとりの時間を得たクリスティルは——

(……っああぁあああもうー！　昨日のアレは、一体なんだったんですの、ウォルターさま!?　いえ、客観的な視点から考えれば、おおむね意味を理解することはできるはずなのですけれども！　あまりに想定外すぎて、ちょっと我《わ》が事だと認識しにくすぎると申しますか！)

白い絹の手袋に包まれた手で、クリステルはべしべしと鏡台を叩いた。八つ当たりである。

だが、あまり暴れると、せっかく整えてもらった髪も化粧も崩れてしまいかねない。

クリステルはこれから、ウォルターのパートナーとして学生交流会の主役にならなければならないのだ。その場に、ほんのわずかでも乱れた姿で現れるなど、断じて許されない。

(うぅー……)

姿見に映る自分は、なんだかとても情けない顔をしている。

こんなことではいけないと思うのに、どうやって頭を切り換えればいいのかわからない。

……だって、今まで誰も教えてくれなかった。

愛しい家族や大勢の家庭教師たちがクリステルに教えてくれたのは、『未来の王妃』となる彼女が、どうやったら幸せな人生を送れるかということだけ。

その中に、『未来の国王』――彼女の夫となる相手が、気持ちを向けてくれたときにどうしたらいいか、なんて内容はなかったのだ。

クリステルは、どんよりと肩を落とした。

（……ハイ。わたしは基本的なスペックの高さと、これまで叩きこまれた王妃教育でごまかしてはいますけれども。誰かに教えていただいたことは、大抵根性でこなすこともできるのですけれども。まったく不測の事態が起こったときには、結構頭の中が真っ白になってしまうタイプなのです。ウォルターさま……）

本当に、こんなに落ち着かない気分になったのは、生まれてはじめてだ。

幻獣討伐に初参加したときだって、ひどく精神が高揚したけれど、こんなふうに身の置き場のない思いに駆られたことはなかった。

このところ、ウォルターに対して抱くようになっていたもやもやとした感情を、ようやくしまいこむことができたと思っていたのに――

いくら体が大きくなっても、『未来の王妃』として恥ずかしくない装いをできるようになっても、結局のところクリステルはオルドリシュカと同じ。初恋も知らないオコサうだ。


マだ。

　異性から穏やかな優しさではなく、熱を孕《はら》んだ『恋情』をぶつけられれば、喜びではなく戸惑いと混乱と――恐ろしささえ、感じてしまう。

　こんな調子でウォルターの前に出たら、なんだかとんでもないことを叫んでしまいそうだ。

　半ばパニックを起こしかけたクリステルは、はっと鏡台の上を見た。

　部屋を出るときに装備するつもりだった通信魔導具を取り、手早く操作する。

　呼び出した相手は、すぐに応答してくれた。

『――やぁ。どうしたんだい？　クリステル。そちらはもうすぐ、交流会がはじまる時間じゃなかったかな？』

「お兄さまぁ……っ」

　クリステルは幼い頃から、何か困ったことがあると、真っ先に兄のエセルバートに相談していた。いつまでもこんなふうに甘えていてはいけないとわかっている。だけど、今ばかりは彼に助けてほしかった。

　情けない声で呼びかけたクリステルに、通信魔導具の向こうでエセルバートがわずかに声のトーンを落とす。

ゆっくりと語られる彼の声は、とても耳に心地いい。

『クリステル？　一体、何があったんだい？　私の可愛いお姫さま』

……いつもならば、その破壊力抜群の美声に悶絶《もんぜつ》していたところだろう。

だが、今のクリステルにそんな余裕はまるでなかった。

この世の誰より信頼している兄に、みーみーと情けなく泣き言をこぼすので精一杯だ。

しどろもどろになりながらも、どうにか昨日の一件を説明すると、兄は通信魔導具の向こうで小さく笑ったようだった。

「お兄さま……？」

『ああ。いや、ごめんよ。ただ……殿下もついに、我慢ができなくなったかと思ってね』

兄の言葉に、クリステルはますます戸惑う。

そんな彼女に、エセルバートは穏やかな口調で続ける。

『こういったことは、兄の私が言うべきではないのだろうけど……。クリステル。殿下はきみが思うよりもずっと、きみのことを大切に想っているよ』

優しい、静かな声だった。

兄の言葉はいつだって、クリステルの波だった心を鎮《しず》めてくれる。

『大丈夫だよ、クリステル。私と父上が、きみを不幸にするような男を、きみの未来の夫に選ぶと思うかい？』

幼い子どもに言い聞かせるように、ゆっくりと一言一言丁寧に語られる言葉。クリステルは、それに素直に答えた。

「……思いません」

そうだろう、とエセルバートが優しく笑う。

『クリステル。今まできみは、いろいろなことを学んできたね。けれど、今きみが向き合わなければならない問題は、誰かに答えを教えてもらえるものじゃない。そして、何もなかったことにして逃げたってかまわない問題でもあるんだよ』

「逃げる……？」

そんな選択肢を、クリステルは今まで考えたこともなかった。

彼女にとって、誰かに与えられた問題や課題とは、常に全力で取り組んで乗り越えていくものだったから。

なのにエセルバートは、逃げてもいいと言う。

『うん。きみ自身が、選んでいいんだ。その問題に正面から向き合ってもいい。目を逸《そ》らして、逃げてもいい。……けどね、クリステル』

一度言葉を切って、兄はクリステルに優しく告げた。

『それを決めるのは、殿下を……ウォルター・アールマティさまのことを、きちんと見てからにしなさい』

——俺を、見て。クリステル。

胸の奥に刻まれた、切ない響きの彼の声。

言葉を詰まらせたクリステルに、エセルバートは大丈夫だよ、と繰り返す。

『きみが今怖くてたまらないのは、殿下が昨日きみに見せたのが、今まで触れたことのないものだからだ。はじめて触れるものは、なんだって怖く感じるだろう？　だから、大丈夫。怖がらずに、ちゃんと目を開いて見てごらん。きみはきっと、それができるはずだよ』

「……はい。お兄さま」

礼を言って兄との通信を終えると、そろそろ部屋を出たほうがいい頃合いだった。

頭の中を、きちんと整理できたわけじゃない。

それでも、先ほどまでのように闇雲《やみくも》に暴れたくなったり、どこかへ逃げたくなったりという気持ちは消えていた。

クリステルは、そっと息を吐いて立ち上がる。

（ありがとうございます。お兄さま）

彼女の大好きな兄は、クリステルが困ったときにはいつだって助けてくれる。

こうして優しく背中を押してくれる彼に、今まで何度救われただろう。

（うぅ……っ。両手で頬を叩いて、気合を入れ直したいッ！）

残念ながら、化粧が崩れるおそれがあるのでそれはできない。

つくづく、女性の装いとは不自由なものだと思う。

クリステルは仕方なく、思いきり両手を打ち鳴らした。……手袋のせいで、まったく音が景気よくない。

うぬぅ、と顔をしかめたものの、これ以上できることはなさそうだ。

よく考えてみたら、こんな美麗なドレスをまとって自分は一体何をやっているのか、と恥ずかしくなってきた。

どうやら一度パニックの波が過ぎてしまうと、妙に冷静になれるものらしい。

兄に話を聞いてもらって本当によかった、と思いながら、クリステルは控室《ひかえしつ》を出る。

会場がある方向から、生徒たちの笑い声や話し声がかすかに聞こえてきた。

クリステルは、一時間ほど前に控室《ひかえしつ》に入るまでの道中で目にした女生徒たちの姿を思い出す。

生活魔術科に所属する彼女たちは、ひどく興奮した様子で眩《まぶ》しいほどの笑みを浮かべていた。

彼女たちのドレスは、袖の膨《ふく》らみが抑えられ、裾も心持ち短くなっていた。羽や獣耳《けものみみ》、尻尾を装備できる魔導具の存在を前提として、バランスを取り直したのだろう。

淡いパステルカラーのドレスをまとい、白い羽や獣耳《けものみみ》を装備した愛らしい少女たちが談笑している様子は、まさに天使の戯《たわむ》れ。実に眼福《がんぷく》だった。

クリステルは、ぐっと拳《こぶし》を握《にぎ》りしめる。

（いい仕事をした、わたし……！）

実際に仕事をしたのは、ミリンダであり実行委員の面々ではあるのだが、今回の企画を立ち上げたのはクリステルだ。それが、あんなにも楽しそうな少女たちの笑顔を引き出せたのである。ここは全力で自画自賛しても許される場面だろう。

……そんなことを考えながら会場に向かっていたが、いよいよウォルターと顔を合わせると思うと、せっかく明るくなっていた気分がどんよりと重くなる。

彼が突然あんなことを言い出さなければ、こんな気まずさを覚える必要もなかったはずだ。なんだか少し恨《うら》めしく思えてくる。

（わたしは……『王太子』のウォルターさまで、よかったのに）

クリステルにとっての彼は、未来の国王たる『王太子』であり、『将来の旦那さま』。

それで、充分だった。

ウォルターは誰もが認めるこの国の後継者で、それにふさわしい実力とカリスマ性を備えている。人の上に立つに臆《おく》することなく、むしろ傲然《ごうぜん》とした余裕さえもって周囲を圧倒し、従えてしまう。

……しかし、正直なところ、『王太子候補』として頭角を現す前の彼のことを、クリステルはよく覚えていない。

その頃は、彼女自身も厳しい王妃教育をクリアするのに、いつも必死だったから。よけいなしがらみを増やさないため、自分の『将来の旦那さま』が確定するまでは、その候補者たちとはあまり接触しないほうがいい、と教えられていたせいもある。

クリステルにとって、『将来の旦那さま』は誰でもよかった。

『王太子』の座に就き、その責務を正しく果たせる者であるなら、クリステルにとってはそれが自分の仕えるべき主《あるじ》だ。

その主《あるじ》が誰で、どんな姿をしていても、まったく問題ではなかった。

政略結婚なんて、そんなものだ。

ギーヴェ公爵家の娘として生まれた以上、自《みずか》ら伴侶を選ぶ権利などないことくらい、クリステルは物心ついたころから知っていた。

書物から得たいくらかの知識で、恋というものに憧れた――恋に恋したことならある。

けれどそれは、クリステルにとっては常に遠い世界。絵空事《えそらごと》でしかなかった。

自分自身には関係がないからこそ楽しめる、ふわふわと柔らかな甘い夢だ。

『……俺を、見て。クリステル』

――脳裏から、片時も離れない。あの一瞬の、ウォルターのつらそうに細められた目も、少し掠《かす》れた低い声も。

もしあのとき彼が見せてくれたものが、『ギーヴェ公爵家の娘』ではなくクリステル自身を望む気持ち、恋というものであるならば――

（全然、甘くなんてないわ……）

だって、こんなに胸の奥が締めつけられる。

クリステルを見つめるときには、いつも穏やかに凪《な》いでいたスカイブルーの瞳が、あんな熱に揺れることがあるなんて知らなかった。

『俺はずっと、きみを見ていた。……きみと、はじめて会ったときから』

……ウォルターとはじめて会ったときのことなんて、クリステルは覚えていない。

彼は幼い頃から本当に優秀な子どもだった。けれど、後見の弱さゆえに、彼がクリステルの人生に深く関わることなどないと思っていたから。

なのにウォルターは、ずっとクリステルのことを見ていたという。

そんな彼のことを、改めて考える。

彼――ウォルター・アールマティというひとりの人間を、好ましいと思うかと問われれば、答えは是《ぜ》だ。クリステルはこれまでに、彼が自分の王でよかったと何度も思った。

今となっては、彼以外の王を戴《いただ》くことなど、想像もしたくない。

けれどそれは、『王太子』である彼に対する評価で――おそらく、ウォルター自身がクリステルに望んでいるものではないのだろう。

……わからない。

彼が、クリステルに何を望んでいるのか。

自分自身が、『王太子』ではなく『ウォルター・アールマティ』という青年と、どんな関係でありたいのか。

そこで、クリステルは、控室《ひかえしつ》からメイン会場へ続く通路に佇《たたず》む、鮮《あざ》やかな深紅をまとう女性に気がついた。

すらりと姿勢のいい彼女は、間違いなく先日友人になったばかりの人狼の少女、オルドリシュカだ。

彼女の姿をまじまじと見たクリステルは、思わず感嘆の吐息をこぼす。

らしい。

（ツェツィーリエさま……お見事です）

オルドリシュカの側仕えである少女は、こちらが考えていたよりも遥かに有能だった

人狼の少女たちには、今朝早くに目立たないよう、学園の制服姿でこの建物に入って
もらった。

そして、最も人目につかない場所にある学生会役員用の控室《ひかえしつ》を彼女たちに提供し、そ
こでドレスに着替えてもらったのだ。

ドレスの着付けやヘアメイクに関しては、クリステルが信頼できるメイドたちを呼び
よせるつもりだった。

だが、ツェツィーリエはあっさりとその申し出を断ったのである。

なんでも、彼女は幼い頃から『将来の族長』の側仕えとして育てられてきたため、女
性のフォーマルな装いに関するスキルもすべて身につけているのだという。

そんな彼女の言葉に、まったく誇張はなかったようだ。

優美なデザインのドレスをまとい、艶《つや》やかな黒髪を結《ゆ》い上げたオルドリシュカの顔に
は、その凜《りん》とした涼やかな印象を引き立てる薄化粧が施《ほどこ》されている。

カークライルの鋼色《はがねいろ》の瞳に合わせて用意した、白金の装飾品の数々も、彼女の肌の

美しさを一層際立たせていた。

こちらで用意した来賓用の仮面は、人前に出るときにつけるつもりなのだろうか。それに隠されてしまうのが、あまりにもったいない麗《うるわ》しさだ。

今や、どこからどう見ても目の覚めるような美女にしか見えない彼女に、クリステルは笑顔で声をかける。

「ごきげんよう、オルドリシュカさま」

オルドリシュカは、とうにクリステルの存在に気づいていたのだろう。

軽く会釈《えしゃく》を返してから、落ち着いた声で口を開いた。

「こんにちは。クリステルさま。その、今日はダンスパーティーだとうかがいましたが……。ひょっとして、仮装パーティーという意味だったのでしょうか？」

彼女はきっと、生活魔術科の女生徒たちの装いを見たのだろう。

クリステルは、くすくすと肩を揺らした。

「そのようなものだと考えてくださって、大丈夫ですわ。ご覧の通り、今回はとても気楽なパーティーですの。どうぞ、あまり緊張なさらないでくださいませね」

「……はい。ありがとうございます」

オルドリシュカが、あからさまにほっとした様子でうなずく。

やはり、少なからず緊張しているようだ。

彼女はカークライルと、この建物のエントランスで待ち合わせをしているはずである。

クリステルは、これから二階に特設された入場ポイントに向かわなければならない。

鋭《するど》い五感を持つオルドリシュカが、ここからエントランスまで行けないということはないだろう。

だが、今の彼女は言ってみれば完全なアウェイ状態。

クリステルとて、オルドリシュカと『友人』になったとはいえ、まだまだ親しい間柄とは言いがたい。それでも、彼女にとって知った顔には違いないはずだ。

クリステルは、にこりとほほえんでオルドリシュカを見上げた。

「よろしければ、途中までご一緒しませんか？」

「はい、ぜひ！」

……食い気味に、答えが返ってきた。

（これは、お誘いをかけて正解でしたわね）

ほっとしつつ、クリステルはハイヒールに慣れていない彼女に合わせ、ゆっくりと歩く。

「オルドリシュカさま。ツェツィーリエさまとフォーンさまは、今日はどうされておりますの？」

「さぁ、どうでしょう。先ほどまでは、そのあたりにいたのですが……。人間の国の学校など滅多《めった》に見られるものではありませんし、きっとふたりであちこち回っているのではないでしょうか」

その答えに、クリステルは目を丸くした。

今回、オルドリシュカとツェツィーリエには制服を貸して学園内に招き入れたが、フォーンのものは用意していない。

この学園は、関係者以外立ち入り禁止だ。

一体どうやって――とクリステルが疑問に思ったのを感じたのだろうか。

オルドリシュカが、あぁ、と笑って口を開く。

「ほら、クリステルさまと最初にお会いしたお屋敷に、小さなヴァンパイアがいたでしょう？　なんでも、あの子どもが今回のダンスパーティーに大変興味を持っていたようで」

「そ……そうですわね？」

たしかにフランシェルシアは、この交流会の話をしたときから興味津々《きょうみしんしん》の様子だった。

……なんだか、いやな予感がする。

「うちのメルヘンじじい――ではなく、祖父も何やら同じだったようでして。それで、このドレスを作ってくださったドラゴン殿と意気投合したのをいいことに、幻術を使ってこちらに入り込めるよう手配していただいたそうなのです。その旨《むね》を昨夜、祖父からの連絡で知ったのですが……それを教えたところ、フォーンもぜひ自分もと言い出しましてね」

「……そう、ですの」

昨日現れた人狼のフォーンは、オルドリシュカたちと同じ宿に滞在している。

クリステルは、びくびくしながら確かめた。

「あの……オルドリシュカさま。もしかして今、この学園には、あの屋敷にいらしたドラゴンさまやヴァンパイアのおふたり、それにフォーンさまもいらしているのでしょうか……？」

おそるおそるの問いに、オルドリシュカはあっさりうなずく。

「ええ、おそらく。さすがはドラゴン殿や、ヴァンパイア殿の幻術ですね。ついでに、我《わ》が祖父もですが――たしかに彼らのにおいは感じるのに、まるで居場所の特定ができません」

「それは、素晴らしいですわね」

感心しきりの様子で言われ、クリステルはどうにか鍛《きた》え上げたお嬢さまスマイルで応じた。

彼女は同時に心の中で、全力でシュヴァルツに祈りを捧《ささ》げる。

(ああぁああ…っ、シュヴァルツさま！　今はもう、あなたの素晴らしくジェントルな良識だけが頼りです！　フランさまはいくら賢くてもやはり幼いお子さまですし、ソーマディアスさまにはとても人間の良識など期待できません！　デリカシー皆無の無神経老人であるザハリアーシュさまも同様です！　手のかかるお相手ばかりで大変でしょうが、どうかくれぐれも、引率役を立派に務め上げてくださいませ……！)

何しろ彼らは、単体であっても、簡単にこの学園の敷地を更地にしてしまえるほどの力の持ち主揃いなのだ。

もちろん、彼らが望んでそんなことをするなど、クリステルは思っていない。

だが、浮かれてテンションが上がった場合に何をしでかすかわからないのが、小さなお子さまと人間社会の良識に欠けたニート志望、フリーダムな老人というものなのだ。

クリステルがそっと嘆息《たんそく》していると、オルドリシュカがそういえば、と話題を変えた。

「その……ツェツィーリエが、いろいろと語ってはくれるのですが。やはりどうも自分には、恋愛感情というものが理解できないのです。――人間の国では、婚姻関係を互いの感情によらずして結ぶのも珍しいことではないと聞きました。不躾《ぶしつけ》を承知でうかがいますが、クリステルさま。あなたは、ウォルター殿下に恋愛感情を抱いていらっしゃいますか？」

　こうもストレートに聞いてくるのは、やはり彼女がいまだに恋を知らない人狼だからなのだろう。

（恋を知らない、という意味では、わたしも同じなのだけれど……）

　クリステルは思わず苦笑し、そっと首を横に振ることで答えた。

　ウォルターのことは、好ましいと思っている。

　けれど彼女は、決して彼に恋をしているわけではない。

　彼がくれる優しさに子どもじみた独占欲は抱いても、今までそんな熱量の高い感情を、彼に対して抱いたことなどないのだから。

　そうですか、とオルドリシュカがあっさりうなずく。

「ですが、ウォルター殿下はクリステルさまに、恋をしていらっしゃいますよね？」

「……っ」

　突然投げつけられた爆弾発言に、クリステルはあやうくすっ転《ころ》ぶところだった。

　美麗なドレス姿でそんな真似《まね》をしたら、末代までの恥である。どうにか体勢を立て直し、クリステルは途方に暮れてオルドリシュカを見上げた。

「なぜ……そう、お思いになりますの？」

「え？　それはだって……見ればわかるではありませんか」

むしろ意外そうに返され、クリステルはどんよりと肩を落とす。

ほぼ初対面の相手――しかもかなり恋愛に疎《うと》いオルドリシュカにすら気づかれるほど、ウォルターがクリステルに向けている気持ちはわかりやすいものなのだろうか。

（いえでも、これは人狼の感覚の鋭《するど》さがあってこそ、というものかもしれませんし……っ）

己《おのれ》の鈍感っぷりを自覚したくないクリステルだったが、オルドリシュカは容赦なく続ける。

「はじめてお会いしたときから、殿下のお気持ちはとてもわかりやすかったですよ。クリステルさまをご覧になる目のお優しさもそうですし……。クリステルさまが殿下を見ていなくても、殿下は変わらぬ目でご覧になっていますよ。それに殿下は、クリステルさまといらっしゃるときにはいつも、何があってもすぐにあなたを守れる位置に立たれているでしょう？」

（……はい。オルドリシュカさま。残念ながらわたしはただの人間ですので、視界に入らない相手がどのようなお顔をしていらっしゃるかはわからないのです。立ち位置については――いつもさりげなくそばにいてくださるな、とは思っていましたけれど……っ。

そういう意図であったことには、今までまったく気づいておりませんでした！　申し訳ありません、ウォルターさまー！）

ウォルターはクリステルの主《あるじ》なのだから、むしろこちらが彼を守れる立ち位置をキープしていなければならなかったのだ。

いろいろな意味で反省点がありすぎて、うっかり自己嫌悪の海に潜《もぐ》ってしまいたくなる。

そんな彼女に、オルドリシュカは小さく笑った。

「……そうですね。ウォルター殿下がクリステルさまに向ける感情は、たしかに恋愛感情なのだと認識できます。少し、うらやましいとも思いました」

「うらやましい……ですか？」

意外に思って彼女を見ると、笑みを浮かべたままオルドリシュカがうなずく。

「ウォルター殿下は、すでにあなたを守って生きる人生を手に入れている。いずれ人間の国の長《おさ》になる者としては、滅多《めった》に見ないほど幸運な方だと、自分は思います」

幸運、とクリステルは口の中で繰り返した。

けれど――

「わたしは……ウォルターさまに、恋を……していない、のです。それでもあの方は、幸運……なのでしょうか」

頭が、ぐらぐらする。

そんなクリステルに、オルドリシュカはきょとんとした顔で首をかしげた。

「恋しい相手と結婚して、同じ人生を歩いていけるんです。それは充分に、幸運と呼べるのではないのですか？」

「……どう、でしょう。そのお相手が、同じようにご自分を恋しく想っているなら、大変な幸運と言えるでしょうけれど……」

クリステルは、ぎこちなく答える。

オルドリシュカは少し考えるようにして、困ったふうに苦笑した。

「やはり、恋愛感情というのは難しいですね。……正直なところ、自分は恋をしていなくてもまったく不便を感じておりませんし、特に子どもが欲しいとも思いません。知っての通り、自分と血の繋がった者たちならば、それこそ覚えきれないほどたくさんおりますから」

けれど、とオルドリシュカはふと遠くを見る。

「ウォルター殿下や、ツェツィーリエとフォーンの様子を見ていて……。あんなふうに自分以外の誰かを大切に想えるというのは、とてもいいことなのだと感じる自分もいるんです」

「そう……ですね」

誰かが、誰かを心から大切に想う気持ち。

それはきっと、人が持って生まれる心の中でも、一番尊いものなのだと思う。

(だって……嬉しい、もの)

ウォルターが、そんなふうに自分を想ってくれていたと知ってから——はじめは混乱して、戸惑って、それから少しだけ怖かった。

けれど今、クリステルはたしかに嬉しいと感じている。

ただ、昨日からずっと、胸の奥が締めつけられるように疼《うず》く。

決して甘くはなくて、むしろ苦くて痛くて、少しつらい。

それはきっと、ウォルターがクリステルにくれている想いに、返すだけの価値があるものを自分が持っていないからだ。

オルドリシュカが言うような『大切な気持ち』から、今までクリステルはずっと目を背《そむ》けてきた。誰かがそれをくれても、どうやって気持ちを返せばいいのかわからない。

だから、つらくて不安になる。逃げ出したい、とさえ思ってしまう。

きっとクリステルのほうが、オルドリシュカよりもよっぽど子どもだ。

クリステルは、手袋に包まれた手をぎゅっと握《にぎ》りしめる。

「あの……オルドリシュカさま」

「はい。なんですか？　クリステルさま」

凛《りん》と背筋を伸ばす人狼の少女に、クリステルは請《こ》う。

「先日は、ツェツィーリエさまのおっしゃるままに、あなたとお友達になることをお約束いたしましたけれど……。その、改めてこちらからお願いしてもよろしいでしょうか？　オルドリシュカさま。――わたしと、お友達になっていただけませんか？」

オルドリシュカのきれいな紫色の目が見開かれる。

それから小さく笑った彼女は、はじめて会ったときのような口調で言った。

「あぁ、もちろん。恋を知らない者同士、ぜひ仲よくしよう。――自分は、友人にはオルドと呼んでもらいたいな」

「はい！　よろしくお願いいたします！　わたしのことは、クリステルと……あら？　わたし、まだ一度も恋をしたことがないと、オルドに言いましたかしら？」

首を捻《ひね》ったクリステルに、オルドリシュカは声を立てて笑う。

「言ってはいないが、それこそ見ていればわかる。クリステルは、ウォルター殿下の婚約者であることに、まったく不満を持っていないだろう？」

「そ……それは、そうですけれど……」

だからといって、初恋すらまだということまでわかってしまうなんて――と、ぶつぶつぼやいていると、オルドリシュカはさらりと「まぁ、あとは勘だな」とのたまった。

クリステルは、むぅ、と眉根を寄せる。

「人狼の方に勘だと言われると、すべてに納得してしまいますわね」

「あぁ、それは信じていいぞ。うちのメルヘンじじいなんて、幻獣の襲来から水害、山火事まで、すべて勘だけで完璧に言い当ててしまうからな」

あっさりと言われ、クリステルは絶句した。

それは、なんという素晴らしい精度の危険探知能力であろうか。

東の里の人狼たちが、ザハリアーシュを神格化する気持ちがうっかりわかってしまいそうだ。

彼は、あんなデリカシー皆無な無神経老人なのに。

オルドリシュカが、小さく笑う。

「クリステル。これは、自分の勘だが……。ウォルター殿下は、あなたが考えているよりも、ずっと単純でわかりやすい男性なんじゃないか？」

「……はい？」

思わず目を瞠《みは》ったクリステルに、オルドリシュカはいたずらっぽく肩を竦《すく》める。

「それとも、彼があなたに恋をしているからなのかな。あなたがウォルター殿下に笑いかけるだけで、彼はとても嬉しそうな顔をする。あれは大変、可愛らしい」

「～っ、もう、オルド！　からかわないでくださいな！」

クリステルの頬が、瞬時に熱くなる。思わず睨《にら》みつけると、くくっと笑った人狼の少女は目元を隠すマスクを装着して片手を上げた。

ここはもう、ホールの入口扉のそばだ。エントランスに繋がる階段も見える位置である。

「じゃあな、クリステル。せっかく、人間のダンスを教わったんだ。カークライルは、剣だけでなくダンスも上手い。楽しませてもらうよ」

「それはぜひ、楽しんでいただきたいですけれど！　カークライルさまは、ウォルターさまの大切なご友人ですの！　人狼の里の婿には、絶対に差し上げませんからね！」

了解、と手を振り、オルドリシュカはエントランスに歩いていく。彼女は、思っていたよりもユーモアに富んだ少女だったようだ。すっかり、からかわれてしまった。

（まぁ……。おかげで、緊張もどこかへ行ってしまいましたわね）

ふぅ、と息をついて、クリステルは顔を上げる。

この先の扉を開ければ、きっとそこにはウォルターがいるだろう。

まずはいつも通りに挨拶《あいさつ》をして、それから――

（……っ!?）

そのとき、会場の建物がすさまじい振動に襲われた。いつもより高いヒールを履いているせいでよろめいてしまったが、どうにかこらえて踏みとどまる。

クリステルは、この衝撃に覚えがあった。

以前シュヴァルツが、彼女を攫《さら》うためにこの学園全体を覆《おお》う防御結界を力ずくで破ったことがある。

この国でそんなことができるのは、幻獣たちの王たるドラゴンのシュヴァルツだけのはずだ。

ならば――とクリステルが青ざめて咄嗟《とっさ》に視線を向けた先で、扉が勢いよく開かれた。

「クリステル！　無事か!?」

「ウォルターさま！」

華やかな盛装姿のウォルターが、あっという間《ま》に目の前にやってくる。

彼は一度クリステルをきつく抱きしめると、硬い表情で見つめてきた。

「そのドレス姿じゃ、きみはまともに戦えない。……非戦闘員の避難誘導を、任せていいかい？」

「お断りします。主《あるじ》を危地に置いて先に逃げる者など、我《わ》がギーヴェにはおりません」

きっぱりと答えたクリステルの指には、愛用の魔導剣となる指輪が嵌《は》まっている。

生徒たちの多くが機動力の低い盛装姿でいる現在、襲撃を受けるタイミングとしては最悪だ。

ただでさえ、みな交流会直前で浮かれ、落ち着きとは無縁の精神状態にある。今すぐパニックが起きてもおかしくない。

生活魔術科の生徒たちをはじめとする非戦闘員を避難させるのも、通常より遥かに困難なはずだ。

彼女は魔導剣を起動させ、まっすぐに婚約者の目を見て言う。

「これはおそらく、異国のドラゴンの襲撃でしょう。相手の目的は不明ですが、あなたはこの国の次代の王。たとえわたしたち全員を盾にしても、生き延びるのがあなたの義務です」

にこりと笑って、彼女は続ける。

「行ってください、ウォルターさま。『王太子』のあなたなら、ここにいる非戦闘員をすべて王宮の防御結界内に保護することができる。ギーヴェの名にかけて、あなた方がこの学園から離れる時間くらいは持たせてみせます」

「断る」

（……え？）

短い即答に、クリステルは目を丸くした。

ウォルターのスカイブルーの瞳が、瞬《まばた》きもせずに彼女を見ている。

その奥底には熱い炎が揺らいでいて、クリステルの息が止まった。

「きみには……がっかりされて、しまうだろうけれど」

ゆっくりと、ウォルターは口元に笑みを浮かべる。どこまでも穏やかな声で、彼は言った。

「この国の国民全員の命と、きみひとりの命なら。――俺は、迷わずきみを選ぶよ」

本気、だ。

彼は本気で言っている。

なぜそんな、愚《おろ》かなことを――そんな、当たり前の事実を言う顔で口にするのか。

『王太子』である彼に、そんなことは許されない。許されないはず、なのに。

「ウォルターさま……？」

クリステルが、呆然と彼の名をつぶやいたときだった。

「……ってェな、西の！　いきなり何しやがる!?」

「それはこちらの言うことだ。東の。まったく、迷惑にもほどがあるぞ」

再びウォルターの腕の中に抱きこまれたクリステルは、ガツンと何かがぶつかるような音と騒々《そうぞう》しい喚《わめ》き声、そしてシュヴァルツのあきれ返ったような声を聞く。

（ええと……？）

咄嗟《とっさ》に状況を把握し損ね、クリステルは何度も瞬《まばた》きをする。

少し離れたところに立つシュヴァルツの足元で、行儀悪く胡坐《あぐら》をかき、地面に打ちつけたらしい頭を抱えている青年がいる。燃えるような真っ赤な髪に金色のメッシュという、なんとも派手な髪色だ。

年齢は、二十代前半といったところだろうか。

シュヴァルツに比べると線は細いが、かっちりと引き締まった体躯《たいく》をラフなデザインのジャケットと細身のパンツに包んでいる。

クリステルは、青年の姿をまじまじと見る。

（こういう派手派手しい外見の方を、『以前』の世界ではなんというのだったかしら……。ああ、そうそう。たしか、ヴィジュアル系バンドメンバータイプと言うのでしたわ）

華やかな印象の美しい顔を盛大にしかめ、赤い髪の青年——『東の』という呼称からして、おそらくシュヴァルツの同族であるドラゴンの青年が、くわっと口を開く。

「だーかーらー。メーワク被《こうむ》ったのもこっちな、西の！　おれは昨日、休眠期明けのめっちゃいい気分でゴロゴロしてたの。ひっさしぶりに森に出て、ふっかふかの草の上で超まったりしてたわけ。そんなおれの頭の上に、騒々《そうぞう》しい人狼のガキどもをいきなり三体も送りつけてきたのはー？　さぁ、一体どこの誰でしょう！」

「……む？」

シュヴァルツが軽く眉根を寄せ、クリステルを抱えるウォルターの腕がびしっと強《こわ》張《ば》る。

そしてクリステルは――

（これは……この、なめらかな問答無用のイケメンボイスは……ッ！　影が薄すぎてどこにいるのかしょっちゅうわからなくなる、奇跡のバスケットボール少年の声ですね……!?）

至近距離からぶつけられた、まったく免疫《めんえき》のない美声による衝撃に、あやうく腰が砕けるところであった。

しかし今は、シュヴァルツと新顔ドラゴンによる美声の二重奏に萌《も》えている場合ではない。

東の――というと、少し前に話を聞いたことがある。三百年ほど前に、人間の女性を赤ん坊から育てたドラゴンだ。お年頃になった彼女を北のドラゴンから番《つがい》にと望まれ、大陸の形を変えるほどの大喧嘩《げんか》をしたという話だった。

このヴィジュアル系の人間バージョンからは、彼が子育てに励むところなどまったく想像できないが、初対面の相手を見た目で判断するのはよろしくない。

どうやらシュヴァルツは昨日、三人の人狼たちを東の里へ送り返したと言っていたが、うっかりこの赤いドラゴンの頭上に送りつけてしまったようだ。

状況を把握しているうちに、会場のほうからは生徒たちの戸惑いの声が聞こえてきた。

その声に反応したウォルターが、クリステルを腕の中に抱えこんだまま、いつの間《ま》にか取り出していた通信魔導具に向けて口を開く。

「――この学園に集《つど》う者たちに告げる。俺は、スティルナ王国王太子、ウォルター・アールマティ。先ほど、学園の守護結界が破壊された。だが、何も心配することはない。どうやら、禁域の森のドラゴン殿が、我々の交流会を祝福しに来てくださったようだ」

彼の声が、通信システムを通じて学園中の拡声器から広がっていく。

クリステルは、咄嗟《とっさ》にシュヴァルツに声をかける。

「シュヴァルツさま！　この学園の敷地内全域に、美しい花が降る幻影を展開することはできますか⁉」

「う、うむ」

珍しく少し動揺した顔でシュヴァルツはうなずく。

彼が軽く指を弾く仕草をした途端、周囲にありとあらゆる色彩が溢《あふ》れた。

半透明の美しい花々が、空中を緩やかにゆらめきながら舞い降りていく。

その幻想的な光景に、あちこちで生徒たちの歓声が上がる。

ウォルターが小さく息をつき、再び通信魔導具に向けて明るく作った声で言う。

「まったく、ドラゴン殿も粋《いき》なことをしてくださる。……まぁ、守護結界を破壊する前に、こちらに一言知らせていただければ、もっとありがたかったかな？」

遠くから、生徒たちがどっと沸く声が聞こえてくる。

そのとき、クリステルの通信魔導具に連絡が入った。カークライルからだ。

「はい、カークライルさま。クリステルです」

『クリステルさま。学園守護結界の再起動まで、あと二分四十三秒です』

クリステルは、思わず笑った。

ここ数ヶ月、学園の守護結界は破られてばかりだ。彼女がシュヴァルツに攫《さら》われたとき、フランシェルシアがこの国にやってきたとき、そして今回。

三度目ともなれば、破壊された守護結界の再起動も手慣れたものになるらしい。

まったく、頼りになる仲間がいてくれてありがたい、とつくづく思う。

「了解しました。――ウォルターさま。学園の守護結界の再起動まで、あと二分三十七秒だそうですわ。交流会開始予定時刻までは、二分五十八秒」

ウォルターの通信魔導具に拾われないように気をつけて、クリステルは囁《ささや》く。

――ギリギリ、間に合う。

彼はひとつうなずき、穏やかな声で学園中に告げる。

「交流会は、予定通り開始する。……あぁ、そうだ。実行委員の諸君。交流会の成功は、きみたちの肩にかかっている。ドラゴン殿の美しい花に見とれる気持ちはよくわかるが、いつも通りの落ち着いた働きを期待する！」

そう言って通信を切るなり、ウォルターはシュヴァルツに向き直った。

「ありがとうございます、シュヴァルツさま。おかげで、学生たちを落ち着かせることができました」

「いや、ウォルター。クリステル。すまなかったな。私の不手際で、おまえたちに迷惑をかけてしまった。……私はたしかに、あの者たちを東の里へ送ったつもりだったのだが――」

眉根を寄せたシュヴァルツに、赤毛のドラゴンの化身《けしん》が「あ」と間《ま》の抜けた声をこぼす。

「どうした、東の」

シュヴァルツが訝しげにそちらを見ると、ヴィジュアル系の姿をした彼は、ぽりぽりと人差し指で頬を掻いた。

「いやー。そういや、おれが昼寝してた森って、人狼連中の縄張りん中だったかも？

みたいな。ごめーん」

へらっと笑って言われたシュヴァルツが、半目になる。

「おまえは……。他種族の縄張りの中で昼寝をするなど、危機感がないにもほどがあろう」

シュヴァルツのあきれ返った声に、赤毛のドラゴンはむっと顔をしかめた。

「このおれが、そこらのちまっこい連中にどうにかされるわけがねーだろ。っていうか、おまえが転移先の安全確認をサボったりするから、おれの幸せ昼寝タイムが邪魔されたんじゃねーか！　腹が立ったからちょいと脅してやったら、三人ともションベン漏《も》らしながら逃げてったけどな！」

……寝起きで機嫌の悪いドラゴンにいじめられるとは、あの三人はもしかしたらとてつもなく不幸な星のもとに生まれてきたのかもしれない。

クリステルはさすがに彼らに同情したくなったが、シュヴァルツがなんだか奇妙な顔をしている。

「東の……。それはおまえ、人狼の里の者たちから安全を脅《おびや》かす危険なドラゴンとして、討伐対象とされてもおかしくないのではないか？」

「……おぉ？」

目を瞠《みは》った赤毛のドラゴンが、少し考える顔をしたあと、再びわざとらしくへらっと笑う。

「そーいや、人間と人狼の連中だけは、下手にイジったらめっちゃヤバいんだったなー。しばらくぶりだったから、すっかり忘れてたわ。……どうしよ」

休眠期に入ったドラゴンは、数年から長ければ百年以上の長きにわたり、安全な住処《すみか》で眠り続けるという。それはたしかに、世間の常識を失念しても仕方がないかもしれない。

かつて人間の子どもを立派に育て上げたという赤毛のドラゴンに興味は尽きないが、残念ながら今は詳しい話を聞いている時間はない。

クリステルは、難しい顔をしているシュヴァルツに向けて口を開いた。

「シュヴァルツさま。申し訳ありませんが、ここはお任せしてよろしいでしょうか？東の里の人狼たちへの取り成しでしたら、のちほどザハリアーシュさまにお願いすれば、どうにかしていただけるのではないでしょうか」

何しろザハリアーシュは、東の里で人狼たちから崇拝《すうはい》対象とされているのである。彼が一言口添えすれば、大抵のことはなんとかなる気がする。

そう言うと、シュヴァルツは目を瞠《みは》ってうなずいた。

「おお。そういえば、あやつは東の里の先代族長であったな。昨夜は酒の入ったあやつに、息子たちの愚痴《ぐち》を延々と聞かされ続けたものだから、つい忘れていた」

（……一体、何をしていらっしゃるのですか。ザハリアーシュさま）

大恩ある素敵ドラゴンのシュヴァルツに絡み酒をするとは、まったく嘆《なげ》かわしい限りである。

クリステルが顔をしかめていると、ウォルターが赤毛のドラゴンに向けて一礼した。

「赤のドラゴンさま。申し遅れました、私はこのスティルナ王国王太子、ウォルター・アールマティと申します。こちらは、私の婚約者であるクリステル・ギーヴェ公爵令嬢。いずれ改めてご挨拶《あいさつ》させていただきたく思いますが、今は少々立てこんでおりますもので、これにて失礼いたします。――シュヴァルツさま。大変申し訳ありませんが、あとのことはよろしくお願いいたします」

「うむ。いずれこの国を統《す》べるのがおまえのような人間で、私は嬉しく思う。その務め、しっかり果たしてくるといい」

突然向けられた最上級の賛辞に、ウォルターの反応が一瞬遅れる。

「……ありがとうございます。シュヴァルツさま。それでは、行ってまいります」

クリステルもドラゴンたちに一礼し、ウォルターにエスコートされて歩き出す。

建物の二階部分に特設されたエントランスは、今回の交流会でふたりが入場するためだけのものだ。ダンスホールとなっている会場へ下りる螺旋《らせん》階段に続いている。

「行くよ、クリステル」

「はい、ウォルターさま」

華やかな光溢《あふ》れる会場に入る前、交わした言葉はこれだけだった。

予定通りにウォルターがクリステルを伴って生徒たちの前に姿を現すと、会場から割れるような歓声が上がる。

彼は先ほどの騒動のことも交えつつ、短いながらも生徒たちの心を惹きつけてやまないスピーチをし、学生交流会の開会を宣言した。

生徒たちが、絶叫に近い歓喜の声でそれに応じる。

（ウォルターさま……）

くらりと目眩《めまい》にも似た感覚を覚え、クリステルはわずかに目を細める。

こうしてウォルターが人々から陶酔《とうすい》の眼差《まなざ》しを向けられる姿を見るたび、彼女は思い知るのだ。

彼は、人の上に立つべくして生まれた人間なのだと。

その輝く容姿に心惹かれる者は、数えきれないほどにいるだろう。

彼が戦場で見せるすさまじいばかりの強さに、心酔《しんすい》する者も多いだろう。

だが、ウォルター・アールマティという青年が持つ最大の強みは、周囲に集《つど》う者たちに『彼のために何かしたい』と思わせる、圧倒的なカリスマだ。

……彼はこんなにも、見事な王になれるだけのものを持っている。

なのになぜ、そのすべてを捨ててしまうようなことを簡単に言えてしまうのだろう。

国民すべての命より、クリステルひとりの命を選ぶ――なんて。

今までずっと、誰もが認める完璧な『王太子』であり続けたのは、彼自身が望んだことだったはず。

それが、彼がクリステルに恋をしているからだと言うのなら――本当に恐ろしいと思う。

一国のトップに立つべき人間が、そんな個人的な感情で己《おのれ》の責務をあっさり放棄し得るなんて、絶対に許されないことだ。

けれど、とクリステルは同時に思う。

ウォルターだって、ひとりの人間だ。何もかもを、周囲の理想通りにできるわけがない。

何かを間違えることも、迷うこともあるだろう。それをフォローするのが、彼の臣下であるクリステルたちの務めだ。

たしかに、いずれ国を率《ひき》いる立場になる自分たちの存在意義は、国民の命と生活を守ること。

だからといって、そのために個人の感情や幸福をすべてあきらめるというのは、違うだろう。

たとえ国中の誰よりも、己《おのれ》を律して人々の規範となるべき国王だって、それは同じだと思う。自分自身の感情を大切にして、人としての幸福を望む権利はあるはずだ。

生徒たちの歓声が静まると、会場の一角に配された楽団が、ファーストダンスの前奏曲を奏ではじめる。

ウォルターとクリステルが螺旋《らせん》階段を下り、会場の中央に着くのと同時に優雅なワルツがはじまった。

いつも通りの、完璧なリード。完璧なステップ。完璧な、笑顔。

ただ、いつもと違うのは――

「……俺に、幻滅した？　クリステル」

聞こえるか聞こえないかというほどの、小さな声。

自嘲《じちょう》するような響きを持つウォルターの声に、クリステルは目を伏せた。

「あなたの、先ほどの選択は……。責任ある『王太子』として、ふさわしくないものであったと思います」

「うん」

声が震えて、クリステルは一度唇を噛《か》んだ。

「あなたを守り、それによってより多くの国民を守るのが、わたしの義務であり誇りです。……あなたは、それを踏みにじった」

「……うん。ごめん」

クロスステップ、逆回転。

こんなときでもウォルターは、クリステルを誰よりも上手に踊らせてくれる。

ふわりとターンをすると、豪奢《ごうしゃ》な刺繍《ししゅう》を施《ほどこ》されたドレスの裾が広がった。

「ごめんで済めば、司法担当官はいりませんわ。ウォルターさま」

司法担当官とは、この国の犯罪者を裁く権限を持つ国家機関、司法省に所属する者だ。

「クリステル……？」

拗《す》ねた口調で言ったクリステルに、ウォルターは戸惑ったようだ。

そんな彼の手を、クリステルは少しだけ強く握《にぎ》り返す。

「ウォルターさま。わたしはたぶん、あなたが思っているよりもずっとわがままで、幼稚な娘です。……いつだって自分の義務のことばかりを考えて、ずっと……あなたの気持ちに、少しも気づかなかった」

ウォルターは、クリステルのことを見ていてくれたのに。

自分たちの関係において、それが正しいことなのかは、よくわからない。

少なくとも、『王太子』が多くの国民の命よりも、婚約者ひとりの命を優先するなんてことは、決して許されることではないと思う。

……けれど。

「わたしは……あなたを、もっと知りたい」

クリステルは、『王太子』の仮面を外したウォルター・アールマティという青年のことを、まだ何も知らない。

だから、知りたい。

知らなければ何もはじまらない。何も、選べないから――知りたい。

「教えてください。ウォルターさま」

本当は、恐い。

『完璧な次代の王妃』には、不必要に感情を揺らしかねない恋など無用だ、と心のどこかで頑《かたく》なに主張する自分の声が聞こえる。

それでも、クリステルは知りたいと思った。

こんなにもまっすぐに自分を望んでくれた、彼のことを。

「わたしは、あなたに忠誠を誓った臣下です。わたしはこの名と剣に懸《か》けて、これから先何があろうとも、絶対にあなたを裏切りません」

ですから――と、クリステルはウォルターにほほえんだ。

「わたしが、恋をできるとしたら……そのお相手は、未来の旦那さまであるあなたしかありえないのですわ。ウォルターさま」

ウォルターの目が、大きく瞠《みは》られる。

珍しくステップが乱れたが、彼はすぐに立て直した。

どうやら動揺しているらしい彼に、クリステルは告げる。

「わたしもオルドリシュカさまと同じで、初恋すら経験したことがありませんの。だから、教えてくださいな。ウォルターさま。わたしに恋を教えられるのは、あなただけなのですもの」

「……っ」

クリステルは腰に回されたウォルターの手に、一瞬強く引き寄せられた。その流れで

複雑なステップに入ったけれど、再びゆったりとしたリズムに合わせた反復運動に切りかわる。

ウォルターの耳が、少し赤い。彼の顔に浮かんでいるのはいつも通りの微笑だが、珍しく動揺のかけらが滲《にじ》んでいる。

「きみは……本当に、俺を驚かせるのが上手いな」

「まぁ。そうですか？」

そうだよ、とつぶやいた彼は、小さく息をつく。

「でも……うん。そうか。つまり、きみに恋をしてもらえるかどうかは、今後の俺の甲斐性次第ってことだね」

何やらアンニュイな彼の様子に、クリステルは慌てて言う。

「あの、ウォルターさま？　ご面倒でしたら、何も無理になさらなくても――」

結構です、までは言えなかった。

ウォルターが、今まで見たことのない微笑を浮かべて見つめてきたからだ。

クリステルはふと、シュヴァルツとはじめて会ったときのことを思い出した。圧倒的な力を持つ存在に『獲物』と認識された瞬間の記憶が、なぜ今脳裏に浮かぶのだろう。

（あ……あら……？）

なんだろう。今、背筋がぞわっとした。

彼の薄く整った唇が、ゆっくりと開く。

「駄目だよ、クリステル。俺を煽《あお》ったのは、きみなんだから。もう絶対に、逃がしてあげない」

そのときウォルターの口から発せられた、甘ったるいにもほどがあるお色気ボイスに、クリステルは一瞬気が遠くなりかけた。つい、ステップを踏み損ねてしまう。

彼女のウエストを支えながら、ウォルターは続ける。

「教えてあげる。きみが知りたがっていることなら、なんでも全部」

だから、と彼は目を細めて言う。

「きみのことも、俺に教えて。俺が知らない、きみのことを。――俺ももっと、きみを知りたい」

(それは無理です、ウォルターさまー！)

クリステルは、青ざめた。

何しろ、ウォルターに知られていない彼女の秘密といえば、前世から受け継いだオタク魂《だましい》くらいのものである。

――見目麗《みめうるわ》しいイケメンに、己《おのれ》がオタクであることを堂々と語れる乙女などいない。

それ以前に、前世の記憶がどうのこうのなどと言い出したら、頭がおかしくなったと思われ、どん引きされても仕方がないところだ。

内心だらだらと冷や汗を流しながら、クリステルは彼を見上げた。

「あの……ウォルターさま。そうおっしゃっていただけるのは、とても光栄なのですが……。その、わたしの何を、お知りになりたいのでしょうか？」

「……そうだね」

ウォルターがクリステルの片手を持ち上げ、軽やかにターンさせたあと、再び力強くホールドする。

「まずはきみが、俺との関係で不安に思っていることを、全部教えてほしい。どんなに細かいことでも、丸ごと全部」

優しく笑って、彼は言う。

「きみが何を不安に思っているのだとしても、そんなものは俺がすべて排除してあげる。……クリステル。俺は、きみとの未来を手に入れるために王太子になったんだ」

「……はい？」

目を丸くした彼女に、ウォルターはどこか吹っ切れた様子で楽しげに笑う。

「安心して。クリステル。俺は、きみのためなら王宮の勢力図くらい、力ずくで変えてみせる。それはもう、まともな後見を持っていなかった俺が、誰もが認める『次代の王妃』だったきみとの婚約を成立させたことで証明済みだよ」

クリステルは、固まった。

もっともそれは彼女の頭の中のみで、体のほうはしっかりとダンスのステップを踏んでいたが。

たしかにウォルターは、クリステルとはじめて会ったときから彼女を見ていたと言っていた。

だがそれが、まさかそんな意味だったなんて――

(……重っ！　重いですわよ、ウォルターさま！)

心の底から、クリステルはおののく。

初恋もまだの恋愛素人である自分に、いきなりそんなディープな話を聞かせないでいただきたい。

安心しろと言われても、なんだか逆に不安になってきた。

だが、ここで『やっぱり、今までのお話はなかったことに』と前言撤回するのは、あまりに卑怯《ひきょう》というものだろう。

ぐぬぬ、と苦悩するクリステルに、ウォルターは声を低めて囁《ささや》く。

「あぁ、そうだ。肝心なことを言っていなかったね。……俺は、きみが好きだよ。クリステル」

「……っ！」

クリステルの頭の中が、真っ白になる。

彼の超絶美声による、至近距離でのストレートな愛の告白。

その破壊力は、彼女の想像を絶するものがあった。

ここが学園の生徒たちで溢《あふ》れたダンスパーティー会場でなければ、完全に腰が砕けてへたりこんでいたところだ。

なのにウォルターは、きらきらと輝くような笑顔で追い打ちをかけてくる。

「だから、お願いだ。クリステル。俺のことを、好きになって」

「あ……あの……」

クリステルは、もはや何を言ったらいいのかわからない。

ウォルターは少し考えるようにしてから、再び甘ったるい声で口を開いた。

「あぁ、違うな。これから俺は、きみに好きになってもらえるよう全力で努力する。だから……覚悟しておいてくれ。クリステル」

「……ハイ。ウォルターさま」

ほとんど機械的にうなずきながら、クリステルは思った。

これから自分が彼に恋をできるかどうかは、まだわからない。けれど、自分の心臓が大変な苦行を強《し》いられるのは間違いないだろうな——と。

（とりあえず……。あまり早死にはしたくないので、今後とも日々の健康には充分に注意を払おうと思います）

こんな心配は、まったくもって『悪役令嬢』にふさわしくない気がする。

だが、仕方がない。

自分たちが生きている世界は、先々のストーリーが決められている『物語』などではない。ただの現実なのだ。

望む未来を手に入れるためには、誰もが悩んでさまざまな選択を繰り返し、目の前の道を一歩ずつ歩いていかなければならない。

だからこそ——

（ええ。自分の前世がオタク系女子高生でした、ということだけは、これから何があっても隠し通してみせますわ！）

『未来の王妃』としては、周囲から「あの……。アタマ、大丈夫ですか……？」と案じられるような真似《まね》は、厳に慎《つつし》まなければならないのだ。

そして今のクリステルは、多少……否《いな》、かなりの不安はあっても、ウォルターの隣に立つ権利をほかの誰かに譲《ゆず》るつもりはない。

たとえ子どもじみた独占欲の発露《はつろ》だったとしても、クリステルは彼の優しい笑顔を決して失いたくないのだから。

彼女自身が望む未来のために、この件については全力で保身に走ることを、クリステルは改めて誓ったのだった。

書き下ろし番外編

女子力は、料理だけではありません

クリステルの前世基準において、女子力の高さ——すなわち、男性がパートナーに選ぶ女性に求めるスキルの高さを示すに当たり、真っ先に挙げられるのは『料理上手』というポイントであった。統計を取ったことがあるわけではないので、異論はいくらでも認める。

とはいえ、『料理上手』は、今の彼女に求められるスキルではまったくない。未来の王妃たるクリステルに必要なのは、国賓を招いてのパーティーをつつがなく取り仕切ることであって、自ら料理の腕を振るうことではないのである。

よって、彼女は今まで厨房《ちゅうぼう》に立ったことはないし、おそらく今後も立つことはないであろう。幻獣討伐任務の際に、野生の獣《けもの》を仕留めて美味《おい》しく食べられるようにする方法ならば、いくらでも知っている。けれど、平時においては立派な腕を持つ料理人が厨房《ちゅうぼう》に揃っているのだから、わざわざ彼らの領分を侵す必要はないのだ。

そういった適材適所の考え方から、クリステルたちが通う学園においても、幻獣対策科には厨房《ちゅうぼう》を使った調理の授業は導入されていない。

そのため、いわゆる調理実習を舞台とした少女漫画的イベントは、生活魔術科の生徒たちにのみ発生するものであった。とはいえ――

「あ、いたいたー。ねぇ、ジュリア。これ、さっき授業で作ったランチボックスなんだけど、試食してもらってもいい？」

（……ランチボックスとは、また剛毅《ごうき》な御仁《ごじん》ですわね）

今までクリスタルが見聞きしたことがあるのは、勇気ある女生徒がマフィンやクッキーなどのちょっとしたスイーツを可愛らしくラッピングして、意中の相手にプレゼントする、という程度のものである。ランチボックスを丸ごと、というのは、はじめて見た。

ある日の昼下がり、クリステルたちの教室にひょっこりと現れた男子生徒が抱えていたのは、かなり大きめのバスケット。体が資本の幻獣対策科の生徒が、女性であってもかなりボリュームのある食事を摂《と》るという事実は、きちんと把握しているようだ。

どうやら生活魔術科の生徒と思《おぼ》しき彼は、ネクタイの色からして後輩の第二学年。すらりとしなやかな体つきに、少女めいた可愛らしい顔立ちをしている。柔らかそうな栗色の髪に淡い水色の瞳、まだ幼さの残るまろやかな頬。

にこにこと人好きのする笑みを浮かべた男子生徒に指名されたのは、平民出身のクラスメイト、ジュリア・トンプソンだ。アッシュブロンドの髪にはしばみ色の瞳を持つ彼女は、魔導剣の実技授業では常に上位にランクインしている、将来有望な生徒である。

少し垂れ目がちで、ぽってりとした唇を持つ彼女は、なんとなくいつも眠そうに見える独特な雰囲気の持ち主だ。おそらく、大人になるにつれてどんどん色香を増して魅力的になっていくタイプだろう。

彼女は、非常に慌てた様子で立ち上がると、教室の入り口にすっ飛んでいった。

「リアム！　そういうものは、お友達とご一緒しなさいと言ったでしょう⁉」

「え？　だって、実習で試食しまくったせいで、みんなお腹一杯なんだよ」

少年が、ジュリアにバスケットを渡してほほえむ。

「川魚の燻製のマリネ、ジュリア好きでしょ？　昔、おばさんに教わった通りに作ってみたから、たぶん同じ味にできてると思う」

「……リアムの胃袋を掴みにくるスキルが、上がっている……だと……？」

無意識らしい動きでバスケットを受け取ったジュリアが、呆然とつぶやく。教室では、常に丁寧な言葉遣いであったのが崩れているところを見ると、よほどの衝撃を受けたらしい。

きょとんと瞬《まばた》きをした少年が、小首をかしげる。

「よくわからないけど、バスケットは放課後回収に来るから。あ、あとで感想聞かせてね。ジュリアの率直な意見、楽しみにしてる」

そう言って爽《さわ》やかな笑顔を残した少年が去っていくと、残されたジュリアに教室中の視線が集まった。微妙な空気の中、クリステルは思いきって彼女に声をかける。

「あの……ジュリアさま。ランチボックスを作ってくださるなんて、素敵なご友人がいらっしゃいますのね」

「はい……。お騒がせして、申し訳ありません」

バスケットを抱えたジュリアがうつむく。何やら、ひどくどんよりとした様子だ。美少年の友人が、自分好みのランチボックスを届けてくれたのだから、もっと喜べばいいものを、とも思う。けれど、人にはそれぞれ事情があるものだ。あまり深入りするのはやめておこうと考えていると、ジュリアはとぼとぼと自分の席に戻った。

そして、何度かバスケットの蓋《ふた》に手を伸ばしては引っこめる、ということを繰り返すジュリアに、普段から彼女と親しくしているクラスメイトが問いかけた。

「ジュリアさま。どうかなさいましたの？　せっかくですから、ランチはテラスでいただくことにいたしませんか？」

「……ありがとうございます。ただその……少しだけ、お待ちいただけますか？　心の準備をさせていただきたいのです」

何やら悲壮感すら漂《ただよ》う口調に、周囲がざわつく。それを知ってか知らずか、ジュリアがふふふ、と虚《うつ》ろな笑みを浮かべる。そして、しばしの沈黙のあと、彼女は思いきったようにバスケットの蓋《ふた》を開けた。

「……おぅふ」

その中身を確認したジュリアが、天を仰《あお》ぐ。そのリアクションに興味を引かれ、バスケットの中身に視線を向けたクラスメイトたちが、驚きの声をこぼした。クリステルもまた好奇心に負け、不躾《ぶしつけ》とは思いながらもジュリアのバスケットを見る。そして、あやうく真顔になりかけた。

（え……何なんですの？　この、女子力の粋《すい》を極めたような、素敵すぎるお弁当は？）

バスケットに入っていたのは、それはそれは彩《いろど》り鮮《あざ》やかな軽食の数々だ。さまざまな具材を使ったサンドイッチにこんがりと焼かれたパイ、野菜サラダには二種類のドレッシングが添えられている。美しい飾り切りを施《ほどこ》されたフルーツたちは、食べやすそうな一口サイズ。少年が言っていたマリネも、実に美味《おい》しそうだ。おまけに、ミートボールとミニトマトなどの野菜を使い、可愛らしい猫やネズミの造形を作っているところなど、芸が細かいにもほどがある。

　この可愛らしいランチボックスを、年下の男子生徒が作ったということには、さほど驚きは感じない。料理人というのは、非常に体力勝負のお仕事である。そのため、彼らの多くは男性だ。この学園の教育カリキュラムはかなり高度なものだし、生活魔術科の卒業生の中には王宮所属の料理人になった者もいる。

むしろ、不思議なのはジュリアの反応だ。喜ぶどころか、先ほどの会話からしてかなり親しい相手が作ってくれたランチボックスに、なんだかおののいているように見える。

　ややあって、彼女は天上を睨《にら》みながらぼそりと言う。

「自分が魔導剣をぶん回したり、恐ろしげな幻獣相手に命がけのタイマンを張ったり、遠征先で狩った鹿やウサギや蛇を狩って捌《さば》いて食べている間に、幼なじみの可愛い男の子がどんどん素敵なお嫁さんスキルを身につけていくという現実。……ちょっとだけ、絶望したっていいと思うの」

　その場に、なんとも言いがたい沈黙が落ちた。

「いえ、わかってはいるんです。私は戦闘系魔術と魔導剣の適性が高かった。あの子は、繊細《せんさい》な作業と生活魔術に対する適性が高かった。そこに、男女の差は関係がないことくらい。ですけど……っ」

ふと、天を仰《あお》いでいたジュリアが、ダン！　とバスケットの両側を拳《こぶし》で打ちつける。

「一緒に地元へ戻るたび、あの子は可愛い女の子たちときゃっきゃウフフな女子トークで盛り上がっているというのに、私はむさ苦しい男連中に姐御《あねご》と呼ばれて、ひたすら稽古をつけまくっているんですよ！　卒業したら、一生あんな日々が続くんですか⁉　私だって、たまには野郎のエロトークじゃなくて女の子と恋バナしたい！　流行のおしゃれについて語り合いたい！」

よほど、鬱憤《うっぷん》が溜まっていたのだろうか。ジュリアの魂《たましい》の叫びに、教室中に『何この子、かわいそう』という空気が流れる。

そして、つい先日人狼の友人ができたばかりのクリステルは、改めて種族の差というものを感じていた。東の人狼の里から来た男装の麗人《れいじん》は、ジュリアと似たような状況であったはずだが、それに何一つ不満を抱いていなかったらしい。

クリステルは、近くにいたウォルターを見上げた。彼と視線が合うと、黙って首を横に振られる。

（ええ。たとえジュリアさまにオルドリシュカさまを紹介しても、あまり似たもの同士でお話が合うということにはならなさそうです）

見れば、ジュリアと親しくしているクラスメイトは、彼女になんと声をかけたらいいのかわからなくなっている様子だ。

ひとつうなずいたクリステルは、ひとまず気になっていたことをジュリアに告げる。

「ジュリアさま。男性が女性の前で下品な話題に興じるなど、とんでもないことです。その場で、徹底的に心得違いを思い知らせて差し上げたほうが、よろしいのではないでしょうか」

おっとりと穏やかな彼女の言葉に、ジュリアがはっと顔を上げる。けれど、その表情はすぐに曇《くも》った。

「クリステルさま……。その、彼らにとって、私は女性の一員に入っていないんです。それに、私ひとりのために、あんなに楽しそうなおしゃべりを力尽くでやめさせるのも、なんだか申し訳なくて……」

まぁ、とクリステルは首をかしげる。

「それはいけませんわ、ジュリアさま。あなたは彼らに武術を教えるのであれば、それにふさわしい規律と礼儀を叩きこまなければなりません。規律なき力など、容易にただの暴力に成り下がるもの。特に、女性に対する気遣いは、徹底的に身につけさせてくださいませ」

より強い力を得るならば、その正しい使い方を学ぶのは当然のこと。それは、教える側も同じである。自らの責任において戦う術を教える者は、同時にその正しい使い方を伝えなければならない。

「何より、あなたを正しく女性扱いしないなど、まったくもって言語道断《ごんごどうだん》。いえ、あなた自身がそれをよしとしているのであれば、わたしが口出しすることではないのですが……」

どうなのですか？　と視線で問えば、ジュリアは沈思したあと口を開く。

「そう……ですね。今更、地元の連中に女性扱いされたいわけではないのですが、ほかの女の子たちに乱暴な態度を取られては困ります。次に戻ったときには、そのあたりもしっかり調教……ではなく、きちんと躾《しつ》けていこうと思います」

何か不穏な単語が聞こえた気がしたけれど、クリステルは気づかなかったことにした。にこりとほほえみ、改めて彼女の前にあるバスケットを眺める。

「それにしても、本当に素敵なランチボックスですわね。美味《おい》しそうなのはもちろんですけれど、見た目もとても可愛らしいです」

よく見れば、カトラリーを束ねているリボンが、ジュリアが持っているペンケースや手帳に多いクリーム色だ。きっと、あの少年が彼女の好みに合わせたものなのだろう。つくづく、芸が細かくて感心する。

「……ありがとうございます、クリステルさま。あの子はもしかしたら、何かの間違いで男性に生まれてきたのかもしれませんね。幼い頃からいつもにこにこ可愛らしく笑っていて、趣味はお料理とお裁縫。お花を育てるのも上手で、よくいい香りのするポプリなんかを作っていました」

その軽い口調はちょっとした世間話のようだが、うふふ、と笑うジュリアの目が笑っていない。

（うーん……。あのリアムという子は、たしかに男性にしておくのがもったいないような可愛らしさでしたけれど。まさか、そこまで女子力の高いお方だったとは……）

趣味は人それぞれとはいえ、そこはかとない敗北感を覚えてしまう。まったくの他人であるクリステルでさえそうなのだから、ひょっとしたら彼の幼なじみであるジュリアは、相当な鬱屈《うっくつ》を抱えているのかもしれない。

実際問題として、幻獣対策科に在籍している以上、『女子力の向上』という点においては、生活魔術科の生徒たちに敵《かな》うはずもない。むしろ、日々己《おのれ》の内に秘める雄々しさを研鑽《けんさん》するのが、幻獣の脅威から国民を守るために生きると決めた、自分たちに課せられた義務なのだ。クリステルたちのような貴族階級少女たちが身につけているお嬢さまスキルは、完全なる自宅学習の成果なのである。

つまり現状、社交義務のない平民階級の少女たちが幻獣対策科に入った場合、女子力を磨くためには、非常な自助努力が求められるわけだ。それを選んだのは彼女たち自身とはいえ、ジュリアの現状を思うとさすがに気の毒になってくる。

同じ学園に進学した同郷の少年が、どんどん女子力を高めていくのに対し、自《みずか》らが磨いているのは問答無用のたくましさ。……お年頃の少女としては、たまに虚《むな》しさにとらわれても仕方あるまい。

少し考えたクリステルは、過日の交流会を機に親交を深めた、天才デザイナーの存在を思い出す。女性の魅力を最大限に引き出す術に長《た》けた彼女に相談すれば、幻獣対策科に所属する女生徒の日常にも、心の潤《うるお》いを提供することができるかもしれない。

「ねぇ、ジュリアさま。近いうちに、少々お時間を作っていただけますか？　ちょっとした試みなのですけれど、ご意見を聞かせていただけるとありがたいですわ」

「はぁ……はい。私でよければ、喜んで」

――きょとんとしたジュリアとともに、クリステルがミリンダのもとを訪ねてから半年後。

魔導剣の待機形態として一般的だった、指輪やネックレス、耳飾りなどのデザインが、非常に幅広く進化した。

それらが今まで、一般的なアクセサリーに比べてシンプルな作りのものばかりだったのは、武器を持っている事実を極力目立たないようにしよう、という意識の表れだったのだろう。

しかし、見る者が見ればどんな目立たないものであろうと、それが魔導武器の待機形態であることなどすぐにわかる。ならば、シンプルなものだろうと華やかなものだろうと、そこに大した差異はない。むしろ、女性が自衛目的で身につけるものであれば、目立つデザインにしたほうが抑止力として役に立つ。

そういった屁理屈をこね回し――ではなく、理論武装をしたクリステルは、ミリンダだけでなく兄のエセルバートも巻きこんで、『若い女性が日常的に身につけられるデザインの魔導武器開発』を発足させたのである。将来的には、魔力の低い、あるいは魔力を持たない女性でも護身用に身につけられる、ちょっとした防御魔術を組み込んだアクセサリーを作っていきたい。

そう言うと、可愛らしい花の形を模《も》した指輪を嬉しそうに眺めていたジュリアが、ふと憂《うれ》い顔になって口を開いた。

「クリステルさま。それでしたら、女性だけではなく、若い男性も普通のアクセサリー感覚でつけられるものも開発してはいかがでしょうか」

悩ましげなため息をついて、彼女は言う。

「世の中には、リアムのように顔も性格も趣味も可愛らしくて、そんじょそこらの女性よりも、よっぽどお嫁にしたくなるタイプの男性がいるでしょう？　私、今までリアムの可愛らしさに惑って、うっかり間違いを起こしそうになったおばかさんを、数え切れないほど処分してきたものですから……。ご検討いただけると、とても嬉しいです」

「わかりました。早急に、男性用のデザイン部門を立ち上げるようにいたしますわ」

真顔で即答したクリステルは、しみじみと憐憫《れんびん》の眼差《まなざ》しをジュリアに向けた。

「ご苦労、なさいましたのね。ジュリアさま」

「はい。それほどでもあります」

やはり真顔で応じたジュリアは、学園の卒業後は魔導騎士の道を選ぶことになる。そして、彼女の地元を拠点とする砦《とりで》で出世街道をひた走り、紆余曲折《うよきょくせつ》の末に笑顔が可愛い幼なじみの婿を迎えることになるのだが――それはまた、別の物語。

本書は、2016 年 11 月当社より単行本として刊行されたものに書き下ろしを加えて文庫化したものです。


この作品に対する皆様のご意見・ご感想をお待ちしております。

おハガキ・お手紙は以下の宛先にお送りください。

【宛先】

〒 150-6008 東京都渋谷区恵比寿 4-20-3 恵比寿ｶﾞｰﾃﾞﾝﾌﾟﾚｲｽﾀﾜｰ 8F
（株）アルファポリス　書籍感想係

メールフォームでのご意見・ご感想は右のＱＲコードから、
あるいは以下のワードで検索をかけてください。

アルファポリス　書籍の感想　検索

ご感想はこちらから

レジーナ文庫

婚約《こんやく》破棄《はき》系《けい》悪役《あくやく》令嬢《れいじょう》に転生《てんせい》したので、保身《ほしん》に走《はし》りました。2

灯乃《とうの》

2020 年 3 月 20 日初版発行

文庫編集－斧木悠子・宮田可南子
編集長－太田鉄平
発行者－梶本雄介
発行所－株式会社アルファポリス
〒150-6008 東京都渋谷区恵比寿4-20-3 恵比寿ｶﾞｰﾃﾞﾝﾌﾟﾚｲｽﾀﾜｰ8階
TEL 03-6277-1601（営業）　03-6277-1602（編集）
URL https://www.alphapolis.co.jp/
発売元－株式会社星雲社（共同出版社・流通責任出版社）
〒112-0005 東京都文京区水道1-3-30
TEL 03-3868-3275
装丁・本文イラスト－mepo
装丁デザイン－ansyyqdesign
印刷－株式会社暁印刷

価格はカバーに表示されてあります。

落丁乱丁の場合はアルファポリスまでご連絡ください。

送料は小社負担でお取り替えします。


ISBN978-4-434-27011-6 C0193